耳根

著

CMS
PUBLISHING & MEDIA
中南出版传媒

湖南少年儿童出版社
HUNAN JUVENILE & CHILDREN'S PUBLISHING HOUSE

图书在版编目（CIP）数据

三寸人间. 1 / 耳根著. -- 长沙：湖南少年儿童出
版社, 2024.3
　　ISBN 978-7-5562-7262-4

　　Ⅰ. ①三… Ⅱ. ①耳… Ⅲ. ①长篇小说－中国－当代
Ⅳ. ①I247.5

中国国家版本馆CIP数据核字(2023)第167060号

SAN CUN RENJIAN 1

三寸人间 1

耳根 著

责任编辑：徐强平　段健蓉
装帧设计：杨　洁　曹希予

出版人：刘星保
出版发行：湖南少年儿童出版社
社址：湖南省长沙市晚报大道89号　　　　邮编：410016
电话：0731-82196330（办公室）
常年法律顾问：湖南崇民律师事务所　　　柳成柱律师

经销：新华书店　印刷：湖南天闻新华印务有限公司
印张：20　　　　字数：320千字
开本：710 mm×1000 mm　1/16
版次：2024年3月第1版
印次：2024年3月第1次印刷
定价：36.80元

质量服务承诺：若发现缺页、错页、倒装等印装质量问题，可直接向天使文化调换。
读者服务电话：0731-82230623
盗版举报电话：0731-82230623

目录
CONTENTS

第 1 章

我要减肥

炎炎夏日，位于联邦东部的池云雨林云雾弥漫，好似被一层薄纱环绕着，一棵棵参天古树耸立，繁茂的树冠中，时而有几只鸟腾空而起，嘶鸣着翱翔于天际。

天空中，那仿佛永恒存在的太阳已然不再是人们记忆里的样子——多年前，太阳被一把庞大得难以形容的青铜古剑直接刺穿，露出小半截剑尖！

这古剑似经历了万古岁月，自星空而来，透出无尽的沧桑，更带着一股强烈的威压，散发出光晕，笼罩苍穹，仿佛能镇压大地，让众生膜拜。

远远看去，这一幕"剑阳"、雨林，好似一幅画卷。直至远处传来嗡嗡声，"画卷"的宁静才被打破。一艘巨大的红色热气球飞艇，正于雨林上方缓缓飞来。

这热气球飞艇的舱室很大，可以容纳数百人，里面很多青年男女三五成群，时而传出欢声笑语。

他们是凤凰城这一届考入联邦四大道院之一——缥缈道院的学子，正乘坐这属于缥缈道院的飞艇，跨越万里，前往缥缈道院求学。

或许是带着对求学的期待，这万里之旅对这些青年男女来说并不枯燥。

因路途遥远，飞艇上配备了食馆、修灵室、医务室等。

此刻，飞艇的食馆中，学子不少，其中一张饭桌旁，坐着一个挺着肚子的小胖子。

这小胖子十七八岁，穿着宽大的蓝色长袍，脸圆圆的，勉强算眉清目秀。他正一边拍着肚子，发出啪啪的声音，一边望着面前七八个空空的盘子追悔莫及。

"这一顿吃下去又要胖三斤，我怎么就没忍住呢？我还想成为联邦总统，可不能英年早逝啊。"小胖子愁眉苦脸、懊悔不已时，打了个饱嗝。

这小胖子叫王宝乐，是这一次考入缥缈道院的学子之一。他把成为联邦总统当成自己毕生的追求，而他有这样伟大的理想，与他的童年经历密不可分。

在他的记忆里，小时候父亲经常拍着他的头语重心长地感慨："宝乐，你要记得，想要不被人欺负，只有成为人上人。"

一开始王宝乐不懂，直至他上小学时，因为没有按时交作业，被班长呵斥，他送了两块糖后，又被班长记名并报告老师，这一切，在他幼小的心灵中留下了不可磨灭的印记。

于是从那一刻起，他就想当班长，不是为了欺负人，而是为了自己能不被别人欺负。

随着长大，他又想成为最大的官，也就是联邦总统。他之所以努力考入缥缈道院，就是因为联邦所有高官都是从四大道院毕业的。

只是他的家族基因不太好，他至今还记得一年前的那天夜里，骨瘦如柴的父亲在家族祠堂给他看了一眼族谱。

那是王宝乐第一次看到族谱，他清晰地看到其中的记载，自己的一代代祖先，但凡体重超过两百斤的，无不英年早逝，活不过三十五。

那一夜，王宝乐做了一个梦：他还没成为联邦总统，就与那些胖祖先"团聚"了。

之后的一年，王宝乐将减肥这件事情提升到了一定的高度。可尽管联邦步入了灵元纪，随着灵气的浓郁，随着古武的复兴，减肥的办法也五花八门，但王宝乐几乎尝试了所有方法，体重依旧稳中有升。

记忆的浮现，让王宝乐狠狠一咬牙，下定决心明天再减肥。

有了这样的决定后，王宝乐顿时觉得压力小了很多。他一边剔着牙，一边哼着小曲，抬头望着窗外的蓝天，脑子也开始活泛起来。

"也不知道送给卢老医师的礼物他喜不喜欢，那可是古董，他应该会喜欢吧。我这一步应该走对了。"想到这里，王宝乐心里美滋滋的，只觉自己离联邦总统的位置又近了一步。

他对自己成为联邦总统很有信心，这信心主要来自他从小到大钻研的所有高官自传，他甚至还总结出了几招"当官撒手锏"。

此刻王宝乐身心愉悦，看向窗外的蓝天，觉得格外美好。

可很快，他的眼睛突然睁大，注意到远处的天空中，一片黑云凝聚，几欲遮天，其内有闪电，一道道电光不断闪烁。黑云正缓缓靠近，这一幕引起了不少学子的注意，惊呼声传出。

"是雷磁暴！"

王宝乐也吃了一惊。

联邦踏入灵元纪后，因灵气出现，天地间产生了不少惊人的气象，曾经的飞行物难以保障人们的安全，这才有了依靠灵石驱动的热气球飞艇。

伴随着不断的惊呼声，轰隆隆的雷鸣突然传来，巨响惊天，远处的雷磁黑云飞速壮大，其内的闪电已经蔓延开来，如同黑色的大网，在天际闪烁，让人触目惊心，心跳不由得加快，行驶中的飞艇此刻也慢慢减速。

就在众人心神不宁时，食馆的大门被人推开了，仿佛有风呼啸，一个身穿白色道袍的老者走了进来。这老者满脸皱纹，却面容端正，双目熠熠生辉，仙风道骨，一身正气。刚一到来，他威严的声音就传遍了整个食馆。

"所有人立刻到修灵室报到，穿上你们的磁灵服，半炷香后，我们将进入雷磁区！"

这话语一出，食馆中众学子纷纷露出敬畏的神色，赶紧站好。

王宝乐眼睛一亮，眼前这老者正是卢老医师。此刻望着对方那龙行虎步般的仪态，王宝乐暗道这老家伙必非常人。

卢老医师目光一扫，看到了王宝乐，哼了一声走了过来，从怀里拿出半张黑色的面具扔在他身上。

"小小年纪，心思不要放在一些乱七八糟的地方上，你还没入道院呢，就学会了送礼，老夫也是见多识广的人，你这面具还是自己留着吧。"卢老医师神色肃然，一副清廉刚正的模样，恨铁不成钢地训斥道。

王宝乐接过面具，心底咯噔一声，看出卢老医师这是生气了。他有些着急，刚想解释，忽然想到自己根据高官自传总结的"当官撒手锏"，其中一条就是：在上司面前，厚着脸皮第一时间承认错误，往往可大事化小。

于是他深吸一口气，赶紧摆出一副悔悟的模样，承认错误。

"老师说得对，我错了！"

卢老医师有些诧异，因对方如此痛快地认错，他原本要训斥对方的话语有些说不下去了。

王宝乐看到卢老医师的表情，松了口气，又有些得意，暗道：这高官自传的确有用啊。

卢老医师哼了一声，抬头扫视食馆内所有的学子，右手一指众人。

"还有你们，你们都是我缥缈道院未来的学子啊，看看你们这些天是什么样子！你们要永远记得，我辈武者，当先立身，再立言，而后立行！"

卢老医师的这番话语在食馆内回荡，众学子听到后，都不由得低下头，有些惭愧，而王宝乐则眼睛一亮，觉得表现自己的时候到了。

他飞速从怀里拿出一个小本，在上面记录起来，不时抬头看向卢老医师，露出一副聆听的模样，还时而认真地点头，仿佛要记住对方说的每一个字。这一招，也是他看高官自传总结出的撒手锏。

其他学子看到这一幕，如看"神人"一般望着王宝乐。

卢老医师看到后，也愣了一下，一种前所未有的怪异之感不由得浮上心头。他迎来送往这么多届学子，还是第一次遇到如此奇怪之人，不由得多看了几眼，并渐渐冷笑起来。

"小家伙，老夫的马屁可不是那么好拍的！你要感谢这雷磁暴，不然的话，老夫能一口气训上三天三夜，我看你能不能都写在小本上！"

卢老医师话语一出，气势顿时变得不同，一股强者的气息从其身上散出，化作威压，笼罩整个食馆。众学子无不惊呆，只觉着这场斗法，还是卢老医师棋高一着。

王宝乐眨了眨眼，摸了摸口袋里的录音玉简，权衡了好久，又看了看不断逼近的雷磁暴，最终还是放弃了拿出录音玉简的念头。他觉得在老师面前怂，不丢人。

看到众人的神情，卢老医师内心得意，又慷慨激昂地说了几句："你们记得，要把心思放在修炼上，日后做人，不能贪婪，不能无义，更别总想着找什么女伴！这些天，你们卿卿我我的实在太不像话！"

随着警报声的加剧，众人都去了修灵室。

修灵室，处于飞艇核心区域，顾名思义，是给这些学子修炼的场所，也是飞艇防护最严密的地方。

此刻众人聚在修灵室内，在缥缈道院随船老师的安排下，所有人端坐成数排，穿上缥缈道院发放的飞艇专用磁灵服。

王宝乐刚刚穿好磁灵服，还沉浸在对卢老医师的不忿中，随意抬头看了看四周，本就郁闷的情绪因不远处一道目光顿时变得更为恶劣，不自觉地皱起眉头，露出嫌弃的样子。

他目光所及之处，坐着一个双腿修长的女生，那女生模样很动人，可眼下也蹙着眉，露出厌恶的模样。显然在双方眼里，对方都是自己极为厌恶的人。

"晦气！"两人心底嘀咕，赶紧避开彼此的目光，仿佛连看对方一眼，都觉得污了自己的眼睛。

"在哪里都能遇到这个杜敏，烦死了！"王宝乐嘀咕了一句。他与这个叫作杜敏的女生，从小到大都在一个班里，对方平日里趾高气扬，总是凭着班长的身份刁难他，当年他那两块糖，就是送给她的……

"有什么了不起的，不就是个班长吗？等到了道院，凭着我的'当官撒手铜'，我也能混个一官半职！"王宝乐哼了一声。

很快，众学子都穿戴完毕，缥缈道院的随船老师一一检查后，交代了一番注意事项，又严厉告诫众学子，飞艇进入雷磁区后，有可能出现死亡危机。

看到众学子神色变化，这些随船老师才肃然离去。修灵室的大门直接被密封起来，灯光也渐渐暗了下来。

修灵室内一开始还有人低声交谈，可随着时间一分一秒地过去，众人的紧张感越发强烈，渐渐无人说话，修灵室陷入彻底的寂静中。

在这仿佛可以听到自己心跳声的寂静中，连仍然心中不忿的王宝乐也不由得紧张起来。半炷香后，整艘飞艇猛地一震，进入雷磁区域！

从外面看去，整片雷磁黑云磅礴无比，好似一张大口，将与其相比十分渺小的热气球飞艇直接吞噬。

这种气象似蕴含了毁灭之力，能横扫一切，或许只有苍穹上那一轮让人触目惊心的"剑阳"才可以无视所有。

这一年，是灵元纪三十七年。

公元三零二九年，科技飞速发展，地球上没有了国界，实现了地球大一统，进入了联邦时代。也正是在这个时候，一把青铜古剑从星空飞来，穿透太阳，轰动世界。

这古剑的剑柄或许本就残破，在剧烈的震动中破裂，大量碎片散遍星空，其中有一部分落在了地球各地。

随着青铜古剑的到来，随着碎片的落下，地球上突然多了一种弥漫天地间的源源不绝的新能源，这种新能源后来被命名为灵气！

灵气如空气，有的地方浓郁，有的地方稀薄。而那些散落的碎片被各方势力获得，各方势力在上面找到了有关修炼以及炼器、炼丹、炼灵石的种种功法，其上文字充满古意，于是接触古文成为潮流。

而灵气的出现，迅速淘汰了原有的能源，改变了人们的生活，不但形成了灵网，还加快了地球文明的进程，使得地球上出现了修行文明。

从此古武兴起，世界大变革，全民修仙的时代因而开启，史称灵元纪。

此刻，在雷磁黑云内，那艘缓缓行驶的红色热气球飞艇四周闪电无数，不断地轰击而来。好在有柔和的光幕防护，飞艇安稳无比。

至于飞艇核心区域的修灵室内，此刻所有学子包括王宝乐在内，都已不知不觉地沉睡，好似有一股奇异的力量，引导他们进入梦境。

在飞艇的主阁中，此刻有七八个老师，他们有的在喝茶，有的在轻松地交谈，与之前吓唬学子的样子截然不同。

为首之人是个老者，他满脸皱纹，正拿着烟枪，一口口抽着烟。若王宝乐在这里，必定一眼认出，这老者正是之前的卢老医师。

"掌院，都准备好了，咱们缥缈道院这一届的分区试炼是不是可以开始了？"

随着一位中年老师开口，那卢老医师微微一笑。

"开始！"

第 2 章

王宝乐，你干了什么?!

午夜，月明星稀。

依旧是池云雨林，只不过夜晚的这里多了一丝阴凉，偶尔还能看到月光下一些由雨水汇聚而成的河流，但时而传来的凄厉的鸟兽鸣叫声，让人忍不住心生不安。

此刻，在这雨林的一角，一条河流旁，有两个样貌清纯、略显狼狈的女子，她们一个高挑，一个可爱。那高挑女子紧张地看向左右，而那可爱娇娥则蹙着眉清洗腋下的擦伤，眉目中带着迷茫，轻声言语："杜敏，都三天了，也不知道救援的人什么时候能来，咱们营地里的食物也快不够了。"

被唤作杜敏的高挑女子闻言沉默。对于她们来说，整个人生都在这三天里改变了，三天前她们还是乘坐飞艇前往缥缈道院求学的学子，三天后却被困在此地，随时面临着危机。

这池云雨林看似美好，实际上地面潮湿腐臭，时而露出兽骨，还有很多一尺多长的蜈蚣以及花花绿绿的小蛇出没，让人头皮发麻。除此之外，雨林中还有灵元纪以来与人类一样飞速蜕变的各种凶兽，凶兽力大无穷，极为凶残，使得荒野成为人类的禁区。

此刻，在二女心中苦涩时，离她们不远的一棵大树下，一个小胖子正满是不忿地站在那里解手。

这小胖子正是王宝乐，他没有注意到正在清洗伤口的二女，也没有去看脚下那朵原本亭亭玉立，却正被水流冲得左摇右晃的小花……

"我王宝乐号称善察言观色，能看透世间万般人心，没想到竟被缥缈道院给算计了！这缥缈道院太贼了，演得跟真的一样，为了让我们相信，居然让所有人都看到飞船爆开了！"王宝乐心底不忿，这三天他也惊魂不定。

三天前，他与同学们在修灵室内不知不觉地睡着后，被一声巨大的轰鸣惊醒，他们来不及思索太多，就被一股冲击力直接推出了飞艇。好在磁灵服本身就有缓冲与避雷的作用，他们这才勉强落在了雨林内，却亲眼看到飞艇在雷磁暴中爆炸开来。

之后的三天，众人分散在丛林中，食物的不足、野兽的凶残、对未来的迷茫与恐惧，使得所有学子都或多或少地露出了本性，有人抱团，有人独行，有人果断，有人懦弱。

对于这些刚刚考入缥缈道院的学子而言，这变化太突然了，在这大变之下，无论是贪婪、凶残，还是无私、善良，都会被凭空放大。

"无耻！"王宝乐心底嘀咕了一句。三天前他还以为这一切都是真实的，吓得他就算又遇到了死对头杜敏，也强忍着留在了对方所在的营地里。

直至三天过去，在吃不饱的状态下，他通过自己传音戒的体测功能，发现自己的体重竟然奇迹般地掉了六七斤，才不禁于震惊中狐疑起来。

王宝乐的经历与众不同，他曾经为了减肥，在一个月内控制食量，疯狂运动，可不知怎么回事，体重不但没减少，反而增加了三斤。

如今三天的时间里体重就掉了六七斤，这对他而言根本不可能！

他想起自己在高官自传里看到有人回忆道院生涯时，曾隐晦地提起，道院每隔一段时间都会有所谓的新生考核。

若不是钻研得透彻，王宝乐也很难注意到这一点。如今这么一联想，他虽不知缥缈道院是如何把眼前这一切做得如此逼真的，但缥缈道院极有可能是百密一疏，以正常人的代谢来作为构建标准，而他显然不是正常人……

那时，他有五分把握，断定眼前这一切是虚幻的。

而让他完全确定自己判断的依据，则是怀里那被卢老医师退回来的半张黑色面具！

想到这里，王宝乐不由得低头看了看自己的胸口，心底生出一丝说不出的怪异感。

他清楚地记得在踏入修灵室前，他把这半张黑色面具随意放在了怀里，之后遇险，他也没空去理会这面具，直至不久前，他无意中发现这面具看似如常，实际上伸手就能穿透，仿佛永远无法触及。

渐渐地，面具的形状也开始变得虚幻起来，同时面具上浮现出一些模糊不清的字迹。

这面具的变化，让王宝乐原本五成的把握变成了十成！

而按照这样的思路去分析，如果这是一场以虚假的灾难开启的考核，就不难猜出考核的方向。

"不可能看谁强谁弱，毕竟大家都还没接触古武，那么这一次考核的目的，就只会是考查大家面对危机时的心性，或许还考查大家对道院的信心？"王宝乐的脑子不断地转动，呼吸微微有些急促，他觉得自己很有必要抓住眼下这个机会，给自己加分。

"就这么干！"王宝乐刚要提上裤子，忽然，他看到了不远处的小河。

月光下，杜敏站在那里，旁边还有一个正在清洗伤口的可爱娇娥。

王宝乐眼睛猛地睁大，可他刚看了一眼，正在警惕地观察着四周情况的杜敏就似乎有所察觉，下意识地朝他所在的方向看去。两人对望，杜敏一愣后，神色大变。可还没等她尖叫出声，王宝乐就眼睛一瞪，抢先大吼："你看什么看，没见过男人啊！"

杜敏所有的话都被王宝乐这一句噎了回去，气得浑身发抖。她长这么大，只见过王宝乐一个如此厚颜无耻之人，不由得怒骂起来："你也算男人？"

这句话一出，让王宝乐险些气胖了一圈。他从小到大都与这毒舌的杜敏是死对头，两人相互看不顺眼，偏偏又在一个班，如今又一起考入了缥缈道院。此刻王宝乐深吸一口气，哼了一声："你也算女人？"

杜敏一听这话，额头上青筋鼓起，正要冲过去，这时，王宝乐露出一脸伤心的样子，长叹一声。

"我这清白身躯被你们看得清清楚楚，我以后怎么做人啊？"

说完，他转身就跑，心则怦怦加速跳动，背后全是冷汗，暗道，还好自己反应快，不然就危险了。

见王宝乐要逃，杜敏杏目圆睁，飞速追了过去。那可爱娇娥听到二人的对骂，一脸茫然，看到杜敏追出，她这才穿上衣服，迅速追赶。

伴随着杜敏的怒斥声，雨林的平静被打破，前方丛林内被他们这一群人当作临时营地的地方，有人闻声快速赶来，堵住了王宝乐的路。

为首之人是一个穿着白衣的青年，这青年拿着火把，身体高大，剑眉星目，在人群中很显眼。不少学子簇拥着他，显然以他为首。

此人正是与王宝乐同一个营地，在这三天里团结众人，展现出个人魅力的柳道斌。

"王宝乐，你干了什么?！"柳道斌一眼就看到杜敏二女带着怒气从远处追来。这一幕，让柳道斌愣了一下。他对杜敏早就有心思，此刻本能地对王宝乐厌恶起来。

"我只是……"王宝乐话还没说完，忽然从远处正跑来的杜敏二人那里传出一声尖叫。

在这尖叫声响起的刹那，一股腥气弥漫此地，沙沙的声音好似潮水一般，急速扩散开来。

王宝乐猛地回头，柳道斌及其他学子也神色一变，只见在杜敏和可爱娇娥的四周，丛林的地面上、树枝上，竟在这一刻涌现出了数不清的蛇！

那些蛇花花绿绿的，看起来充满毒性，且数量实在太多，远远一看如同蛇海，将杜敏二人死死地围困在内。

看着四周数不清的毒蛇，二女神色大变。它们已然张开了满是毒牙的蛇口，发出咝咝的声音，毒液流下，腥气令人作呕。

柳道斌身体一震，没工夫理会王宝乐，直接冲向杜敏，其后也有一些学子眼睛赤红，飞快上前要去救援。

这一切发生得太快，就在众人上前救援的瞬间，突然，远处传来一声震慑人心的婴儿啼哭声，一条手臂粗细的"红线"哪怕在黑夜也清晰无比，正以惊人的速度直奔此地。

"红线"飞跃而起，时而露出苍白的头，那不像是蛇头，分明顶着一张婴儿的面孔，只是眼中露出狂暴，让所有人心里都咯噔了一下。

"红骨白婴蛇！"有学子认出了这蛇，不由得心神慌乱，失声惊呼，齐齐后退。

柳道斌更是头皮发麻，汗毛倒竖，心底震颤。要知道，这红骨白婴蛇名气极大，是联邦灵元纪的千凶之一。此蛇虽身体脆弱，速度也并未达到极致，可它的毒性太大，生物沾染一丝毒液就会瞬间化作血水，只留下一具红色的骨头，此蛇也因此得名。

尽管柳道斌心底爱慕杜敏，可若因此丧命，他本能地觉得得不偿失。于是他下意识地后退，远远避开，生怕那红骨白婴蛇将自己一口吞噬。

王宝乐看到这一幕后，先是倒吸了口凉气，但随即就意识到这一切都是虚假的，顿时轻松起来，眼睛一亮，暗道：我在老师面前表现的时机到了。

"反正都是假的，我怕什么？"想到这里，王宝乐顿时挺起胸膛，望着那些逃回来的同学，眼中露出深深的鄙夷。

"虽然这个杜敏牙尖嘴利，长得又难看，总是利用职权刁难我，可我王宝乐是一个高尚的人、一个正直的人、一个不害怕牺牲的人、一个脱离了庸俗的人、一个有益于同学的人！如此危险的处境下，我王宝乐岂能后退？别人怕死不敢去，但……为了我的同学，我敢！"

此刻，他都快被自己的言辞感动了，难道他真的忘了这里是虚假的世界吗？可他偏偏好像忘记了的样子，在那里陶醉起来，仿佛只有这一切是真实的，才配得上他的英勇。

"杜敏，今天就让你看看，什么叫男人！"

在其他人因恐惧而后退的瞬间，王宝乐非但没有后退，反而发出了一声大吼。他抿着嘴唇，抬起下巴，这一刻，那圆圆的脸仿佛有一种如刀刻般的锐利，充满了男性的气息。他冲入蛇群，势如破竹，威武非凡的身影直奔杜敏二女而去。

这一幕，顿时让身处蛇群中的杜敏愣了一下，而她身边的可爱娇娥已经忍不住激动起来。

其他人也都被王宝乐的大吼以及气势震慑住，睁大眼睛看着王宝乐。在那红骨白婴蛇靠近二女的一瞬间，王宝乐蓦然靠近，仿佛天神降临，他一把抓住那人人畏惧的红骨白婴蛇，狠狠地扔向远处。

这一刻的王宝乐，浑身上下散发出霸气。随后他没有半点停顿，一把抱住激动不已的可爱娇娥，又一把将愣着的杜敏夹住，飞奔而回。

只是这四周蛇太多，他在回来的过程中还是被咬了好几口，当赶回来时，他的面色已经发黑，可他咬牙支撑，直至将二女安全送回，这才脚步踉跄，失去力量，倒了下来。

"好像有点冲动了……好痛，要证明自己是真男人好辛苦啊！"王宝乐心底哀叹。不过，看到杜敏此刻依旧傻了一样望着自己，可爱娇娥则目光异样，脸上带着感激之色，四周其他人也心神大震，他虽然眼皮有些沉，但心底还是有些得意。

只是此刻身上的伤口由痛转麻，王宝乐赶紧一把抓住杜敏的手。

"杜敏，我对你有救命之恩，现在我被蛇咬了，听说如果蛇毒被吸出来，中毒者是可以得救的。你帮帮我……"没等说完，王宝乐实在忍不住头晕目眩，脑袋一歪，眼看就要枕在杜敏的身上，可他突然意识到了什么，竟强行改变方向，脑袋落在了可爱娇娥的身上。

看到这一幕，四周众人神色古怪。杜敏见王宝乐昏迷前都对自己露出嫌弃的样子，面色顿时黑了。

此时此刻，在联邦境内，远离池云雨林，距离缥缈道院越来越近的天空中，一艘红色的飞艇内，修灵室里，数百学子安静地沉睡着，王宝乐也在其中，他似乎正做美梦，歪着脑袋，嘴角带着享受的笑。

而在飞艇的主阁里，一块巨大的水晶上浮现出诸多画面，包括卢老医师在内，所有的老师都目瞪口呆地看着其中一幅画面。

那画面内，正是在池云雨林救下杜敏和可爱娇娥后陷入了昏迷的王宝乐。

"这小胖子叫什么名字？"

"虽是梦境迷阵，却与真实的完全一样，他在里面的表现，体现的就是他真正的心性！"

"为了救同学如此勇敢、如此无畏，这孩子是个百年难遇的好苗子，是我们道院最渴望获得的优秀学子啊！"

好半晌，众老师才回过神来，纷纷称赞王宝乐，更有一些老师已经心动，在考虑要不要将王宝乐拉拢过来，让他加入自己的学系。

就连缥缈道院的掌院，那位卢老医师，也有些傻眼，他心底迟疑，隐隐觉得有些不对头。

"难道我真的看走了眼？"沉吟间，他索性从学子档案里取出王宝乐的那一份，低头看了起来。

第 3 章

好同学，一切有我

当王宝乐醒来的时候，这梦境迷阵内已经过去了一天的时间，他中的蛇毒没有众人想象中那么严重，随行的同学中有人擅长治疗蛇毒。

王宝乐苏醒后，名叫周小雅的可爱娇娥对他的照顾无微不至，杜敏也罕见地没有与他针锋相对，这让他心底十分舒坦。他心里又开始琢磨，自己的救人表现必然会被老师们看到，想来自己这一次考核应该能加分不少。

唯一让王宝乐郁闷的是，之后的几天里，在众人于丛林中穿行，寻找其他同学的路上，柳道斌也许是为之前的事情感到愧疚，总是抢着带人出手，迅速化解一路上遇到的一些小危机，使得本就虚弱的王宝乐没有丝毫表现的机会。

偏偏这几天又没有出现如蛇群事件那般的大事，王宝乐只觉得自己一身通天的本领没有用武之地，心里满是郁闷，只能看着柳道斌在那里不断刷新考核分数。

"再这么下去，说不定这柳道斌的考核分就比我高了！"到了后面，王宝乐都焦急了，不过这种情绪没有持续太久——第二天深夜，在一处一线天山体下扎营的他们，听到了一声声凄厉的狼嚎。

那声音仿佛可以穿透山石，所有人都蓦然惊醒。众人纷纷望去，立刻看到在他们的前方，那无尽的丛林内亮起了一双双红色的眼睛。

月光下，数不尽的狼呈扇形包围而来，这些狼有的在地面上飞奔，有的在树枝上跳跃，口中发出嚎叫声，眼睛血红，让人望之色变。

这一幕，直接让柳道斌等人面色大变，冷汗淋漓，头皮发麻。

"快跑，有狼群！"

"是幽骨狼，数不清的幽骨狼！"

一旁的杜敏在经历了蛇群事件后，仿佛一下子成长了不少，此时她立刻高呼起来，让众人进入一线天，利用那里的山势阻挡狼群。

柳道斌脸色变化不定，最后狠狠一咬牙，面对群狼，他并没有立刻撤退，而是召唤同学一起阻挡。

周小雅慌乱中扶起王宝乐，身体发抖，拉着王宝乐随人群跑向一线天，只是王宝乐早已急了。

在王宝乐看来，之前一些小分让给柳道斌也就罢了，现在好不容易遇到这么大的机会，岂能让柳道斌抢走？他的眼睛里瞬间好似有火点燃，一下子变得十分威武，脚步猛地一顿。

"小雅学妹，你先走！"王宝乐说完，径直朝柳道斌那里飞奔而去，一把抓住柳道斌。

在对方还愣怔时，王宝乐直接将其推向一线天，口中还大吼："兄弟，你先撤，这里有我！"

柳道斌彻底蒙了，没等反应过来，就看到王宝乐义无反顾地冲向狼群。

"大家快走，我来掩护！"这一刻的王宝乐，是那么正义与神圣。远处的周小雅看向王宝乐，心神再次颤动。

一些男同学本已经进入了一线天，可受到王宝乐的鼓舞，热血上涌，纷纷掉头，想要追随王宝乐的脚步，却被红着眼的王宝乐一脚一个全部踹了回去。

"好兄弟，你们先走！"王宝乐正义凛然，大吼一声，心底却在警惕，生怕别人和他抢分。在他看来，这些狼虽样子狰狞，却都是考核分啊！

那些被踹回一线天的学子，此刻一个个心神震颤，眼中满是感动。在他们看来，这一刻王宝乐那舍身为人的身影是那么高大威猛。有几人不由得浑身热血沸腾，竟又冲了过去。

王宝乐顿时急了，赶紧将他们一个个推了回去。他生怕那几人再过来，索性一咬牙，抬起双手按在了一线天入口处的岩壁上，把自己的身体当成一面墙，口中焦急地狂吼："我身中蛇毒，注定跑不掉了，不要管我，你们快走！"

这句话王宝乐说得真情流露，让那几人感动不已。也正是在这个时候，嚎叫声摄人心神，狼群忽然加速冲来，疯狂扑向王宝乐。

这一幕，顿时让一线天内正在后撤的众人身心俱震。

"王宝乐，你快过来！"

"他为了不成为我们的累赘，用血肉之躯去阻挡狼群啊！"

周小雅、杜敏等一线天内的众学子无不受到强烈触动，只觉得这一刻王宝乐那圆滚滚的身躯好似一座雄伟的大山，成为他们记忆里永恒的画面。

柳道斌同样被打动，呼吸急促，之前他还对王宝乐有些不忿，可如今这不忿彻底消散，留下的只有深深的震撼。

这一刻王宝乐举起双手撑在岩壁上、化作人墙的身影，好似擎天之柱！

做出这个动作后，王宝乐自己都被感动了，他觉得自己如果是老师，看到这一切也必定深有感触。

他还想着加更多的分，于是暗中拍起了道院的马屁，决然开口："能考入缥缈道院，是我的荣幸，即便死在这里，我王宝乐也生是道院的人，死是道院的魂！"

王宝乐心底得意，对自己这句话非常满意，他不信那些老师不动容。

只是这得意没有持续太久，想着表现加分的王宝乐不自觉地忽略了一点，那就是——痛！

此地虽是虚幻的梦境迷阵，可痛觉与真实的没有丝毫区别。随着狼群呼啸着靠近，在众学子的眼中，王宝乐的身影眨眼间就被数十只狼淹没了。

"痛啊！"王宝乐全身一颤，呼吸粗重，眼前看到的都是狼口，闻到的都是血腥味，而那狼牙撕咬产生的剧烈疼痛，更是使他差点儿忘记了这一切是虚假的。

可他内心坚定，没有半点退意！

他疼痛至极，意识也变得模糊，耳边传来的撕咬声、狼嚎声交织在一起，好似死亡的丧钟。不过王宝乐从小到大虽有不少缺点，但也有一样极为鲜明的特质，那就是执着！

"好不容易遇到这种大分，不能浪费，我要一次性将考核分加满！"王宝乐内心咆哮，决心多坚持一会儿。

就在这时，正哭泣着撤退的学子身后的丛林内，一道红色的身影忽然以惊人的速度迎风而来。

那是个十七八岁的短发青年，面容俊朗，眉目间更有一丝寒意。他穿着红色的劲装，背着一张大弓，好似猿猴一般在树木间飞跃。在靠近王宝乐的过程中，他拿起大弓，连珠般骤然射箭，瞬间就射出了九箭！

箭矢速度飞快，发出尖锐的破空声，穿过一线天，从王宝乐的头顶、腋下等处呼啸而过，在凄厉的狼嚎声中，射中了九只狼！

箭无虚发，其内蕴含的巨大冲击力更是将那九只狼狠狠地抛出。

这突如其来的九箭，使得那些正在后退的学子全部一愣，连王宝乐也愣了一下。那九支箭几乎是贴着他的身体飞过的，吓了他一大跳。

还没等王宝乐反应过来，那红衣青年速度更快，体内仿佛有惊人的爆发力，此刻人随箭走，冲入一线天，一个跳跃就到了王宝乐头顶的半空，再射九箭！

砰砰之声惊人，又有九只狼发出惨叫声，四周其他狼也都受惊，本能地后退了一下。借着这个机会，那红衣青年落下，直接扛住王宝乐，急速后退。

王宝乐顾不得疼痛，此刻眼中都是那距离逐渐拉远的狼群，顿时急了。

"兄弟，放我下来，我还可以再坚持一会儿啊！"

听到王宝乐的话，红衣青年尽管性格冷漠，也不禁为之动容。要知道，这一刻的王宝乐已浑身是伤。

"你已经做得很好了，之后的事情交给我！"

听到这句话，王宝乐更急了，感觉对方似乎抢走了自己的台词，正要开口，只见那红衣青年深吸一口气，右手猛地抬起，右手的肌肉居然在这一瞬鼓胀起来。在王宝乐惊讶的目光中，红衣青年将手中的大弓狠狠地抽在一旁的岩壁上，速度飞快，一连抽了十多下。

这力量实在太大，轰鸣声中，岩壁出现裂缝，直接坍塌了小半，化作无数碎石脱落，将一线天的入口生生堵死了。

王宝乐眼睛瞪大，看了看红衣青年那粗壮的手臂，将之前想要说的话全部收了回去。

这一切发生得太快，可以说是电光石火间。随着一线天入口坍塌，红衣青年一晃之下，扶着王宝乐回归人群。

看到这一幕，不远处的众学子全部心神震颤，柳道斌更是倒吸一口凉气，失声道："古武境第二层，封身！"

"还没到封身，我只是第一层大圆满。"红衣青年看了柳道斌一眼，把王宝乐放下，解释了一句。

"没到封身，也已有封身之威。这位同学，多谢救命之恩！"柳道斌赶紧上前抱拳一拜，其他同学也纷纷如此，不少女生看向红衣青年时甚至表现出了崇敬之情，一时之间，红衣青年被众人簇拥着。

王宝乐此刻躺在地上，郁闷地看着这一切。他知道对方救自己是出于好意，可还是觉得加分的机会失去了，不过他也明白此事没有办法。

"古武境啊……"王宝乐心底感慨。

联邦进入灵元纪后，虽说修行的时代到来，但绝大多数民众只能学到一门叫作养气诀的初始功法。

此法能助人吸收灵气，延年益寿，更能助人以自身为媒介，凝聚出灵石出售，所以广泛传播。

至于真正的修行，门槛还是很高，难以直接踏入，这就需要一个基础，古武因此复兴。

经过联邦的归纳与推衍，古武境划分成了三层——气血、封身、补脉。

只有达到第三层补脉圆满，才算有资格去争夺那鱼跃龙门般的道缘。

不过古武境的修炼之法大都掌握在联邦各大势力或世家手中，对于绝大多数人来说，获得古武境修炼之法最正统的办法，就是考入四大道院，除此之外，就只能投效各大势力或世家。

"他和我年纪差不多，就达到了古武境，十有八九是个世家子……"王宝乐叹了口气，有种风头被人抢走的感觉。此刻他身体的疼痛感也强烈起来，忍不住哼了几声，引起了众人的关注，不少人连忙过来。

王宝乐见自己还是受重视的，心里好过了不少。他觉得自己太痛了，分数也差不多了，于是深吸一口气，声音颤抖着说道。

"我快不行了，同学们，你们正式成为我缥缈道院的学子后，一定要……"王宝乐的情绪已经酝酿好了，随着话语的说出，正要爆发。

就在这时，红衣青年神色肃然，一步走到王宝乐身边，从怀里取出一个丹瓶，给王宝乐喂了一粒丹药。

"甘愿为道院牺牲之人，我陈子恒绝不会让他这么死去！好同学，你可以休息了，一切有我！"陈子恒的话说得斩钉截铁，再加上其战力强大，顿时产生了强烈的感染力，让人信服。

在众人纷纷向陈子恒表示感激时，王宝乐张着嘴，呆呆地望着陈子恒，他再次有种眼前这个家伙抢了自己台词的感觉。

他有心补救一番，可随着药效的扩散，他只觉得眼前一黑，虚弱得连话都说不出来了，只能悲愤地躺在那里，看着正在变得明亮的天空，心底只有一个念头。

"他一定和我一样，作弊了！"

第 4 章

缥缈道院

在王宝乐悲愤地昏过去时，真实世界的天空中，红色的热气球飞艇速度极快，已临近缥缈城的势力范围。

只是此刻，这飞艇的主阁内一片嘈杂。

"这王宝乐，我丹道系要了！"

"都别和我战武系抢人，他是我的！"

几乎所有的老师都是一副脸红脖子粗的样子，时而拍桌子，时而争吵，为王宝乐进入哪个学系喧嚷不休。

王宝乐的舍身为人对他们的震撼太大，那伤痕累累的身躯，让他们不能不动容，那一句句话语，好似雷霆一般轰入他们的心神，尤其是那一句"生是道院的人，死是道院的魂"，更是在他们心中掀起了巨大的波澜。

这句话透出的英勇与忠诚，是道院各个学系最看重的品质，他们岂能把王宝乐让给别人？

在这喧嚷声中，一个身体消瘦、留着山羊胡子的中年老师见自己难以争夺到，于是红着眼一把取出怀里的身份玉卡，往其中注入灵力，大声吼道："我法兵系用五年才有一次的权限，内定王宝乐为我法兵系的特招学子，你们谁敢和我抢?！"

他话语一出，手中的玉卡顿时光芒闪耀，水晶上王宝乐的名字后面，刹那间多了"法兵系"三个字。

这一幕让其他老师纷纷吃了一惊，要知道这权限太珍贵了。一般来说，学子进入道院后，都是老师们审核欲进自己学系之人能否通过，只有少部分学子，老师们才会主动抛出橄榄枝。

无论如何，这种选择都是双向的。不过，每一个学系都有个五年只能用一次的权限，老师们唯独用这个权限，才可直接内定某个学子为自己学系之人，且这个学子可享受优厚的待遇以及丰富的资源，同时有一些特权，远超同伴。

正因为这样，这个权限无比珍贵，大都是给一些背景特殊或者优秀至极的学子。

王宝乐虽优秀，可为他动用这样的权限，其他老师还是难免迟疑，此刻不由得苦笑着摇头。

看到同僚的表情，山羊胡子觉得自己这一次做得实在太对了。以王宝乐的心性，好好培养一下，他对法兵系的忠心必定达到死心塌地的程度。一个人的资质再好，也有可能背叛，唯有忠诚千金难换，关键时刻唯有这样的弟子才会挺身而出，不枉老师的栽培。

想到这里，山羊胡子顿时得意起来，看向一旁始终皱着眉头、盯着王宝乐的资料若有所思的卢老医师。

"掌院，我们法兵系已经动用权限内定了王宝乐，您可别偏心啊。"

"放心，他是你们的人了，只要你不后悔就好。"卢老医师低头继续看面前的档案，淡淡地开口说道。每一个考入缥缈道院的学子，都会有一份极为详细的资料。此刻卢老医师看着资料里的一句话，目光渐渐变得锐利。

"掌院，您……"山羊胡子闻言一愣，其他老师也都怔了一下。

"曾经减肥一个月，控制食量，疯狂运动，可体重不减反增……这种在正常人身上不可能发生的事情，在他这里居然出现了。"卢老医师冷笑，翻出了梦境迷阵内各个学子的体征资料，目光落在了王宝乐进入考核后体重的变化数据上。

"如果老夫没有判断错误，王宝乐早就知道了这是虚假的世界，知晓了这是在考核，他在作弊！"卢老医师抬起头，斩钉截铁地说道。

"不可能吧……"山羊胡子倒吸一口凉气，捂着胸口，只觉得眼前有些发黑。

"他是否作弊，我们测试一下就知道了。"卢老医师望着水晶画面内的王宝乐，右手抬起，骤然一挥。

梦境迷阵内，劫后余生的众人心中的喜悦还没散去，突然一声震天的咆哮从前方的丛林里响起，如同风暴一般席卷而来。

一棵棵大树被声浪摧毁，纷纷倒下，大地也震颤起来，一头身体足有十丈高的巨熊从地底爬了出来，仰天狂吼。

这巨熊身躯腐烂了大半，眼中却有火焰，仿佛拥有不死之身，出现后更是散发出足以让所有生物都心神震颤的威压，如同丛林的霸主，使得其他鸟兽瑟瑟发抖。

"这……这不可能，天啊，那是……古蛮鬼熊！"

"能生撕古武境第二层强者，与古武境大圆满不相上下的……古蛮鬼熊！"

柳道斌身体瞬间发软，周小雅、杜敏以及其他人眼中也都流露出深深的恐惧，连陈子恒也在这一瞬脸色突变。

更让人心惊胆战的是，那古蛮鬼熊在咆哮后，竟直奔众人而来，每一步落下，都让大地震动，气势滔天。

"快跑！"也不知是谁喊了一声，众人本能地急速散开，连陈子恒都面色苍白地放弃了出手，迅速后退。

唯有王宝乐刚从昏睡中被震醒，在看到那残暴的巨熊后，他的眼睛猛地一亮。

居然还有附加分！

激动中，王宝乐挣扎着向巨熊爬去，口中则高呼："同学们快走，不要管我，我来帮你们拖延时间！"

说着，他勉强捡起一块石头，向奔来的巨熊扔去。

"老熊，来吃我，只要我王宝乐有一口气在，就绝不允许你伤害我的同学！"王宝乐大吼。那些逃遁的学子一个个再次感动到了无以复加的程度，不少女生都哭了出来。

看到那巨熊气势汹汹地冲向王宝乐，似乎下一瞬就要将其生生撕开，此刻在飞艇的主阁内，卢老医师冷笑起来。

"看到了吗？这小子的眼中带着兴奋。你们谁见过有人死前还带着如此眼神的，生怕自己不死？"

看着画面里的王宝乐，其他老师也神色怪异。若以正常的眼光去看，王宝乐那是英武，可若以怀疑的心态去观察，其破绽就有些明显了。

"这小子也太无耻了！"

"作弊也就罢了，居然还演得这么过分！"

主阁内的老师们都有些看不下去了，山羊胡子此刻更是咬牙切齿，追悔莫及，心在滴血，只差捶胸顿足了。

"我的权限啊！"

卢老医师右手再次一挥，水晶上的所有画面立刻支离破碎，最后全部消失。

"行了，马上就要降落到道院了，考核结束！"

在梦境迷阵崩解之时，王宝乐看到的最后的画面，就是那巨熊遮住了天空，随后与这片世界一起，直接变得漆黑。

当他的意识恢复时，他只觉得全身猛地一震，好似有一股大力在推动着他。他睁开眼，发现自己已回到了飞艇的修灵室，耳边还有众人的哗然声与惊呼声。

"这……我们不是在池云雨林吗？怎么会这样？！"

"是我自己做梦了，还是所有人都做梦了啊？"

王宝乐眨了眨眼，赶紧装出一副茫然的样子，口中还大声呼喊："你们快走，不要管我！老熊，我和你拼了！"

他的声音实在太大，加上他在梦境迷阵内的表现，很难不引人注意。随着他的呼喊声传出，数不清的目光落在了他身上，他身边的同学更是激动不已。

"是王宝乐兄弟！"

"好兄弟！"

"王宝乐，从此以后，你就是我兄弟！"

劫后余生的杜敏与周小雅此刻看向王宝乐，眼神意味更是不同，尤其是周小雅，眼睛里泪汪汪的，若非穿着磁灵服，距离又远，她就扑过去了。

这一切，让王宝乐心底得意极了，他正琢磨着如何去收割众人的崇拜，修灵室内响起了一个威严的声音。

"诸位学子，你们的下方就是道院所在，而刚才的一切，是我缥缈道院对新生的考核，你们的成绩会计入学分……最后，欢迎加入缥缈道院！"

或许是这威严的声音可以安定人心，又或许是听闻已临近道院，修灵室内的学子一个个从之前的梦境迷阵中缓了过来，打起精神，纷纷转头顺着窗户向外看去。

王宝乐虽有些遗憾，可也难掩心中的期待。他看向窗外，只见下方的大地上，赫然有一个巨大的湖泊，这湖泊好似一面镜子铺在大地上，映射出天空的颜色，美妙无比。

湖泊中有三座呈一字形排列的岛，众学子能看到岛屿之间有不少舟船在行驶，甚至随着飞艇缓缓下降，还能看到岛屿上一座座充满古意的建筑以及无数的身影。

尤其是最大的那座岛上，人数竟达数万，如同一座小城。

"我缥缈道院，曾名缥缈学院，始建于公元二三四八年，历经了联邦时代，参与了凶兽之战，又步入灵元纪，改'学'为'道'，迄今为止已有七百多年的历史，培养了数不清的天之骄子，为推进文明进程做出了显著的贡献。上一任联邦总统就是毕业于缥缈道院的。

"你们看到的这个湖，叫作青木湖。所谓青木年华，悠悠牧之，其意欢快，恰似朝阳！

"至于三座岛，分别是道院核心的天行岛、真息道徒的上院岛以及你等学子的下院岛，皆传承我缥缈道院'上为青天换日月，下为黎民安太平'的宗旨！"

威严的声音回荡在修灵室内，这声音里蕴含了一股自豪，包括王宝乐在内的众人，无不在这一刻被缥缈道院的气势与底蕴所震动。

随着下院岛在众人眼中飞速变大，众人看到在这最大的岛上，赫然有十多座巍峨的山峰，这些山峰好似十多把利剑，仿佛欲冲天而起。

每一座山峰上，都存在数不清的建筑，还有大字，即使从天空中看去，那些字也格外清晰。

法兵系、丹道系、战武系、阵纹系……

众人来不及看到全部，随着轰的一声，众人身体一震，这从凤凰城出发、跨越万里的飞艇，直接降落在了缥缈道院的下院岛上。

缥缈道院，到了！

第 5 章

特招学子

缥缈道院极大，其中数下院岛占地最广，足以容纳十万人求学居住。此刻在下院岛的东南方，空港所在之处，正停放着数十艘巨大的热气球飞艇。

数不清的学子带着好奇与振奋，拎着行李从飞艇上走了下来。

这些学子来自联邦不同地区，都是这一届考入缥缈道院的。

在其中一艘飞艇的甲板上，来自凤凰城的王宝乐等人也都拿着行李，一个个很兴奋。望着蓝天白云，望着远处的山峰，他们只觉得神清气爽，内心充满了说不出的期待。

相比学子们的朝气蓬勃，此刻从主阁内走出的卢老医师以及那些老师却一个个神色略为怪异。如今的他们对这群从凤凰城来的学子已经很熟悉了，其中最熟悉的就是王宝乐，所以不由得多看了王宝乐几眼。

这一幕立刻被善于察言观色的王宝乐注意到了。别看他身处人群中，可他始终关心自己的考核成绩，时刻留意老师们所在的地方，这才看出了不对劲。

"他们怎么都在看我……难道是因为我的考核成绩太好？哈哈，一定是这样。"王宝乐顿时激动起来，只是激动的同时有些疑惑，原因是他发现在那群老师中有一个山羊胡子，其目光落在自己身上时，竟仿佛带着一丝悲愤。

"什么情况……"王宝乐心下狐疑，觉得那山羊胡子似乎有点问题。还没等他仔细琢磨，包括山羊胡子在内的所有老师就直奔他们走来。

"陈子恒，你来一下，我带你去报名。"老师中有人快走几步，向陈子恒开口说道。

陈子恒若有所思，点头走了过去，被那位老师直接带走了。只见二人边走边说，那老师似在极力推荐着什么。

王宝乐看到这里，眼睛猛地一亮，呼吸微微急促，暗暗猜测道：莫非考核成绩在这一刻就开始起作用了？

于是他心跳加速，带着期待，挺起胸膛，生怕那些老师看不到自己。

"许留山，你跟我走。"

"柳道斌，你来。"

这些老师纷纷开口，喊出一个又一个名字。

这一幕，顿时让众学子一个个心跳加速，他们也看出来了，这些被点名之人显然是在考核中成绩不错，这才被这些老师看中，抛出橄榄枝，提前带走。

王宝乐心底得意，虽还没有听到老师喊自己的名字，可他对自己的考核成绩很自信，觉得越是后面被叫到的，应该越优秀，心底甚至还对哪一个老师看中自己有了很强烈的期待。

"要是所有老师都看中了我，我该怎么办？哎哟，头好痛，不知道该怎么选择了。"王宝乐心底陶然，昂首挺胸。

只是他等了半天，也没有老师来叫他。看到杜敏都被喊走了，身边的数百学子此刻只剩约莫八成，他有些蒙了。

"不可能吧……"王宝乐擦了擦额头的汗水，很难淡定。

那些老师不断带人离去，此刻老师们都走得差不多了，卢老医师也只是看了王宝乐一眼后就离去了，只有那沉着脸，仿佛别人欠了他钱的山羊胡子还在，王宝乐只觉得眼前有些发黑。

就在这时，那脸色难看的山羊胡子胸膛剧烈起伏了几下，似乎很不情愿又极为无奈地开了口，就好似自己选择的路，哪怕再难走，也不得不走下去。

"王宝乐，还不过来！"这句话似乎是从牙缝中挤出来的，说完，山羊胡子就转身下了飞艇。

王宝乐顿时激动不已，只觉得这声音如同天籁，他没时间去考虑对方的脸色，赶紧飞奔而去，很殷勤地跟随在山羊胡子的身后。若对方有行李，他肯定会毫不犹豫地过去帮着拎起。

随着他们的离去，余下的弟子统一被人带着下了飞艇。这些表现没有特殊之处的学子会在接下来的几天内，各自选择学系。

此刻的下院岛空港旁，山羊胡子背着手，脸色发暗，正大步前行。前方停靠着一些小型飞艇，一些穿着青色院服的青年学子正兴奋地等候在那里，看到山羊胡子走来，他们连忙表现得毕恭毕敬。

"老师，您慢点走！咱们是什么系啊？"山羊胡子的身后，传来王宝乐气喘吁吁的声音。这山羊胡子是高手，走得太快，没有修炼古武的王宝乐很难跟上。

山羊胡子心底正郁闷，从怀里拿出一块紫色的玉佩，直接扔给跑过来的王宝乐，哼了一声。

"自己去法兵系报到，我还有事，先走了。"说着，山羊胡子走入一艘小型飞艇内，飞速离去。

接住玉佩的王宝乐同样郁闷，他看出了对方的态度不对。

"难道我表现得太好，穿帮了？唉，法兵系是什么系？"王宝乐拍了拍额头，拿着玉佩站在那里，满心苦恼，不自觉地从行李中取出一包零食吃了起来。

他觉得山羊胡子也太不靠谱了，无奈之下，他只能自己去打听。

在这新生到来的日子，缥缈道院下院岛上人数极多，空港处更是人山人海，原本就炎热的天气显得更加闷热。虽有湖风吹来，可带来的都是热浪。

王宝乐站在那里擦着汗，看见远处有人摆摊卖水。那水号称冰灵水，价格昂贵，可王宝乐是那种不会委屈自己的人，哪怕冰灵水再贵，他还是跑过去买了几瓶。

王宝乐一边喝着凉凉的冰灵水，一边望着热闹的空港，还看到有人在直播新生入学的画面。

经过打探与问询，王宝乐没有耗费太多时间，就对法兵系有了一些了解。他顿时心头火热，坐上了前往法兵峰的小飞艇。

法兵峰的人也很多，有的是来参观以便之后选择学系的，有的则是早已决断，来此递交入系申请的。

法兵系的不少学长在这里当志愿者，负责接待新生，为到来的一拨拨新生带路，放眼看去，人头攒动，鼎沸无比。

"法兵系，看似是炼器的，可又与炼器有所不同，能炼天地万物为宝。"王宝乐随着人群前行，格外认真地听前方一名马脸学姐激昂地介绍法兵系。马脸学姐对法兵系的介绍与他之前打听到的信息相符，他觉得这个系听起来就很威风。

"我缥缈道院的法兵系在整个联邦都是首屈一指的，法器、战器、民器无不精通，且每一届毕业之人，在外都是香饽饽。"走在前方的马脸学姐一边带路，一边介绍，声音一直很激昂，似乎对自己的学系十分自豪。

"你们方才在高空应该注意到法兵峰的三处巨大的平台了吧，那里就是三大学堂，分别是灵石学堂、回纹学堂以及灵坯学堂。

"与你们家乡的基础学堂不同，道院的生活较为自由，每一个学系都设有固定的学堂，无论是新生还是老生，都可随时进去学习，其他时间则大都是自己修炼。每年虽有考核，但并非特别严格，唯独上院大考才是关键。

"若五年内始终无法考入上院，那么就只能离开道院了。"

听马脸学姐说到考核，王宝乐更为留心，四周其他人也都是如此。

"不过你们也不必太过紧张，考入上院，对你们来说还是太遥远了。好了，这里就是新生递送入系申请的地方。"见众人都望着自己，负责带路的马脸学姐微微一笑，停在了半山腰一面十丈高的石镜旁。

这石镜竖在那里，充满古意，带着沧桑，上面有一道道好似符文般的纹理，看起来就很不俗。

"你们将申请卡在上面烙印一下就可下山了，最多三天的时间，下院就会出各大学系的录取名单。"马脸学姐说完擦了擦汗，有些口干舌燥。她站在一旁，看着眼前这些学子，心底感慨，好似看到了当年的自己。

"也不知道这些人里有多少能被录取，不过想来也不会很多，毕竟每一届最多只收四千人。"在这马脸学姐感叹时，王宝乐立刻留意到了学姐擦汗的举动，他赶紧小跑过去，从行李中取出一瓶冰灵水，递到了学姐手中。

"学姐辛苦了，我代表我们所有新生，感谢学姐对我们的讲解。这大热天的，学姐你喝口水吧。"

王宝乐样子憨厚，声音诚挚，马脸学姐不由得多打量了几下眼前的这个小胖子，顿时对他有了好感。她迎接新生这么多次，这么体贴的人还是不多见的。

其他同学也纷纷看去，毕竟王宝乐的话里并非只顾着他自己，而是代表他们所有人，这就让他们对王宝乐的印象也都不错。

看到自己用一瓶冰灵水就收获了这么多人的好感，王宝乐心头得意，觉得自己的潜质又高了一点。

很快，四周的学子们一个个带着期待靠近石镜，取出一张白色的玉卡放到石镜上，玉卡散发出光芒，烙印完成。

这种玉卡，他们每个人都有一张，是在到达下院岛后由随行老师发放的。只是此刻的王宝乐看着众人手中的玉卡，有些傻眼。

　　"这什么玩意儿，我怎么没有……"王宝乐赶紧打探，知道这种玉卡的来历后，再次觉得那山羊胡子太不靠谱了。

　　直至其他人都放完了玉卡，只剩下王宝乐时，带路的马脸学姐不由得看了过去，关切地问道："学弟，有什么疑问吗？"

　　"我的卡和别人的有点不一样……"王宝乐迟疑了一下，摸了摸怀里的紫色玉佩，小心翼翼地把它放在了石镜上。

　　就在玉佩与石镜接触的刹那，玉佩突然爆发出强烈的紫色光芒，石镜也一下子光芒万丈，轰隆隆的巨响惊天而起，响彻整座法兵峰，更有气浪扩散开来。

　　四周众学子心神震颤，骇然后退。

　　"什么情况？"

　　"怎么回事？"

　　连王宝乐都吓了一跳。

　　这还不算完，接下来更为惊人的是，在滔天的光芒中，法兵峰峰顶，洪大庄严的钟鸣悠悠而起，好似在通告整个法兵系。

　　铛、铛、铛……

　　一时之间，法兵峰所有区域，无论是正在上山的学子，还是学堂内的人，抑或是山顶建筑内正在修炼的人，都抬起了头。

　　石镜旁，马脸学姐此刻猛地睁大了眼睛，露出难以置信的神色，失声惊呼："特招学子！"

　　"你说啥？"王宝乐有些蒙。

　　与此同时，在回荡的钟鸣声中，法兵峰峰顶，一座充满灵气的大殿内，山羊胡子正坐在那里看一本古籍，原本慢慢平复的心情又变得烦躁起来。

"这小王八蛋，怎么来得这么快！"他心里烦闷，一想到自己五年只能用一次的权限就这么没了，肠子都悔青了。

若没人来打扰他也就罢了，偏偏随着钟鸣声回荡，几道身影从大殿外飞奔而来，正是法兵系的其他老师。

"张有德道友，听说你这次给我们法兵系特招了一个绝顶好苗子啊！"

"哈哈，老张啊老张，我就知道你一向眼力卓越。那好苗子在哪儿？快叫来让我看看。"

众老师带着兴奋之色纷纷进来，山羊胡子听着他们的话语，只能硬挤出笑容。

"没错，那是一个……好苗子！我还有件法器要炼，先走了。"说着，山羊胡子赶紧离去。他生怕再留下去，自己就会忍不住一掌拍死那个"好苗子"！

第 6 章

麻烦大了

在完成了登记、领取功法和道袍等琐事后，王宝乐穿着特招学子特有的红色道袍，站在靠近山顶区域的一座虽偏僻，但四周风景十分秀丽的建筑前，嘴巴都快咧到耳朵根了。

在他的面前，是一扇紫色的石门，随着石门开启，一座洞府赫然显露而出。

"这就是传说中的洞府啊！"王宝乐无法不激动，要知道，学子们绝大多数都是居住在如宿舍般的阁楼里，只有少数人才有资格居住在山峰的洞府内。

毕竟物以稀为贵，一座山上的阁楼可以修建更多，而洞府则是固定的，难以增加，且洞府内都有聚灵阵法，灵气自然比阁楼浓郁得多。

所以即使王宝乐的洞府不大，也足以让学子们羡慕得不得了。

看看自己与众不同的道袍，再看看自己的洞府，王宝乐见四下无人，终于忍不住仰天大笑起来，只觉得意气风发。他走入洞府内，发现这洞府虽不大，但有一个露台，露台伸出去足有两丈，站在那里好似站在天空中一般。得意的他索性坐在露台上，看着外面的天空与大地。

怀着美好的心情，王宝乐取出了一包零食。他一边吃着零食，一边将领取来的缥缈道院特有的武道功法打开，只见第一页上是三个苍劲的大字：古武诀!

这古武诀并非法兵系独有，而是整个下院所有学系的学子都必须学习的基础功法。新生来到道院，根据各自的选择进入各个系后，会接触到所在系特有的知识体系，而这古武诀，则是为各个系服务，支撑各系知识体系的基本功法。

"古武境三重，分别是气血、封身、补脉！"

随着黄昏临近，风清凉了很多，吹在王宝乐身上，让他感觉很舒服，阅读这功法的神情也专注了不少。

直至天边的晚霞渐渐被黑夜吞没，王宝乐才抬起了头。他将这古武诀全部看完了，终于对古武境有了更为全面的了解。

"气血者力大无穷，封身者精确无比，一旦补脉，则肉身达到极致！"王宝乐深吸一口气，想到了红衣青年陈子恒抽击山石的画面，目光慢慢有些火热。

"想要成为联邦总统，古武是一定要修炼的，况且修炼古武还能减肥，简直就是一举数得啊！"振奋中，王宝乐就想尝试着练一练，但他神色一动，右手在怀里一摸，取出了半张黑色面具。

看着这面具，王宝乐若有所思，他无法忘记在考核中这面具变得虚幻以及面具上浮现模糊字迹的一幕。

"这绝对是一件宝物！"王宝乐心跳加速。

他父母都是从事与考古有关的工作，因此，家里最多的就是一些看起来破破烂烂的东西。

而王宝乐也曾幻想，说不定这些古董里藏着宝物，可他从小到大几乎每一件古董都把玩过，也没见哪一件有不俗之处。

此刻拿着面具，他又仔细地研究了一番，除了觉得面具的材质有些冰凉外，他依旧没觉得这面具有什么不凡。最终他想到这面具是在考核那特殊的环境下才出现变化的，于是双眼一亮。

"看来要去借一件类似的法器回来，才能解开这面具的秘密！"带着这样的想法，见天色已晚，有些困乏的王宝乐回到了洞府内，美滋滋地整理行李。他的行李小包里装着的衣服不多，里面主要是一些稀奇古怪的东西，甚至还有个很大的喇叭。

"这每一样可都是我收集的宝物啊，若非梦境里找不到行李了，我也不用那么拼命！"看着行李包里的一个个宝贝，王宝乐很得意。他打了个呵欠，正要去睡，忽然一个激灵，猛地坐了起来。

"不能得意忘形，高官自传里有不少典故，但凡得意忘形者，往往乐极生悲。"王宝乐吸了口气，压下自己的振奋后，开始琢磨白天老师们的目光以及山羊胡子的态度，又联系起自己的特招学子身份，真相呼之欲出。

"他们一定发现了什么端倪……"王宝乐分析到这里，顿时心里发凉。

"这段时间我一定要低调啊，最好没有存在感……否则就不妙了！"王宝乐愁上心头，他可不想失去现在的一切。

时间一晃，三天过去，随着各个系的录取名单公布，这一届的学子都住进了各自的系峰，新来的学子逐渐熟悉院规院纪，在道院的生活也即将步入正轨。

这三天里，王宝乐很低调，开始尝试修炼古武诀，几乎没有走出过洞府大门，生怕被山羊胡子注意到。他想着熬过这段时间，或许就能安全很多。

只是他的愿望虽好，但现实没那么美好。学子们安定下来后，有关他们在来的路上分区考核的事情，在道院的灵网上开始传播，飞速成为热门话题。

毕竟这一次在近百艘热气球飞艇里同步进行的近百场分区考核中，出了不少引人注目的新秀。

"你们听说了吗？这一次来自天云城的新生中，有个叫吕京南的，此人竟布置机关斩杀刺骨蜥，极为厉害！"

"这算什么？我听说凤凰城的考核中，出了个强者叫作陈子恒，此人只差一点就是古武境第二重的封身层次，声名赫赫，八个系同时向他抛出橄榄枝！"

下院各个系的学子在灵网上热烈地议论着，渐渐地，更多的人被提及。

"这一次最令人瞩目的就是赵雅梦，传说此女是天生灵体，能炼出八成纯度的灵石，本可以进入联邦第一的白鹿道院，却被我们缥缈道院花大代价挖了来！"

"赵雅梦的确有非凡之处，可还有一个人与她不相上下，甚至超越了她，此人就是卓一凡。据说他天生拥有墨星眼，每次开启墨星眼，所看到的一切都会变得缓慢。而且他已经是封身大圆满，其身份更是神秘，传闻来自五世天族。他已被战武系动用权限内定！"

在这样热烈的议论中，此届新秀声名鹊起，就算是一些老生，也在听闻后压力极大。而王宝乐哪怕想要低调，但他特招学子的身份以及考核中的表现，在来自凤凰城的几百名学子的传播下，也如星辰一般耀眼。

"这一届的特招学子只有两个，一个是卓一凡，还有一个……就是王宝乐！说起这王宝乐，他具有高尚的品德，正义凛然，舍己为人。他为救同学，在红骨白婴蛇出现时，冲入蛇海；为给同学争取生存的机会，以身饲狼。他还曾说出'生是道院的人，死是道院的魂'这样震撼人心的言辞！"

"还有，王宝乐看到古蛮鬼熊时，尽管受了重伤，身体虚弱，可还是挣扎着爬了过去，试图引开古蛮鬼熊，拯救全部同学！"

这些事迹被迅速传开，王宝乐声名鹊起，传遍整个下院岛。

只是，王宝乐通过自己的传音戒登录灵网看到这一切后，不仅心凉了，血液都快凝固了。他只觉得大难临头，吓得赶紧发了一个帖子。

"大家好，我是王宝乐。你们误会了，其实我当时很害怕，之所以冲向蛇群，不是因为我无私，而是因为我觉得周小雅同学很漂亮，想追求她，真的……"

这段话是王宝乐忍痛发出去的，他不敢高调了，只能"自黑"给自己降降热度。

可他怎么也没想到，这帖子一发，居然迅速得到了很多学子的回复，这里面主要是女同学，她们纷纷表态，说他是个男人！

王宝乐只觉得眼前发黑，眼泪都快流下来了，哀嚎自己只是想降降热度，没想到热度反倒提升了。于是他又发了一个帖子。

"其实我之所以堵住狼群，是因为我中了毒，知道自己要死了，才想着死个痛快。最后救人的不是我，这一切功劳都是陈子恒同学的！"

写完这些，王宝乐松了口气，他觉得自己把功劳都推到陈子恒身上了，大家的注意力应该能被吸引过去吧。

只是，王宝乐的这口气只松了一小会儿，陈子恒居然很快也发了告帖。

"若论武道，王宝乐不如我，可若论勇武刚猛，舍己为人，我不如他！"

这告帖一出，整个灵网顿时沸腾了，陈子恒毕竟是名人，说的话分量十足，立刻引得众人争相议论。王宝乐只想低调的计划又一次被打乱，他的热度再次提升，一时之间压过了赵雅梦。

"你们放过我吧，我错了还不行吗！"

王宝乐流着泪，狠狠咬牙，再发一帖。

"大家不要关注我了，我就是一个普普通通的胖子，没有什么优点，我贪吃，我贪财，我自私，我考入这里也是压线刚过，炼出的灵石纯度也只是五成，我真的就是一个普通人啊！"

王宝乐自己都觉得这一次坦白得很彻底了，只要是不好的方面，他都写进去了。只是事情的发展，让他再次惊掉了下巴。

这一次居然是柳道斌站出来，留下了一段让无数学子产生共鸣的话。

"赵雅梦是厉害，卓一凡更是不俗，可他们本就是天之骄子，无论是救人还是完成考核，都应付自如。可王宝乐不是，他是用生命在救人。就好似富人拿出一百灵石给你，和穷人拿出全部积蓄的一百灵石给你，意义能一样吗？王宝乐和我们一样，就是普普通通的学子，怎么可能没有缺点？可越是这样的人牺牲自己去救人，就越震撼人心，那一幕，我一生都无法忘记啊！"

这段话顿时再次引起轰动，一时之间，下院灵网上关于王宝乐的话题热度超越了卓一凡，王宝乐成为这一届人气最高的新生！

王宝乐彻底傻眼了，呆呆地看着灵网，他自己都没觉得自己这么伟大，好半晌才恢复过来，眼中带着绝望，取出一包零食咔嚓咔嚓地吃了起来。

"完了完了，我的麻烦大了啊！"

果然，不久后，凤凰城一行的随行老师实在看不下去了，在公开场合道出考核中王宝乐弄虚作假的事。

一石激起千层浪，这件事引起轩然大波，轰动整个下院岛！

第 7 章

全民矿工

随着作弊之事被揭开，之前王宝乐被捧得有多高，如今众人内心的震撼就有多大，一时之间，关于王宝乐的话题再次发酵，王宝乐的风头何止是新生第一，连老生较之也全部黯然失色。

不少人在灵网上发出告帖，激愤地讨伐王宝乐。

见自己预料的最坏结果出现，王宝乐内心长叹，阴沉着脸坐在洞府内。看着四周，他的心中满是悲伤。

"都说天将降大任于斯人也，必先苦其心志，劳其筋骨，饿其体肤……难道这是上天对我的一次考验？"王宝乐自我安慰。他觉得这一次自己的麻烦实在太大了，稍微一个浪花就可以让自己翻船。在短暂的紧张后，他的脑子立刻转动起来，寻找解决办法。

数日后，缥缈道院下院各个系陆续步入正轨，开始了针对新生的第一次学堂讲课。王宝乐在这天清晨，抱着小包，神色凝重地走出了洞府。

"多大的事啊，怕什么！"看着天空中的"剑阳"，王宝乐深吸一口气，目光坚定，穿着那件特招学子的道袍，向法兵系三大学堂中的灵石学堂走去。

一路上三三两两前往学堂的学子众多，他们心中充满期待，脚步轻快，时而互相交谈。在看到穿着红色道袍的王宝乐后，他们纷纷一愣，瞬间认出了王宝乐，而后神色变化，低声议论的话题也都不由得转移到了王宝乐身上。

"是王宝乐！"

"他居然出现了！"

"你们说他还能在道院待多久？我听说有老师提出要将其开除，以儆效尤啊。"

众人的议论声虽小，但一路上王宝乐遇到的同学实在太多，还是有一些声音传到了他的耳中。若换了其他人，此刻必定难掩仓皇，心焦似火，可对于王宝乐来说，脸皮厚是基本功。此刻他神色如常，大步流星，直奔学堂。

远远看去，学堂所在的石台面积极大，足以容纳万人，建筑虽简单，却充满沧桑和古意，七八根巨大的石柱支撑起一个庞大的飞凤阁顶。

阁顶下人声鼎沸，除了正中间的讲台空旷无人，四周台阶上的座椅都已经坐满了人。而在这学堂里最为显眼的，就是讲台右侧的巨大石壁。

这石壁呈青色，其上竟显示着一百个名字，每一个名字的后面都标注着数字，第一个名字后标注着90，第一百个名字后标注着82。

学堂入口处竖着一块大石，其上刻着的正是法兵系的系训。

"世间万道，以法器克之，以灵宝制之，以法兵镇之，若皆无果，以神兵斩之！"

王宝乐靠近大石，这里老生、新生都有，同学更多，议论更杂，可他依旧神色淡定地看着大石上的系训。

这句话透出无上霸气，字里行间大有一法镇万道的气势，尽管王宝乐心里有事，在看到这句话后，还是脚步一顿，心神震动了一下。

如果说之前王宝乐只是对法兵系感兴趣的话，那么这一刻，在看到这句话后，他对法兵系已经有了更多的向往。

"想要开除我？笑话，我王宝乐什么大风大浪没经历过！"王宝乐定了定神，踏过学堂大门，直接迈步进去。

他那身显眼的红色道袍一出现在学堂内，就引起了四周同学的注意，也不知是谁第一个喊出了王宝乐的名字。

在这尖锐的声音传出后，一道道目光顿时从四面八方射来，全部落在了王宝乐身上。此地足有上万人，他们的目光凝聚在一个人身上，人群中更有嘘声传出，这种压力足以让人脚步发软。

"王宝乐，你还有脸来上课？"

"什么特招学子，根本就是依靠作弊骗来的身份，这样的人若不处理，天理何在！"

"王宝乐，这里不欢迎你！"

若换了其他场合，或许没有人会如此直接地开口，毕竟大家与王宝乐没有什么深仇大恨，可如今在这学堂里，人数众多，气氛很容易被带动，一时之间，讨伐声此起彼伏。

柳道斌也在人群中，他心情复杂，看向王宝乐时心底叹了口气。他也觉得奇怪，明明知道这个家伙作弊，可对方救人的画面，他依旧无法忘记。

"换了是我，此刻应该就转身走了吧。"柳道斌摇头感慨。

忽然他眼睛睁大，只见站在学堂门口的王宝乐，很自然地从身后的包里取出了一个大喇叭放在嘴边，同时眼睛瞪起，猛地大吼一声："都给我闭嘴！"

这句话本就是王宝乐狂吼而出的，声音又经过这特殊的扩音喇叭的放大，顿时好似天雷轰鸣，传遍了整个学堂，哪怕上万人的议论声也无法与之相比。

距离较近、嘘声较大的那些人，甚至被这声音震得踉踉跄跄。四周一下子鸦雀无声，所有人都有些发蒙，他们做梦也没想到，居然有学子在包里放这么一个明显被改装过的大喇叭。

来这里是上学的，他们无法理解，拿着喇叭来上学是怎么回事……

这实在匪夷所思，柳道斌也惊呆了，不由得多看了王宝乐手中那夸张的大喇叭几眼。

王宝乐满意地看着这一幕，从容地将手中的喇叭塞回了包里。这可是他随身携带的宝物之一，熟读高官自传的他很清楚，在竞选演讲时，一个扩音喇叭的作用实在太大。

见众人被自己震慑住了，王宝乐昂首挺胸，向前走去。他看到柳道斌时，柳道斌迟疑了一下，又看了他的小包一眼，这才向他招手。

"这柳道斌够意思啊。"王宝乐眼睛一亮，赶紧过去坐了下来。

直至此刻，学堂里的众人才纷纷回过神来，一个个顿时暴怒，刚要反击，却有钟声回荡开来，一个身形消瘦、穿着黑色道袍、有着一头白发的老者缓缓走了进来。

老者神色冷漠，一副不好接近的样子，自然而然地散发出一股让人感到压抑的气息。学堂内的所有学子都没来由地心一颤，纷纷闭嘴，安静地看向正走上讲台的黑衣老者。

王宝乐也赶紧看了过去。

黑衣老者目光扫过众人，淡淡地开口说道："法兵系有三大学堂，分别是灵石学堂、回纹学堂以及灵坯学堂，而老夫就是灵石学堂的五位讲师之一，邹云海。老夫身边的石壁，是灵石学堂的灵石榜，希望有朝一日，你们都能榜上有名。

"现在开始上课！不过在学习炼制灵石前，你们要明白，为什么我们要炼制灵石，为什么要全民修炼养气诀。"

自称邹云海的黑衣老者说着，右手抬起随意一抓，其手中竟凭空出现了一块拳头大小的乳白色石头。

这一幕，顿时让不少学子心头震撼。柳道斌见多识广，在王宝乐身边吸了口气，低声开口说道："邹老师有储物法器！"

王宝乐同样睁大了眼，储物法器他听说过，却从来没见过，市面上也根本没有人卖，一些大的拍卖会上才会偶尔出现一件，且每一件最终成交的价格都高得无法想象。

至于那乳白色的石头，所有学子都不陌生，这正是炼制灵石必需的空白石。

"三十七年前，随着星空之剑飞来，天地间突然出现了一种能源，也就是灵气！灵气浓郁无比，可毕竟是突然出现的，之前从未有过。联邦根据相关研究推断出，在灵气的滋养下，数百年后，玉石会受到影响，进而形成灵石矿。"邹云海平静地开口。

与此同时，他手中的乳白色石头不断地散发出强烈的光芒，众学子能依稀看到他四周的空间略为扭曲，好似有阵阵看不见的灵气正被他操控着、牵引着融入石块内。

"可如今只是灵元纪三十七年，远远没到能形成灵石矿的程度，想要灵石，就只能人为制造。各方势力推广养气诀为全民功法，目的是让所有人都成为矿工，制造出灵石，使灵石数量庞大起来，在全世界流通，供所有人修炼使用。

"因人们与灵气的亲和度等种种因素的不同，每个人炼出的灵石纯度也不同，所以就有了资质的说法。考入白鹿道院的学子，需要炼制出纯度为七成的灵石，而我缥缈道院的要求低一些，可至少也要五成纯度！"

邹云海的话语与空白石的变化，让学堂内的众人纷纷咋舌。这种言论与他们平日里听到的截然不同，而邹云海炼灵石时的从容，同样让人震惊。

"全民皆矿工……能一边说话，一边炼灵石……"王宝乐也心头狂跳，他也能炼灵石，可每一次必须全神贯注，稍微分心就会失败。

邹云海没有在意学子们的震惊，依旧神色平静地炼制灵石，口中再次传出话语。

"那么新的问题又出现了，养气诀是否真的只有一篇？

"老夫可以肯定地告诉你们，全民所学的养气诀皆为上篇纳灵，其作用是增强体魄，将灵气纳入身躯。虽然灵气无法被储存在体内，会如过堂风一般很快流散到体外，但若手持空白石，以意念操控，身躯就好似成为媒介，便可炼制出灵石。灵石也有等级划分，分别为下品灵石、中品灵石、上品灵石以及……极品的七彩灵石！

"而下篇，世间只有法兵炼器者才可接触，因为那包含养气诀的剑柄碎片，本就是讲述法兵炼器的！只不过上篇附带炼灵石的方法，才被扩散至全民修炼。"

邹云海不疾不徐地说到这里时，他手中的空白石光芒已然十分璀璨。他右手一挥，光芒消散，空白石表面有飞灰散去，最终露出的，赫然是一块体积小了很多的菱形灵石！

烟雾流转，宝光浮掠！

"下篇虽好，但无法炼制出八成纯度的灵石的人没资格去学。至于老夫的学堂里，不讲下篇，只讲上篇炼石之法。"

学堂内一片寂静，所有人都看着邹云海手中的灵石，似乎一切在这灵石面前都黯然失色，与这灵石比较，他们炼出的灵石好似假的。

"说话间，就炼出了纯度至少为九成的灵石……这邹老师除了老师的身份外，在外界必定是赫赫有名之辈！"王宝乐吸了口气。今天这堂课，给他打开了一扇新的大门！

第8章

才智与反击

灵石学堂内，邹云海的声音一如既往地平静，仿佛他不是在给学子们上课，而是在表述自己对法兵的理解。

每每随意的一句话，都让众人好似醍醐灌顶一般，茅塞顿开。只是这种聚精会神的关注，对于刚刚进入道院的学子们来说有些超负荷，学子们只能先记录下来。

到了后面，学子们连记录都跟不上了，不少学子开始低声议论起来，以此放松。

王宝乐此时已经明白了为何法兵系只有三大学堂，因为仅仅是这传授炼灵石技巧的学堂的考核，就绝非靠听课便可以完全通过。

他身边的柳道斌也终于回过神来，看向他，忍不住低声开口："王宝乐，你这次麻烦不小，我听说不少老师提出要将你开除……"

柳道斌眼中满是同情，只是在看到王宝乐的小包时，面部有些抽搐。

"哪个老师说的？"王宝乐有些生气，虽然他心底有了决断与准备，可还是苦恼起来。

柳道斌拍了拍王宝乐的肩膀，心底感慨，提醒自己要以此为戒。他正要安慰王宝乐几句，就在这时，忽然，从学堂的大门处走进来两个人。

这两个人明显是老生，穿着与其他学子不一样的黑色道袍，神色肃然。

他们一出现，就引起了学堂内所有老生的注意。

"出了什么事情？院纪部的人都来了！"

"居然是他们，但凡他们出现的地方，都会出事啊！"

新生即便不知晓二人的身份，可听着老生的议论，又看到二人神色肃然，也纷纷明白过来。

王宝乐心头一跳，隐隐觉得不妙。

邹云海眉头皱起，看向那两个院纪部的学子。二人恭敬地向邹云海抱拳，并递上了一份玉简。

邹云海皱着眉头看完，抬头扫视众学子，目光最终落在了王宝乐身上。

邹云海这一眼看去后，学堂内的学子们顿时齐齐看去，心里纷纷有了答案，知道是王宝乐的事情终于引起了下院的注意，这是要处理他了。

王宝乐虽然心里已有对策，但看到这一幕，还是有些紧张。此刻那两个院纪部的学子目光锐利地看向他，明显来者不善。

"王宝乐同学，你来一趟。"其中一个冰冷地开口说道。

只是还没等王宝乐起身，邹云海就冷哼了一声。

"够了，一切事情等下课再说，现在你们出去。"

那两个院纪部的学子闻言顿了一下，不敢得罪老师，低头称是，后退到了学堂门口，在那里等候。邹云海没有再理会他们，继续上课。

王宝乐心底松了口气，看向邹云海，脸上充满了感激。虽然他已经有了应对之法，但时间多一些总归是好的，可以让他的思路更完善、更清晰。此刻他闭上眼睛，让自己静下心来。

学子们有不少幸灾乐祸的，可这样的终究不是全部，绝大多数学子还是觉得事不关己，依旧记着笔记。

柳道斌心底暗叹，也不知如何安慰王宝乐。他知道，一旦王宝乐被开除，与自己就算是两个世界的了，未来就算有相遇的一天，想来也会唏嘘不已。

两个时辰后，邹云海讲完这一堂课离去了，所有学子瞬间都看向王宝乐，那两个院纪部的学子冷厉的目光也落在了王宝乐身上。

"还要我们请你吗，王宝乐同学？"

王宝乐这才睁开眼睛，他神色平静，与他往日给人的感觉有些不一样。他一言不发地走了过去，随那两个院纪部的学子离开了学堂。

随着王宝乐的离去，学堂内顿时爆发出了嗡嗡的议论声。

"这王宝乐难道真的要被开除？"

"这还有假，没看到院纪部的都来了吗？但凡被他们带走的，我就没见过一个能没事的！"

还有不少人跑出去跟随在后，想去看看全过程，毕竟王宝乐还是特招学子，影响极大。

不仅法兵系的学子在关注这件事，其他学系的学子听说王宝乐被带走后，也纷纷关注起来。

王宝乐没有理会身后跟随的众人，一路上神色前所未有地平静，跟着前方那两个院纪部的学子，直奔法兵峰的峰顶。

走在前方的那两个学子心中冷笑，这几年他们带走的人不少，如王宝乐这样淡定的也不是没有，可在他们看来，一会儿王宝乐出来时若还能这样，那才叫"神人"。

他们身后跟随之人越来越多，直至到了山顶的大殿前，那两个院纪部的学子才停下脚步，退到两侧，示意王宝乐自己进去。

望着大殿关闭的大门，王宝乐深吸一口气。说不紧张是不可能的，但他明白，这一关自己必须过。他狠狠一咬牙，上前推开大殿的门，迈步踏入。

一进入大殿，王宝乐就察觉到数十道目光瞬间落在了自己身上。在他面前，赫然坐着数十个老师，其中有中年人，也有老者，任何一个都表情肃然，还有一些带着痛惜之色。

卢老医师以及山羊胡子也赫然在列，相比卢老医师的平静，山羊胡子则神色复杂，有些不忍。

而在他们中间的，明显是主持这一次调查的主管。那是一个瘦削的中年男子，他穿着一身黑色道袍，目光炯炯，双唇略薄，全身上下竟散发出明显的寒气，使得这大殿内的温度比外面低不少。

这些人并非都是法兵系的老师，只不过因王宝乐是法兵系特招的，所以他们才选择在法兵峰对王宝乐作弊事件进行调查。

"王宝乐！"看到王宝乐进来，那黑衣中年男子声音冰冷，缓缓开口。

"弟子在！"王宝乐深吸一口气，上前一步，抱拳沉声说道。

"经查，你在分区考核中的确存在严重且恶劣的作弊行为，按照院规本应立刻开除学籍，因你是特招学子，故而将你唤来旁听。"黑衣中年男子说完，根本不给王宝乐解释的机会，转头看向四周众人。

"诸位同道，现在可以开始了。对王宝乐的惩罚，我本人建议收回特招身份，开除学籍，通告四大道院永不录用！"这句话说得斩钉截铁，冰冷无比，回荡在大殿中。

王宝乐神色一变，心说自己与此人第一次相见，无冤无仇，这也太狠毒了，这是要绝了自己的前程。

短暂的寂静后，有老师冷声开口。

"的确应该开除学籍，如此卑劣无耻之人，没资格进入道院！"

"没错，老夫也建议开除！"

"虽惩罚有些严重，但若不严惩，放任这种行为，是对联邦的不负责任！"

陆续有老师说出自己的想法。对他们来说，王宝乐就是个可有可无的小人物，既然黑衣中年男子已经定下了调子，他们也没必要反驳。

听着老师们的话语，王宝乐轻缓地呼吸着，一动不动，整个人仿佛已经呆滞了，只是他的双手已经握成了拳。

此刻山羊胡子轻叹一声："将其特招身份收回即可，谁能无错？没必要如此严惩。"

只是山羊胡子的说法并没有得到众人的认同，很快，其他几个老师也开口了，整个大殿内建议开除王宝乐学籍的声音成为主流。

唯独卢老医师没有说话，而那黑衣中年男子也没有问卢老医师的建议。黑衣中年男子起身，正要宣布结果，可就在这时，王宝乐猛地抬头，眼中露出悲愤。

"诸位师长，能否给我一个说话的机会？"

黑衣中年男子皱起眉头，他之所以如此狠辣，是因为他原本计划推荐另一人成为法兵系的特招学子，可还没等计划实施，特招学子的身份就被王宝乐抢走了。此刻他冷哼一声，正想不去理会王宝乐，可一旁的卢老医师忽然开口："说说看。"

他这一出声，黑衣中年男子只能默认了，望向王宝乐。

"诸位师长，我的确知道考核中的一切都是假的，但是我能怎么样？"王宝乐深吸一口气，身体似乎在颤抖。

"难道我能告诉所有的同学，这所谓考核实际上是假的吗？我能吗?!"后一句，王宝乐几乎是大吼出来的。

王宝乐情绪激荡，整个人好似疯狂了。

"一旦我告诉他们，那么道院的考核大计必定前功尽弃，那个时候，我就成了道院的罪人。你们告诉我，我该怎么办？

"危急时刻，我看到同学们受伤，偏偏又不能告诉他们这是假的，只能去救他们。难道我去救他们错了吗？你们告诉我，我该怎么办？"

王宝乐额头上的青筋鼓起，身体颤抖，好似要将心中的悲愤全部宣泄出去。

"救人是错的吗？不应该救人吗？如果我王宝乐明明知道这一切都是假的，还考虑自己是否存在作弊行为，考虑自己的得失，眼睁睁地看着同学哭泣、受伤、死亡而无动于衷，我还是人吗?!"

王宝乐近乎咆哮，他的情绪此刻彻底爆发，声音在这大殿内不断回荡。

所有的老师此刻都愣住了。

"你们看到的只是我在演戏，可我想问一问诸位老师，如果换了你们，你们会怎么做？是冷漠无视死亡，还是与我一样救人？

"我是缥缈道院的学子，不说上为青天换日月，下为黎民安太平，可我王宝乐也是一个顶天立地的汉子！"

王宝乐的眼睛里有泪水，右手抬起狠狠地拍着自己的胸口，发出砰砰的声音。这一句句话诚挚无比，四周不少老师为之动容。

王宝乐惨笑着说出的最后三句话更是震动了所有人。

"如果舍己为人也算一种罪，我认！

"如果聪明敏锐也算一种罪，我认！

"如果是这样，弟子王宝乐甘愿接受惩罚！"

王宝乐的话掷地有声，与此同时，他向所有老师猛然一拜。

整个大殿内瞬间鸦雀无声，所有的老师都吸了口气，一个个神色不断变化，怔怔地看着王宝乐。王宝乐那一句句话语饱含大义，很有道理，无不冲击他们的心神。

不过，山羊胡子等看过王宝乐演戏的老师心里虽受触动，可还是觉得哪里不对劲。

而那黑衣中年男子则眯起双眼，盯着王宝乐，想再说些什么，却无从开口。王宝乐的话在黑衣中年男子听来，虽有破绽，却将自己和道德大义牢牢捆绑在了一起。

那种反对他就好似反对正义的感觉，使得黑衣中年男子哑口无言。再看众人神色，他知道这一次对方过关了，不禁暗叹一声。他本以为轻而易举就可拍死的小人物，却摇身一变，成了刺猬。

卢老医师意味深长地笑了笑，闭上了眼睛。

很快，王宝乐走出了大殿。殿外有数千人围着，里面不少嫉妒他特招身份、幸灾乐祸之人正打算看他的笑话。此时从大殿内却传出了沧桑的声音。

"经我院调查，王宝乐同学于新生考核中并未违规，保留其特招学子身份，特此公告！"

第 9 章

太虚噬气诀

沧桑之声带着威严，回荡于整个法兵峰，大殿外听到的学子无不心神一震，那些幸灾乐祸之人更是睁大了眼睛，嘴巴都合不拢，有些不敢相信。

一时之间，大殿外一片寂静，所有人的目光都落在了王宝乐身上，看着他昂首挺胸地走来。那一身特招学子特有的红色道袍，在这一刻格外显眼。

众人下意识地退避，让开一条道路。王宝乐逐渐远去，许久之后，阵阵吸气声以及议论声骤然爆发。

"竟然没事！"

"这怎么可能？他不是作弊了吗，居然说没有违规？"

柳道斌也站在人群里，此刻同样被震动了，脑海里不由得浮现出王宝乐在考核中的英武形象以及学堂内他出人意料取出大喇叭的一幕。

"高深莫测啊！"半晌之后，柳道斌深吸一口气，顿时觉得王宝乐成为特招学子绝非侥幸，他在王宝乐身上感受到了一种与众不同的特质。

大殿外，之前带王宝乐来此地的那两个院纪部学子相互看了看，也看到了彼此眼中的不可思议。

在王宝乐回到洞府后，关于道院通告他没有违规的事情，已然通过灵网传遍了整个下院岛，关注此事之人无不吃惊疑惑。

一时之间，王宝乐的名字再次于灵网上霸屏。而此刻的王宝乐正坐在洞府的露台上，得意地看着灵网。与之前的"自黑"心态不同，此刻的他看着自己的人气节节攀升，很是欣慰。

"不过我也不能掉以轻心啊。"王宝乐想起了之前大殿内的黑衣中年男子，对方那狠辣的言辞和举动，让王宝乐心一凛。

"此人必定是下院的高官，如果不知道他的具体身份，我会很被动的……"王宝乐想到这里，赶紧去灵网上寻找线索。黄昏即将降临时，他终于找到了此人的身份资料，呼吸不由得急促起来。

"这……副掌院！天啊……"王宝乐内心咯噔一声，揉了揉眼睛确定自己没看错后，顿时紧张起来。对方是下院的副掌院，这在王宝乐看来，已经是相当厉害的身份了。

"我没得罪他啊，难道我们家祖上有什么我不知道的秘密……曾经得罪过他？"王宝乐胡思乱想，十分头痛，可半晌之后，他想起自己研究过的那些高官自传，眼神中又透露出坚定。

"几乎所有高官一生中都会遇到一个又一个政敌，可以说他们就是在与政敌的一次次斗争中越走越远的！这副掌院，看来就是我王宝乐此生的第一个'政敌'啊！"将对方定位成自己的政敌后，王宝乐顿时不紧张了，反倒斗志昂扬，开始琢磨自己身为特招学子所拥有的优势。

之前那些天他虽没怎么出门，但早就通过灵网知道了特招学子的一些特权，其中有一条就是可以去所在系的藏宝阁免费借取一件法器，为期五年。

想到这里，王宝乐赶紧起身离开洞府，找到了藏宝阁。他凭着特招学子的身份，经过一系列的认证后走入藏宝阁内。此刻藏宝阁里也有一些学子，他们立刻认出了王宝乐，虽也有人无视他，自顾自地挑选法器，可更多的则是交头接耳。

这藏宝阁充满古意，外看如五层阁塔，里面则有一排排架子，上面放着一件件在法兵系备了案的法器。

这些法器有的毫不起眼，有的则光芒璀璨。放眼看去，这里的法器有数千之多，由此也能看出法兵系的底蕴有多深厚，毕竟被摆放在这里租借给学子的，无一不是精品。

法器不同，租借费用也不一样，可这对王宝乐来说不用去考虑。

"反正是免费，当然要借个贵的了。"

王宝乐的目光扫过一楼后，在一楼不少学子羡慕的目光中，他直接上了五楼。站在空旷的五楼，王宝乐越发觉得自己的特招身份不错。他开始挑选法器。

"这把剑不错！

"这个铃铛也很好看。

"这只手套好啊，通体银色，一看就很厉害！"

王宝乐左看右看一番，有些纠结，这里的每一件法器他都喜欢，一时之间难以选择。直至他的目光落在一个白色的玉石枕头上时，他才内心一动。

这枕头叫作梦境法枕，作用与梦境迷阵一样，都能制造出虚幻的场景。可众学子因层次不够，很难在虚幻的场景里做复杂的事情，故而这梦境法枕少有人租借，且价格不菲。

若没有黑色面具，王宝乐也不会留意这梦境法枕。眼下他沉吟一二，便决定借取这件法器。

登记后，王宝乐带着梦境法枕离开。一路上他很是期待，脚步也轻快无比，直奔洞府。他打算回去后尝试一下，看能不能找到黑色面具的秘密。

此刻已是黄昏，但天边还有晚霞，霞光洒落在法兵峰上，好似给法兵峰披上了一层红色的薄纱，柔和中带着说不出的美。晚风吹来，带走了炎热，换来了清凉，不少学子走出阁楼，在法兵峰上欢笑轻谈。

也不知是不是因为有红色的霞光，王宝乐身上的红色道袍没那么显眼了，当他顺着山间小路走来时，没有多少人注意到他。随着阵阵惊呼，学子们纷纷看向远处。

众人目光所及之处，有一个衣着与特招学子又有不同的青年，一身纯白色的道袍在此人身上显得很飘逸，只是他相貌寻常，略微有些麻脸。

他并非独自一人，在他身后左右，赫然有十多个学子。这些学子簇拥着他，有的帮他拿着书包，有的帮他拿着冰灵水，一行人正从远处走来。

"是学首！"

"灵石学首姜林！"

与见到特招学子不同，此刻四周的学子无论男女，在看到那白衣青年后，都立刻上前拜见，恭敬客气，如同见到了老师一般。这就使那白衣青年越发显得高贵。他点头示意，这才在众人的簇拥下远去。

他不是没有看到王宝乐，可似乎在他眼里，无论是特招学子还是普通学子，都没有什么区别。不到学首，皆为后学，而非同门。

王宝乐睁大眼睛，看着那远去的白衣青年，心底有些酸酸的，觉得对方抢走了自己的风头。

"学首是啥？"王宝乐哼了一声，低头打开灵网，一边走向洞府，一边在灵网上查看资料。他的呼吸慢慢变得不正常了，等回到洞府后，他整个人大受震撼。

"这……这就是学首？"

学首，就是每个系中学堂榜单上的第一名，有几个学堂，就有几个学首，比如法兵系有三大学堂，则学首也有三人。

能够成为学首，证明其在学堂内绝对优秀。学首还有一个称呼，叫作掌院门徒！

各个系的学首都算是掌院的弟子，彼此之间以师兄弟称呼，这与其他学子之间"学弟""学妹"的称呼完全不同。除此之外，身为学首还有一些连特招学子都没有的权力。

特招学子只是比普通学子多了些便利而已，而学首则掌握了道院的部分权力，可以监察所在系全体学子的守纪情况。仅此一条，就足以让无数学子紧张、敬畏。

最重要的是，系主没有资格罢免学首，因为学首并非任命的，而是凭成绩自行晋升的。

这是整个缥缈道院的规则，唯有掌院才有权力罢免学首，可这种撼动规则的权力，连掌院也不愿动用，除非学首做了极恶劣的事情。

而拥有如此身份、如此权力的学首不敢有丝毫怠惰，因为一旦被后面的人超越，不再是第一，就会立刻失去一切。

看着灵网上的资料，王宝乐目光火热，只是想要成为学首，难度太大了。他记得灵石学堂的榜单上，排在第一位的学首名字后的数字是90，这代表其炼制出了纯度达到九成的灵石。

"除非我炼出纯度高于九成的灵石，否则根本就不可能啊。"王宝乐叹了口气，将心底的酸意收起。他不是一个愿意去嫉妒别人的人，对他来说，学首如此威风，也的确有常人难以企及之处。

王宝乐带着遗憾与渴望，收起心思，从小包里取出梦境法枕，又拿出黑色面具。他沉吟了一会儿，将梦境法枕开启。随着眼前一花，四周的一切改变，幻化出了一片冰川。

刺骨的寒风吹来，使得王宝乐浑身一激灵。

"果然逼真啊！"王宝乐赶紧看向四周，只见天空飘着雪花，地面满是冰层，远处还有一些寒冷地带特有的小兽，一切都真实无比。

王宝乐收回目光，连忙看向自己的右手。他吸取之前的教训，进入梦境前将黑色面具拿在了手里，此刻低头看去，立刻看到手中的黑色面具表面有的地方清晰，有的地方模糊，交错在一起。

"果然有用！"王宝乐振奋，赶紧仔细观察。好半晌后，面具状态才稳定下来。虽然这面具依旧不完整，但其上曾经出现过的字又一次浮现了。

不知是不是这一次将面具举到了眼前的缘故，面具上的字清晰了一些，仔细辨认之下，王宝乐渐渐看清了这些字。

"太虚噬气诀？"

王宝乐眨了眨眼，继续看下去。将这上面的字全部看完后，他的身体僵住了，而后颤抖起来，眼中流露出了强烈至极的激动。

所谓太虚，就是无中生有；所谓噬气，则比养气强无数倍。准确地说，这太虚噬气诀也是炼制灵石的手段，却不需要空白石作为容器，而是无中生有，将灵气以身体吸噬来，从而形成灵石。

正是因为不需要空白石，且手段不同，所以用太虚噬气诀炼制的灵石纯度远远超出用养气诀炼制的灵石。别说炼制的灵石纯度达到九成了，就算炼制出传说中唯有法兵宗师才可炼出的完美灵石，也不再是遥不可及的梦想！

"这……这……"这一刻的王宝乐，顿时将缥缈道院的功法扔在了脑后，内心激动，充满了对学首身份的渴望。这就是他的动力，此刻他整个人疯狂起来。

第 10 章

无敌战武系

太虚噬气诀与养气诀有相似之处，原理却有很大的不同。

养气诀是将天地间的灵气引入体内，可因身体有看不见的空窍，所以无法留住灵气，但也因此能以身体为媒介，将灵气引入手中的空白石内，从而炼制出灵石，且在这个过程中，炼制者自身的体质能够得到增强。

而太虚噬气诀就像在体内形成一个黑洞，使得全身上下充满了强大到极致的吸力，就好似能吞噬一切，将天地间的灵气疯狂地吸噬来。就算常人的身体有无数空窍，留不住灵气，但在这吸力下，吸的速度超越了散的速度。

最终灵气在身体内不断地积累，也正是因为这种高速的凝聚，法兵师不需要空白石，就可在手中凝聚出灵石！

如此一来，法兵师炼制的灵石在纯度上自然远超旁人，毕竟摆在法兵师面前的有关灵石纯度方面的最大的难点，就是如何清除空白石本身蕴含的杂质。

联邦有人提出过与这种功法类似的概念，却无人能做到，只存在于想象中。但如今在王宝乐面前，这一篇太虚噬气诀完美地解决了一切。

"看来修炼这太虚噬气诀，吸噬之力会从小到大，越来越强……"王宝乐在激动中离开了梦境，他盘膝坐在洞府内，双眼冒光，只感觉学首的身份已经在向自己招手了，不由得越发兴奋，浑然忘记了其他一切事情。他闭上眼睛，全身心地沉浸在对太虚噬气诀的研究与修炼中。

他有好几年养气诀修炼的底子在，对引导灵气不陌生。随着心慢慢平静，他立刻就感应到了四周天地间近乎无限的磅礴的灵气。

只是这太虚噬气诀看似简单，实际修炼起来还是有不少难点，王宝乐一开始磕磕绊绊，很多时候灵气被吸来，却很快就消散了。可他一旦有了目标，就会很执着，如同在梦境迷阵的考核中，他不顾剧痛拼命加分一样。

"按照太虚噬气诀的说法，要先在体内形成噬种，让其成为身体的一部分，然后才可使吸噬的速度超过消散的速度。"

王宝乐再次发挥了他个性中的执着，在之后的半个月内，他没有再去上课，就算吃饭也是匆匆而去，飞速归来后又沉浸到研究与修炼中。

下院岛众山峰之中的掌院峰峰顶，有一个池塘，池塘边一间茅屋外，卢老医师正坐在那里垂钓。

柔和的风吹来，将四周的垂柳吹得摇晃起来，倒映在池塘里，别有一番意境。

然而在卢老医师身旁站着的副掌院，那名黑衣中年男子，此刻额头冒汗，局促不安。许久，他深吸一口气，向卢老医师抱拳，深深一拜。

"掌院，我错了。"

卢老医师却好似没有听到，依旧在垂钓。

过了半晌，副掌院擦了擦额头上的汗水，态度更为恭敬，再次低声开口："属下错在明知可以将王宝乐事件作为一个正面的例子宣传，增强道院的向心力，却偏偏选择了另一条道路，甚至指使丹道系的老师点出作弊之事。"

他说完后，发现卢老医师的神色依旧没有什么变化，不禁汗水更多。他再次低声说道："属下更错在贪图法兵系的特招名额，从而动了私心，试图将王宝乐驱逐出道院……还引导了其他老师的态度……"

副掌院再次擦了擦汗，心底苦涩。他判断有误，之前以为掌院对王宝乐不满，这才借助这个机会，一方面出手惩治王宝乐，一方面为自己谋取利益。

没想到，最后王宝乐竟能翻盘，而翻盘的原因，他明白一方面是王宝乐的言辞，更重要的一方面则是掌院的态度。

直至此刻，卢老医师才抬起头，淡淡地看了副掌院一眼。

"既然知道错了，那就下去吧。"

副掌院松了口气，他跟随掌院多年，知道对方能这么说，就代表这件事已经算化解了一半。他恭敬地一拜，这才离去。直至走远，他想起了王宝乐，眼中露出一丝阴冷。可他知道自己短时间内不能动手，且这种小人物，就算有点手段，他也不会放在眼里。

只是他不知道，在他离开后，卢老医师身后无声无息地出现了一个老者。这老者好像是仆从，佝偻着身子，站在卢老医师身后。

"掌院高明，借此事不动声色间敲打了一下副掌院高全，想来经过这一次，他能收敛些。虽然他认了很多错，可最错的一点终究没有承认，那就是手伸得太长了。另外属下也查清楚了，这一次事件，是法兵系的灵坯学首在暗中操控舆论。副掌院与那灵坯学首接触较多，法兵系的特招名额也是那灵坯学首索要的，背后似乎还有其父的引导。"老者低声说道。

"灵坯学首的父亲吗？堂堂联邦十七议员之一的大人物，不会用这么粗糙的手段。这件事到此为止吧。"卢老医师笑了笑，眼中露出一丝讥讽，"他若攀上了议员，我倒也高看他一眼，可攀上其子，这高全终究是没有脑子的。"

"掌院，这种三心二意的小人，何不……"卢老医师身后的老者迟疑了一下。

"还不到时候。"卢老医师眼神深邃。这种他好不容易树立起来的吸引仇恨的人物，价值之大，外人是不会了解的。

"以后总有人忍不住去动这高全，而无论如何，要动他的话，都要来我这里进行一些交换。"卢老医师笑了笑，心底低语。

时间流逝，王宝乐依旧在修炼，不知不觉，三个月就过去了。

这三个月里，王宝乐深居简出，使得法兵系其他学子对他的议论少了很多，加上学业繁重，大家渐渐都不再关注他。

从某种意义上来说，如今王宝乐的确做到了他一开始就想要的低调。

功夫不负有心人，在三个月后的这一天，王宝乐体内终于勉强形成了一个他能感受到的黑洞噬种。

感受着体内散出的吸力，王宝乐振奋地擦了擦汗，只觉得自己距离成功又近了一步，赶紧继续修炼。

有了噬种后，洞府内的灵气就好似流水一般，缓缓地被改变方向，直奔王宝乐而去。渐渐地，不仅仅是洞府内，连洞府外的灵气也都如此。

到了最后，在王宝乐所在的区域，灵气形成了一个看不到的旋涡，而这旋涡的中心，正是王宝乐体内的黑洞噬种。

大量的灵气被吸噬来，吸噬速度终于超越了灵气自然消散的速度，使得灵气开始凝聚与积累。这给王宝乐带来一种难以形容的舒服感，好似有无数小手正在按摩他全身。好在王宝乐虽沉浸在这种感觉中，但还是知道自己要做什么。他慢慢抬起右手，利用太虚噬气诀的功法凝聚灵石。

只是到了这里，修炼太虚噬气诀的另一个难点出现了。虽然浓郁的灵气可以凝聚在一起，但这时稍微不留意，就会失败。

而一旦失败，凝聚在一起的大量灵气就会扩散开来，之后又飞速被吸入体内，再次积累。

"我就不信了！"王宝乐有些疯狂。那种眼看就可以成功的感觉，使他更为执着。他一次性买了大量的食物，其中零食居多，而后他便如同闭关一般不离开洞府，彻底沉浸在修炼中。

渐渐地，他原本就圆圆的身体更圆了，肉越来越厚，尤其惊人的是，他的皮肤泛着光泽，虽说不上晶莹剔透，可也细润无比。而这一切，他自己都没发现。

他的这身肉绝非寻常，而是灵气不断积累，从而形成的灵脂。脂肪本就是身体内多余的能量转化而来的，王宝乐体内的灵气早已超越常人，如今又不断地吸噬灵气，身上的脂肪不由得越来越多。

好在他穿着的红色道袍材质特殊，有很大的弹性，此刻也没有被撑破。至于王宝乐，如今他的脸都变了形，油光锃亮的，眼睛看起来越来越小……

就这样，不知不觉又过去了一个月。在这一个月中，王宝乐也发现了自己体重的变化，可一门心思炼灵石的他直接将其忽略了。终于有一天，王宝乐激动地看着手心的一块菱形灵石。在测试了灵石的纯度后，他仰天大笑。

"成功了，哈哈，我终于成功了！不是五成纯度，而是七成半！"

王宝乐非常激动，振奋无比。他之前在凤凰城多年，只能炼制出纯度为五成的灵石，可如今竟炼出了纯度为七成半的灵石。要知道，联邦第一道院白鹿道院的报考标准，也只是炼出纯度为七成的灵石。

王宝乐心满意足，只觉得自己已经非常厉害了。他正要起身走几圈来表达自己的兴奋，却险些没有站起来。他不由得一愣，低头看着比半年前明显胖了的身躯，那特招学子特有的红色道袍都已经被撑得变形了……

他的呼吸慢慢急促起来，眼睛猛地睁大。

"这……这……"王宝乐哀嚎一声，立刻意识到此刻的自己麻烦大了。

"天啊，我只是稍微没留神啊，怎么……怎么就这样了?!"王宝乐身体哆嗦，脑海中瞬间浮现出自己看过的族谱，顿时紧张无比，赶紧伸出粗大的手指算了起来。

算了半天，他发现自己无论怎么算，按照族谱里那些胖祖先去世的年纪，自己似乎都活不了太久了，这让他欲哭无泪。

"我还没当上学首，我还没当上联邦总统，我不想和胖祖先们团聚啊！"王宝乐恐惧之下，满脑子都是减肥的念头。可减肥之事他做过好多次了，几乎都没有效果，这让他抓狂。

"运动，我要运动，我要跑步，趁着这些肉刚刚出现，这个时候减肥或许有用！"王宝乐狠狠咬牙，他此刻首先想到的就是跑步，于是赶紧走到洞府大门处。

好在他虽胖了一圈，可还能从大门出去。他一走出去，阳光就洒落在他那夸张的红色道袍上。看着自己那庞大的影子，王宝乐顿时悲愤起来。他大吼一声，用出了吃奶的力气，在法兵峰上狂奔。

在狂奔中，王宝乐发现了自己的一些不同，他似乎不会累，体内有浓郁的灵气补充一切消耗。他速度飞快，觉得法兵峰太小，认识自己的人又太多。很快王宝乐直奔峰下，开始绕着下院岛奔跑。

这一天，法兵系的很多学子看到了一个"红球"从自己身边掠过，不禁都愣了一下，发出惊呼声。但那"红球"速度太快，他们看不清具体样子，于是不少人在灵网上议论起来。

"我今天看到一个球……"

"我也看到了！"

"有点眼熟，好像是……特招学子的道袍？"

在法兵系学子议论时，下院岛的湖边，一群战武系的学子正在跑步，其中有战武系的特招学子卓一凡，还有陈子恒等人，他们身边还跟着一个中年男子。此人是战武系的老师，正一脸肃然地带着众学子跑步。

相较于其他系的学子，战武系的学子更像是军人，这是因为战武系讲究钻研一切古武，论实战能力，更是众系之首，其内的任何一个学子都必须身体强壮。所以，战武系有一个基础的锻炼项目，叫作环岛跑，其目的是让新生尽快提升身体素质，从而顺利进入气血层次。

虽已开学近半年，但战武系的环岛跑还是会时不时进行。

"都跑快点！你们没吃饭吗？"战武系的老师瞪了一眼身边的学子，大喝道。

口中虽这么说，但看着这些学子精力充沛、生龙活虎的样子，他还是很满意的，尤其是卓一凡与陈子恒，身体素质已然很好，可仍然顺从地跟随他跑步，这让他觉得孺子可教。

"你们要记得，我战武系不屑于炼器，不屑于炼丹，我们要的就是自己的身体，要的就是肉身达到极致。什么炼法宝、炼毒丹的人，都是弱者，在我战武系一拳之下，不堪一击！"

"我们拳脚最刚猛！

"我们跑步速度最快！

"我们肉身无敌！"

随着中年老师的大吼，那些学子也都无比振奋，相继高呼起来，一时之间气势惊天，似乎真的可以镇压一切炼器、炼丹的"弱者"。

看到这群小子有如此气势，中年老师心中得意，正要再说几句，可就在这时，一个"红球"从他们身边飞滚而过……

第11章

老师，带我一个

这"球"速度太快，又因是红色的，所以在阳光下极为显眼。此刻，这个飞奔的"红球"掀起了大风，直接超越了战武系众人，直奔远处。

战武系的老师一愣，正在高呼的学子也都愣了一下，整齐、有气势的口号瞬间乱了。

"那是什么玩意儿？"

"是新发明的热气球吗？"

战武系众学子诧异之下纷纷开口，连战武系的老师都迟疑了一下，露出狐疑之色。只是在看到那些学子似乎都在开小差后，他的眼睛猛然一瞪。

"看什么看？还不快跑！"

听到老师的大喝声，学子们才纷纷收回目光，带着心底的疑惑继续跑步。慢慢地，他们抛开心中的疑惑，远远地又能听到他们的高呼声回荡八方了。

而此刻的王宝乐根本就没有注意四周，他全身都是汗，满脑子都是减肥，好似身后有一群胖祖先在追着他，他若跑慢一点，就要与胖祖先们"团聚"一样。

很快过去了两个时辰，此时已是下午，下院岛的湖边，战武系的学子们一个个很疲惫，可在老师的鞭策下依旧奔跑着，喊口号声更是不停。

"战武无敌！

"战武……"

只是这一刻，他们的口号还没喊完，身后就再次有脚步声轰隆而来，已经十分疲惫的他们又一次看到那个巨大的"红球"从身边飞滚而过。这一次，"红球"的速度似乎更快，沙土都被掀了起来，溅了他们一身。

"又是那个热气球！好像小了一点啊……"

"什么热气球，那就是个人！天啊，他难道跑了一圈吗？"

顿时，战武系众人都震惊了，哗然之声刹那间爆发，此刻他们的眼中，只有那飞速远去的"红球"。

一旁的战武系老师此刻也吸了口气，揉了揉眼睛，似乎难以置信，有些迟疑。看到学子们都在议论，他赶紧又训斥起来，督促学子们继续跑步。不久后见学子们都累得不得了，他这才让众学子坐在地上休息。

他自己则坐在一旁，脑子里还在琢磨着那个"红球"，而那些学子也在议论着。

"那真的是个人？"

"天啊！他是怎么跑的啊？也太快了吧……"

"不对啊，他的衣服有些眼熟……"

在众人议论时，陈子恒神色中带着一丝疑惑，他隐隐觉得那红色的身影有些眼熟，可一时又想不起来，此刻揉着眉心冥思苦想。

只是直至他们再次开始奔跑，陈子恒也没想起来那红色身影是谁。很快，在他们刚开始跑步时，那轰隆隆的声音又一次从他们身后传来。

这一次，所有人包括老师都飞快地回头看去，只见那已经见过了两次的"红球"呼啸而来，掀起大风，再次从他们身边飞滚而过。

而这一次，"红球"明显小了一些，能看出那的确是个人。与此同时，他们听到了从"红球"那里传来的阵阵嗷嗷声。

那是一个人在疯狂状态下发出的嘶吼。在战武系众人的目瞪口呆之中，

"红球"远去。

"王宝乐！"陈子恒终于认出了那"红球"，失声惊呼起来。四周不少人此刻也隐隐认出来了，听到陈子恒的惊呼声后，一个个差点跳起来。

"真的是王宝乐！"

"我刚才就在纳闷，那衣服怎么这么眼熟。那不就是特招学子的道袍吗？居然是王宝乐！他怎么变得这么胖？"

喧哗声比之前要大得多，因为这对所有战武系的学子而言，刺激太大了，毕竟王宝乐可是他们口中的"弱者"之一。

战武系的那位老师此刻也倒吸一口凉气，惊异之余满是羞恼，心中一股无法形容的怒意骤然爆发，猛地看向四周那些吵吵嚷嚷的学子。

"你们这群废物！看看啊，你们连法兵系的都比不过，还敢说自己是战武系的吗？我战武系速度第一，拳头第一，肉身无敌！你们这群废物给我听好了，今天训练加倍，不超过王宝乐，你们今天就别睡觉了，给我跑！"

战武系的老师怒吼时，那些学子也都怒了。

他们自己都觉得被一个法兵系的人超过实在丢人，一个个都不服气。在他们看来，王宝乐奔跑期间一定休息过，且跑的绝非大圈，而是抄了近路来挑衅他们的。

这种行为，他们岂能忍？卓一凡与陈子恒虽没开口，但二人相互看了看，心里也很不服气。他们原本是相互较劲，如今王宝乐的出现，顿时让他们二人同仇敌忾起来。

于是所有战武系的人都带着怒意，憋着一股劲，心底满是斗志，等待王宝乐再次到来。他们已经决定了，这一次一定要让王宝乐知道，他们战武系才是速度第一！

很快，天色已晚，黄昏降临，随着轰隆隆的脚步声，王宝乐再次出现。发誓要减肥的他此时处于疯狂状态，丝毫没有感受到战武系众人的怒意，再次飞奔而过后，也没去看自己的身后。战武系的所有学子都怒吼着，爆发出了全部力量，向他急速追去。

"王宝乐，你输定了！"

"王宝乐，你敢和我们战武系的人比跑步，让你知道我们的厉害！"

呼喝声不断，战武系众人一个个红着眼，快速奔跑。远远看去，这一群人拉成了一条长线，很是壮观，甚至引起了其他系的注意。

只是慢慢地，一圈之后，呼喝声被粗重的呼吸声取代，那些战武系的学子一个个眼中带着绝望。

"这家伙还是人吗……他怎么这么能跑？"

"难道他是凶兽？"

众人悲愤，脚步越来越慢，身体颤抖，腿都软了。跟随在王宝乐身后的人也越来越少，只有三五个人还在勉强跟随，到最后只剩下陈子恒与卓一凡还在咬牙坚持。

可就算是他们两个，体力也到了极限。陈子恒都用上封身层次的修为了，可还是与王宝乐的距离越来越远。又跟随了一圈后，他气喘吁吁地倒在地上，看着快要亮起来的天空，悲愤不已。

"到底他是战武系的，还是我是战武系的啊！"

最后倒下的，是卓一凡。他就算再不甘心，就算眼睛赤红，就算疯狂无比，也还是在又跟随了半圈后，在第二天上午，腿脚酸软，扑通倒地。

"我们是战武系的啊，不能让法兵系那群弱不禁风的炼器者超过啊！卓一凡，你再爆发一下，超过他！"

始终陪伴在卓一凡身旁的战武系老师也累得不行了，心中的抑郁难以宣泄，望着王宝乐那好似不知疲惫的身影越来越远，他不由得怒吼一声。

"老师，我真的不行了……"卓一凡想要挣扎着站起来，可看到王宝乐那依旧飞速奔跑的身影，他心底产生了前所未有的挫败感，苦笑起来。

战武系的老师张了张嘴，却没有再说什么。他心中满是苦涩，琢磨着法兵系不是一向脆弱得很吗，怎么出了这么一个超人……

"耻辱啊！"战武系的老师悲愤地喊了一声。

之后的日子里，他带着学子们跑步时，几乎每天都能看到飞奔而过的王宝乐，王宝乐似乎就没停过。

别说那些学子了，就算是他也被打击得沮丧无比。最后，他索性带着战武系的学子放弃了环岛跑。

"眼不见心不烦！"战武系的老师叹了口气，带着纷纷松了口气的学子们来到了另一处场地。他打算让这些学子熟悉器械，进行力量训练。

对于老师的这个安排，卓一凡觉得无比英明，要知道他这几天遭到的打击，堪称这一生最强烈的打击。

而王宝乐跑了一周后，终于瘦了不少。他心底激动之余，还有些遗憾——前几天他还能看到一些和自己一样的跑步者，可渐渐都不见了。

"坚持，是一种品质啊。"王宝乐感慨之余，发现自己的身体明显比以前更强壮了，好似距离气血层次不远了，这种感觉很强烈。实际上之前跑步时，他就发现了，自己几乎不会感觉疲惫，仿佛有用不完的力量。

在这样的惊喜中，王宝乐又跑了几天，最后他苦恼地发现跑步似乎不起作用了。他无意中路过一处训练场，看到了正在场地里练习举重，进行力量与耐力训练的战武系众人。

看到那些人挥汗如雨的样子，王宝乐顿时眼睛一亮，赶紧一路小跑了过去。

"老师老师，我叫王宝乐，我能不能也来练一下啊？"王宝乐连忙开口，眼神中透露出渴望与期待。

他的出现，让这原本还有些呼喝声的场地瞬间一片寂静。所有战武系的学子刹那间都看向一身红袍的王宝乐。

第12章

突破

几乎所有战武系的学子此刻都目光不善，似乎有种强烈的斗志，就算是陈子恒也神色凛然。

卓一凡同样如此，他握了握拳头，嘴角露出一丝冷笑。

战武系的老师也深深地看了王宝乐一眼。

被数百个大汉这么看着，王宝乐没来由地后背生出一丝寒意，觉得有点不对劲……

"难道这些战武系的人训练练傻了？"王宝乐下意识地后退几步，心底狐疑起来。之前沉浸在跑步中的他，忽略了身边的一切事情，满脑子都是胖祖先们在追自己的情景，所以没有关注这些战武系学子受挫的一幕。

"大家都是缥缈道院的人，哈哈，既然你们想要单独训练，那……我去别的地方也一样。"王宝乐一看这架势，干笑一声，正要离去，可就在这时，那些战武系的学子纷纷上前，很快就将王宝乐包围起来，堵住了他离去的路。

"你们要干什么？这里是缥缈道院，我是法兵系特招学子！"王宝乐吓了一跳，赶紧瞪眼。

战武系的老师脸上带着意味深长的笑容，快走几步一把抓住王宝乐，哈哈大笑。

"王宝乐同学，不要害怕啊，来来来，和我们战武系的人一起练练。"他笑容得意，心底暗喜，琢磨着这王宝乐跑步的确厉害，可若比力气，绝对不是战武系学子的对手。

毕竟战武系学子几乎把全部的时间都用在了身体的锻炼上，在力量上有着绝对的优势。若王宝乐不主动找来也就罢了，此刻既然送上门来了，他岂能放过？

"这一次一定要狠狠地出口气，让他知道我们战武系的厉害！"

战武系的老师脸上带着笑，拉着王宝乐直奔训练场，一指地上数百个巨大的陨铁杠铃，笑着开口："王宝乐同学，来来来，你随便挑一个。"

说完，他又看向战武系的学子，喝了一声："还有你们，赶紧训练！"

王宝乐迟疑了一下，正要开口，却发现战武系的学子已然冲向那些杠铃，一人举起一个后，纷纷挑衅地瞪着自己。

"有问题！"王宝乐心里生出警惕。可面对这些人挑衅的目光，他也有了些脾气，于是瞪着眼睛走上前去，直接抓起一个杠铃，深吸一口气，低喝一声，将其举起。

在王宝乐举起这杠铃的同时，战武系的老师内心得意无比，大喊一声："开始计数！小子们，把你们吃奶的力气都给我用出来！"

在战武系老师振奋的喊声中，战武系学子们纷纷低吼起来，这场与众不同的比试骤然开始。一时之间，几乎所有人都在低吼，不断地举起杠铃。陈子恒与卓一凡本就在古武境第二层，杠铃虽极重，可他们还是能承受的。

"这是要和我比啊！"王宝乐也不服气了，他之前举起杠铃时发现杠铃不是很沉，此刻也不断用力举着。

很快，在这训练场里，粗重的呼吸声响了起来。

"第十下……第二十下……第三十下……你们没吃饭吗？给我用力！"战武系老师低吼的声音不断回荡。渐渐地，在众人都将杠铃举起约五十下后，有人支撑不住了。要知道，以这陨铁杠铃的重量，常人坚持举起五下，就已经算力气很大了。

而此刻，几乎所有人都强撑着举了五十下，这已经算超常发挥了。战武系学子们的身体都在颤抖，仿佛快坚持不住了。

"有这么重吗？"王宝乐有些诧异。他举了五十下，可对他来说，这重量并非无法承受，更重要的是，他体内的灵脂随着举重飞速消耗，化作灵气滋养全身，使得他非但没有疲惫，反倒精神更为抖擞。

看着战武系众人愤怒的目光，王宝乐心底哼了一声，故意颤抖了几下，摆出一副快坚持不住了的样子，口中还粗重地喘息着。

"我要举最后一下！"

听到他说出这句话，那些快要坚持不住的战武系学子一个个似乎又有了力气，纷纷咬牙，发出咆哮，强行又举了一下。他们看向王宝乐，发现王宝乐虽然摇摇晃晃的，但同样把杠铃举了起来，顿时有些着急。

"我还要再举最后一下！"王宝乐气喘吁吁，一副随时可能栽倒的样子，红着脸低吼道。

战武系学子再次咬牙，想要再举起一下，可近乎一半的人力量到了极限，无法支撑，扑通一声倒了下来。好在有防护措施，他们才没有受伤。

至于还在坚持的那一百多人，此刻都憋着气，再次举起了一下。可很快，他们就发现王宝乐居然说着同样的话，又举起了一下。

"大家加油！"

"他快坚持不住了！"

那些脱力的学子一个个躺在地上，为同伴助威，可他们的助威声慢慢变小，到最后，他们咬牙切齿。

在一次次"最后一下"里，王宝乐没有倒下，反倒是那一百多个战武系学子陆续有人坚持不住，最终只剩下不到十个人还在颤抖着坚持。

他们的力量也都到了极限，可每一次他们要承受不住时，看到王宝乐那越发颤抖的身体，都会忍不住想，或许这就是王宝乐的最后一下。

可直至这些人陆续绝望，只剩下陈子恒与卓一凡还在坚持时，王宝乐依旧身体颤抖，又举起了一下。

"我还能再坚持一下，这次真的是最后一下了！"王宝乐跟跄着退后一步，猛地支撑住身体，喘着气再次将杠铃举了起来。

"无耻！"

"太过分了！"

四周的学子一个个忍不住怒喝起来，就连战武系的老师也在心底骂人了，在他看来，王宝乐自始至终表现出来的样子太可恨了。

"陈子恒，卓一凡，你们跑步输给法兵系的人也就罢了，难道连举重也要输吗?!"战武系的老师咆哮起来。

陈子恒眼睛红了，与卓一凡一起拼尽全力，咬着牙关，再次举起杠铃。又举了一百多下后，陈子恒望着还在颤抖，却依旧支撑着的王宝乐，心底悲呼一声，无力地倒了下去。

卓一凡终究也有极限，到了最后，他爆发出了所有潜力，颤抖着尝试再次举起杠铃，却只觉得天旋地转，支撑不住。

再看王宝乐，似乎也是如此，身体不断地跟跄，似乎很难再举起一下。卓一凡顿时有了希望，其他学子也纷纷振奋起来。

"胖祖先们，给我力量！"王宝乐汗流浃背，嘶吼起来。在战武系所有学子和老师暗呼"放下"的时候，他竟缓缓地将杠铃举了起来。

众人顿时愤怒地瞪着眼睛，卓一凡更是红着眼，不甘心地想要再次举起杠铃，可实在无法坚持，直接倒了下去。

他眼前发黑，心底的抑郁无法形容。

此刻训练场内，战武系所有人都脸色难看，死死地盯着还在举重的王宝乐，看着王宝乐在那里一次次地举起杠铃，仿佛有无穷无尽的力量。

一个时辰，两个时辰，三个时辰，四个时辰……

他们休息时，王宝乐在举；他们恢复过来重新开始时，王宝乐仍然在举；他们陆续去吃饭时，王宝乐依旧在举；直至三更，他们都要走了，月光下，王宝乐竟依然在举……

到了最后，所有人都目瞪口呆。若王宝乐只是举重，大家也就忍了，偏偏他每次都吼着"最后一下"，连续吼了这么长时间，他的声音竟还没有沙哑。

"这家伙太可恨了！"

"他喊了这么久，不累吗？"

战武系众学子绝望，战武系的老师也意兴阑珊，心中充满挫败感。他打算带战武系的学子们离开，打定主意以后只要看到王宝乐，就绝不带人进行户外训练。

就在他们要离开的刹那，一股与众不同的气息蓦然从王宝乐身上爆发。在这一刻，他全身上下竟散发出好似火焰一般的红光，这红光从其体内透出，直接出现在众人眼前。

这是气血惊天！

浓郁无比的气血充斥八方，王宝乐的身体也肉眼可见地变小，最终变回了曾经的样子，所有的灵脂在这一刻都被彻底燃烧，支撑着王宝乐踏入气血层次！

这一幕，顿时让打算离去的众人停在那里，彻底呆滞。

"我成功了！"王宝乐振奋地扔下杠铃，看着自己恢复了的身材，仰天大笑，又察觉自己居然到了气血层次，他更加惊喜，兴高采烈地飞奔而去。

直至他跑远了，站在训练场内的战武系众人还没有从呆滞中恢复过来，半晌后，才有吸气声不断地传出。

"他……他居然突破了？"

"天啊，他一个法兵系的，竟比我们还早踏入气血层次！"

"我看错了吧，他举重……举着举着，就突破了！"

惊呼声从这些学子的口中发出。这一幕对他们的刺激太大了，他们连续两次比不过王宝乐也就罢了，此刻眼睁睁地看着对方突破，他们一个个眼睛都红了。

就连战武系的老师都在憋屈了一整天后忍不住爆发。

"你们这群废物，都别想着回去睡觉了！人家可是法兵系的啊，举重都能突破，你们呢？给我练，不突破，不结束！"

这一次，没有多少学子悲呼，很多人反倒双眼亮了起来，觉得或许这真的是一个突破的好办法，于是一个个呼吸急促，赶紧去练。

也不知是真的有效，还是受到的刺激太大，一夜过去后，战武系内竟然真有一个学子举重突破了。

此事顿时轰动整个战武系，成了传奇，以至于过了很久，还有战武系的人来这里举重碰运气……

第13章

化清丹

在战武系留下传说后，王宝乐回到了法兵系的洞府。他心满意足地坐在露台上，望着远处的蓝天白云，心情很是舒畅，于是拿起一包零食，咔嚓咔嚓地吃了起来。

"我都这么瘦了，需要补补了。"王宝乐感叹道，摸了摸自己的胖脸，又看了看自己鼓起的肚子。虽然他最终只是减去了灵脂，此时还是小胖子的模样，但他已经很知足了。

"现在那些胖祖先追不上我了吧。"王宝乐笑呵呵地感受着体内磅礴的气血，越发满足，又取出一袋零食吃了起来。

直至黄昏降临，吃零食就吃得饱饱的他没有理会露台上堆积如小山的零食袋，回到洞府内开始炼制灵石。

凭借之前的经验，王宝乐运转太虚噬气诀，很快四周无形的灵气汇聚而来，被那噬种吸收，凝聚在他的右手上，最终形成了一块菱形的灵石。

这灵石虽不是特别纯净，但也颇为晶莹剔透，看得王宝乐嘴巴都咧到了耳朵根。

"纯度在七成五啊，我要加把劲儿，争取早日使灵石纯度达到九成。"王宝乐一想到学首的位置，就心头火热，赶紧修炼起来。

时间流逝，一晃过去了七天。

这七天里，王宝乐只是偶尔去一下灵石学堂，把很多时间放在了修炼太虚噬气诀上。慢慢地，他发现了一个问题。

他炼制的灵石纯度达到了七成五后，竟再无法略有寸进，如同遇到了瓶颈一般，任凭他如何努力，都于事无补。

王宝乐急了，他又尝试了数日，发现还是没有进展。他苦恼地拍了拍肚子，取出了黑色面具，嘀咕起来。

"难道是我修炼错了？上次字迹模糊，有什么我没发现的地方？"想到这里，王宝乐拿出梦境法枕，重新进入梦境。

依旧是冰天雪地，四周雪花飘落，寒风刺骨。王宝乐没心情感受这里的冰爽，赶紧看向手中模糊的面具。

半晌后，他再次看到了面具上的字，仔细看了很久，最终确定自己没有修炼错误。

"奇怪了……没错啊，可为什么到了七成五，就提升不了了呢？"王宝乐更郁闷了，他叹了口气，正要离开梦境，去想其他办法，可就在这时，那黑色面具似乎听懂了他的话，竟飞速扭曲起来。

这一幕让王宝乐一愣，他赶紧看去，惊愕地发现这面具上的太虚噬气诀竟消失了，居然有新的字从上面浮现出来。

而这次浮现的字，竟然是告诉他如何解决灵石纯度的问题！

如此神奇的一幕，让王宝乐十分震惊。他揉了揉眼睛，忽然盯着面具大喝起来："出来！谁在里面？我看到你了，给我出来！"

说完，王宝乐如临大敌，死死地盯着面具，可他等了半晌也不见面具有什么新的变化。最终王宝乐狐疑之下，又仔细看了看上面的字，眼睛渐渐亮了起来。

"化清丹……"

这面具上的字清楚地告诉王宝乐，想要使灵石达到更高纯度，需要一种叫作化清丹的丹药，只有这种丹药，才可以有针对性地清除炼制者体内的杂质，使灵气在体内运转得更通畅，如此一来，方可提高灵石的纯度。

看到这些字，王宝乐心底纠结起来，他一方面对这个办法有些心动，一方面则觉得这面具太诡异了。直至离开了梦境，他依旧迟疑不已。他登录灵网，开始查找什么是化清丹。

没过多久，王宝乐就在灵网上找到了化清丹的资料。

此丹对人体没有害处，且功效极佳，能清除古武境武者体内的杂质，使武者身体更为灵活。

只不过此丹极为珍贵，炼制难度太大，不是普通的丹道系学子能炼制出来的，唯有丹道系学首或许运气好能炼出一粒，可就算炼制出来了，也往往是自己吃了。

又因炼制此丹所用的材料皆是珍品，所以就算是学首也大都只能望洋兴叹，只有丹道系的老师才有可能花费很大的代价炼制。

因此，化清丹在整个缥缈道院下院有市无价。

看着灵网上对化清丹的介绍，王宝乐不再迟疑，心里火热起来。他觉得即便面具古怪，可这丹药的的确确对自己有好处。

之后的几天里，王宝乐除了上课与修炼，几乎将全部的时间都放在了打探化清丹上，甚至联系了进入丹道系的周小雅与杜敏，让她们也帮忙找找，却始终没有线索。

毕竟化清丹珍贵稀少，就算有人卖，也不是周小雅与杜敏这样的普通学子能知晓的。王宝乐虽是特招学子，但进入道院不到一年，也难以接触到那样高层次的人。

周小雅对王宝乐的需求很在意，她始终觉得王宝乐对自己有救命之恩，尽管知晓了考核的真相，可她与柳道斌一样，始终忘不了王宝乐那伤痕累累的身影。

功夫不负有心人。她对王宝乐的事情格外上心，再加上她可爱活泼人缘好，竟在一个月后帮王宝乐打探到了一个消息。

"宝乐哥哥，半个月后在缥缈城有一场拍卖会，里面有一粒化清丹！"

王宝乐接到周小雅通过传音戒传来的消息后，立刻振奋起来，抱着传音戒亲了一大口。

"小雅妹妹，太感谢你啦！"

此刻丹道系的宿舍内，周小雅正坐在床上，听到传音戒内传来的王宝乐的声音，脸顿时红了起来。她对面的杜敏狐疑地看了过去。

"小雅，你怎么了？"

"没……没什么……"周小雅赶紧低头，心怦怦直跳，心里羞涩的同时，也有一种说不清的思绪。

至于王宝乐，此刻在洞府内走了几圈，挥舞着拳头，眼神中透露着兴奋与激动。

"拍卖会需要灵石，而获得灵石对我来说太容易了，七成五纯度的灵石也很值钱，最重要的是，我不需要成本啊！"王宝乐哈哈大笑，只觉得这一次化清丹必然成为自己的囊中之物。

他在之前炼制灵石的过程中，早已积累了不少灵石。而他对灵石的需求不是很强烈，在他看来，这些都是身外之物，就算全部拿去换化清丹，他也不会心疼。

"不过也不能掉以轻心啊！高官自传上说过，不可小看自己的敌人。"王宝乐想到这里，立刻决定在这半个月的时间里，再炼出一些灵石来。

于是之后的半个月，王宝乐把大量的时间用在了炼制灵石上。

时间一晃而过，拍卖会如期到来，这一天清晨，王宝乐精神抖擞地走出洞府。

缥缈道院所在的青木湖是缥缈城的东郊，平日里，道院并不限制学子进出城池，王宝乐虽是首次前往缥缈城，却并不陌生。他坐船到了湖岸后，直奔缥缈城而去。

很快，他就临近缥缈城。与他的家乡凤凰城相比，缥缈城实在太大了，足有上百个凤凰城那么大，毕竟凤凰城只是联邦无数小城中的一个，而缥缈城则是联邦十七主城之一！

城池外，有着铁甲一般的巨大城墙，无数散发光芒的利刺布满了整个城墙，阳光一晃，隐隐有肃杀之意弥漫。

除此之外，还有庞大的阵法环绕着城池。此刻阵法只是常规状态，没有运转到最大程度，可就算这样，此城也散出惊人的威压。

远远地，还能看到城墙上有大量的高塔，每一座高塔上都托着巨大的圆球。圆球悬空转动，时而有闪电从其内扩散而出，蕴含恐怖之力，似乎可以扫除天空中所有的敌人。

这一切皆缘于当年那把从星空而来的青铜古剑。青铜古剑穿透了太阳后，剑柄碎裂，碎片掉落在地球上，影响范围极大，有很多碎片被当年的各方势力搜集并掌控，由此出现了不同流派，好似遍地开花。

整个联邦的格局也因此改变，虽然主体还是联邦，但联邦下形成了四大势力，依附这四大势力的小势力也有不少。若没有灵元纪初期爆发的那一场凶兽之战，或许联邦早就解体了。

也正是受凶兽之战的影响，如今整个联邦看似和平，可暗中大小势力时有摩擦，只不过彼此将摩擦控制在一定范围内，没有发生大规模冲突罢了。

毕竟当年那一场凶兽之战，对于整个联邦所有人而言都是一场浩劫，联邦面临生死存亡的危机。这一切，都是因为灵气的突然出现。

灵气出现后，获得修行机缘的并不只有人类，还有野兽、植物、飞禽。而灵气的浓郁，导致大量野兽、植物、飞禽变异，其变异程度超越人类，极为强大。

凶兽之战，也因此而起。

如今那一战虽已结束，最终联邦掌握了城池，可实际上无论是荒野还是海洋，都是凶兽与飞禽的聚集地。

所以，城池需要坚固的防护。又因城外危险，大部分人一生都生活在城里，外出时需结伴，或者由专门的战修护送，如同王宝乐等学子之前进入道院时一样。

此刻的王宝乐站在缥缈城外，看着巍峨的城墙，他深吸一口气，抬头挺胸，迈步走入城中。

第 14 章

法兵系的优势

缥缈城太大了，人口也极多，怕是上亿都有可能，其内绿树成荫，飞艇无数，在天空中飞来飞去，地面上也有不少车辆穿梭。

至于行人，一个个都很匆忙的样子，在这大城内忙碌。

王宝乐的传音戒有地图与定位功能，他按照定位，向拍卖场赶去。

因为时间充足，途中他好似游览一般，看着左右两边的建筑，感受着此地与家乡凤凰城明显不同的气息，虽没有惊叹，但也不时驻足观看。

此刻他就看着不远处的一座建筑，啧啧有声。

这建筑乍一看，好似古罗马的竞技场，且庞大无比，有数十个足球场那么大。若从天空中鸟瞰，整座建筑就像是一个巨大的拳头。

建筑上方是镂空设计，传出阵阵嘶吼声，里面似乎正在进行搏斗。

"这就是传说中的自由搏击俱乐部吧？"

王宝乐以前在新闻上看过自由搏击俱乐部的介绍，此时不由得多看了几眼。俱乐部的大门外，站着不少穿着黑色制服的大汉，每一个竟都是气血层次的强者，只是站在那里就很有威慑力。

"今天要去拍卖场，下次来的时候，要进去看看才好。"王宝乐平日里虽显老成，但毕竟还年轻，对这种让人热血沸腾的搏斗还是很感兴趣的。

王宝乐带着期待，又看了自由搏击俱乐部几眼，这才离去。他一路观赏路边的风景，终于在晌午时到了目的地——云鹰会所。

作为缥缈城内四大拍卖场之一的云鹰会所，虽不如缥缈拍卖场那么宏伟，但也很壮观，远看好似一只展翅的雄鹰，屹立在缥缈城北部，占据了方圆三十多里，足够支持十场万人拍卖会同时进行。

会所四周有高墙围着，守卫众多，内部更是布置奢华。

正中间的大型会场是云鹰会所的招牌之地，那里的任何一场拍卖，都会轰动整座缥缈城。

至于这一场拍卖会，还没有资格在主会场举行，而是于"右翅"上的三号拍卖场展开。

王宝乐没有请柬，可他早就打听了规则，凭着自己缥缈道院特招学子的身份，在灵网上预约了位置。

此刻王宝乐拿着身份玉卡，通过门口守卫的检查，顺利进入了会所内。他来得较早，此时人并没有很多。在漂亮的礼仪小姐的引领下，他走入了三号拍卖场内。

这里虽只是三号拍卖场，但也能容纳万人，且每一个座位都是半独立的，座椅舒服不说，还有冰灵水以及小吃提供。参加拍卖的人坐在那里既能看清四周，也能看到正前方一个高高的平台。

"这里也太奢华了。"王宝乐美滋滋地喝着冰灵水，吃着小吃，觉得自己花的一块灵石的入场费还算值得。

渐渐地，有更多的人到来，拍卖场内也热闹起来，不少人相互认识，坐在一起谈笑着。

缥缈道院也有不少学子三五成群地到来，其中老生居多，偶有新生。新生们大都带着好奇，议论纷纷。

喝着冰灵水的王宝乐在这些人里看到了卓一凡，而卓一凡也注意到了王宝乐，原本带着笑意的面孔顿时冷了下来。

他之前被王宝乐打击得太厉害，此刻看王宝乐极不顺眼，哼了一声转过头，与身边新认识的几个老生闲谈起来。

"牛什么啊！"王宝乐也哼了一声，将手中的冰灵水一口喝完，又打开了第二瓶。

经过漫长的等待，在拍卖场的人来得差不多后，一阵激昂的音乐在整个场地内回荡。随着众人纷纷安静，前方的高台上出现了一束明亮的光芒。

在那光芒中，一个衣着得体的中年男子缓缓走出，脸上带着笑，向台下鞠躬。

"诸位，欢迎来到云鹰会所！鄙人李晶涛，是这一场拍卖会的主持人。好了，话不多说，现在拍卖开始！"中年男子声音洪亮，传遍四周。他右手一挥，身后顿时出现了虚幻的画面，画面里有一根巨大的骨头。

这骨头通体紫色，散发出璀璨的光芒，更有凶意透过虚幻的画面散出，使得不少人心神一震。

"生活在雷磁暴中的雷鸟凶残无比，成年后，其体内会出现一根雷骨，此骨无论是对炼丹，还是对炼制法兵，抑或是对武者修炼，都大有裨益。这根雷骨，虽只是来自普通的成年雷鸟，但获取的难度也不小，作价二十灵石！"

随着中年男子的话语传出，拍卖场内短暂地安静下来。王宝乐睁大了眼睛，这还是他第一次看见雷鸟的雷骨，他不由得多看了几眼。

很快，叫价声传出。最终，在王宝乐惊讶的目光中，这根雷骨竟拍到了六十灵石的价格。

"这么值钱！"王宝乐摸了摸自己背着的小包，底气一下子有些弱了。不过想到自己炼制的灵石纯度达到了七成五，他又有了信心，毕竟这里的灵石是以五成纯度来算的，纯度每增加一成，价值就会翻倍。

一件又一件物品在虚幻的画面中呈现，拍卖持续进行，虽也出现了流拍，但绝大多数物品都被人买走了。王宝乐也开了眼界，这里面除了各种来自凶兽的材料外，还有丹药、法器，连功法也有，只不过大都是残缺的。

有那么几次，王宝乐都心动了，可他忍住了，一心等待化清丹出现。

终于，在拍卖进行到一半时，高台上的拍卖师微微一笑，挥手间，他身后幻化出了一粒乳白色的丹药！

此丹并不晶莹，却让人一眼看去就会产生想要吃下去的冲动，仿佛那是身体的一种本能渴望。

这丹药一出，竟使得拍卖场内药香弥漫，不少人顿时精神一振，卓一凡以及一些老生更是双眼骤亮。

王宝乐也坐直了身体，心跳加速，目不转睛。

"化清丹，我就不多介绍了，想来这一次有不少朋友就是冲着此丹而来的。此丹作价一百灵石！"

"一百一十！"

"一百二十！"

"一百三十！"

瞬间，叫价声在这拍卖场内此起彼伏。

"我出一百五十灵石！"卓一凡开口，志在必得。

王宝乐顿时急了，猛地大声开口："一百六十灵石！"

"一百七十！"卓一凡眉头微皱，哼了一声。

"一百八十！"王宝乐毫不迟疑，再次加价。

很快，整个拍卖场内，其他人都渐渐放弃了，唯有王宝乐与卓一凡二人仍在不断叫价，化清丹的价格已经从之前的一百多灵石抬到了五百多灵石。

就算化清丹稀有珍贵，如此价格，也有些高了。众人不由得面面相觑，看向都已经红了脸的王宝乐与卓一凡。

"王宝乐，你敢和我比灵石？我家族有的是灵石，我出七百！"卓一凡狠狠一咬牙，起身愤然开口。他是世家子弟，不缺灵石，又因之前跑步、举重的事情，看王宝乐很不顺眼，偏偏这化清丹他也很需要，所以他发了狠，报出了一个惊人的价格。

"你……"王宝乐喘息加重。这段日子他积攒了不少灵石，可就算换算成纯度五成，也就大约值一千灵石。

眼下他也站了起来，怒视卓一凡，大吼一声："一千灵石！"

这价格一出，四周瞬间安静，接着喧嚷声四起，众人都觉得这价格实在太夸张了。

卓一凡身体震颤了一下，脖子都粗了一圈，再次狂吼起来："一千一百灵石！"

他是战武系的，如今距离补脉层次只差一步，激动中声音极大。

王宝乐被震得耳朵痛，于是一瞪眼，从小包里取出大喇叭，向卓一凡大吼："一千五百灵石！"

这声音太大，不只卓一凡被吓了一跳，四周众人也吸了口气，就连拍卖会的主持人都身体一晃，神色古怪地看向王宝乐。

如果这就算完了，众人震惊的最多就是王宝乐声音大而已。可王宝乐吼完后，没等众人反应过来，就当着所有人的面，在众目睽睽之下取出了一块空白石，直接开始炼灵石！

随着大量的灵气凝聚而来，他手中的空白石飞速变化，这一幕，给了众人极大的震撼。

"和我比灵石？我现场制作，来来来，咱们比比谁的灵石多！"王宝乐怒喝，瞪着已然傻眼的卓一凡，眼中满是不屑。

"他……他竟在现场炼灵石？"

"我想起来了，他是法兵系的！"

"这还怎么比啊……"

在众人纷纷苦笑时，卓一凡抓狂了，他做梦也没想到，拍卖会上居然还可以这样。虽然他知道法兵系炼灵石厉害，可平日里没有强烈的对比，他的感受还不是很深刻。

此刻王宝乐的举动，对他而言就是极大的打击。虽家族富有，可他也心虚起来，毕竟他的灵石有限，可对方……这简直就是自己在"印钞"！

就像之前跑步与举重受到打击时一样，卓一凡身体颤抖起来。他身边刚认识的老生同情地看了他一眼，摇头叹息。

"这就是法兵系啊！"

"你居然和他去拼……没看到我们老生注意到他后都不开口了吗？法兵系可是号称'行走的印钞机'啊，谁能比得过？"

其他老生闻言，也都唏嘘不已，显然在每一个老生的心中，都有一个源自法兵系的"痛点"。

第 15 章

这就是 "抢钱"

卓一凡听到这里，悲愤之情难以形容，他看着在那里炼制灵石的王宝乐，心里郁闷至极。

"这不公平！这种破坏公平的事，道院怎么就不管呢？而且这么下去，拍卖会不就是专门给法兵系的人准备的吗？"卓一凡气得浑身发抖，心底的憋屈与愤怒怎么都无法宣泄。

可他刚说完，一旁的老生就笑了。

"你太天真了。"

"人家就是专门学'印钞'的，道院干吗管？不过你有句话说对了，拍卖会就是给法兵系的人准备的。你没注意到他一开价，几乎所有人都不吱声了吗？你啊，还是新人，不懂……"一名老生唏嘘不已，一旁很多老生也都感叹起来。

"只要法兵系的人出现在拍卖场里，都是他们先挑，等他们挑好了，剩下的才轮到咱们其他系的。没办法啊，我们是'赚钱'，有的运气好能'抢钱'，可人家是'造钱'啊……"

"可不是吗？人家想造多少就造多少，我们怎么比？"

众老生深有感触的话语，使得卓一凡再次抓狂。愤懑中，他注意到了"抢钱"的字眼，不由得问了起来："还可以'抢钱'？"

老生们笑而不语。

见老生都不回答自己的问题了，卓一凡只觉得颜面无光。他狠狠地瞪着王宝乐，心里很不服气。他觉得自己灵石多，就算王宝乐能自己"印钞"，也终究慢一些，必定抢不过自己。于是在拍卖师已经确定两次，正准备确定第三次时，他大声开口："我出一千七百灵石！"

王宝乐转头瞪着卓一凡，越看此人越觉得不顺眼，索性豁出去了。

"我出两千灵石！"说完这句话，王宝乐已然炼制完了一块灵石。他已经想好了，大不了自己拍下后留在这里一段时间，等炼完所有灵石再走，哪怕变胖了，也要拍下这化清丹，更要出这口气。

"你……"卓一凡红着眼，正要开口，可就在这时，王宝乐取出了第二块空白石准备炼制。

高台上的拍卖师苦笑一声，看出了王宝乐法兵系特招学子的身份。他觉得这化清丹价格已经够高了，又不想得罪法兵系，于是赶紧高喊："这位法兵系的同学，你不用着急，你们法兵系只要给张欠条，就可以在我云鹰会所当灵石花，回头你在规定时间内补上就行，不着急的。"

这句话一出，其他人倒还没什么，可那些新生全部吸了口气，有不少立刻就后悔当初选错了系。

"啊？还可以这样？"王宝乐也愣了，眼睛睁大，似乎有些不确定。看到那拍卖师肯定地点头后，王宝乐一阵激动，顿时有种开窍的感觉。此刻他才真正意识到，法兵系是真的很厉害！

而相比于王宝乐的振奋，卓一凡彻底傻眼了。如果说之前老生们的话只是让他受到打击，那么此刻拍卖师的话就好似刺刀一样，深深地刺入了他的心里。

他眼前发黑，身体踉跄，挫败无助的感觉充斥心中。看着王宝乐得意的模样，他想到了跑步，想到了举重，又注意到四周人看向自己的异样目光，最后眼睛赤红地大吼一声。

"王宝乐，我要向你发起挑战！"他直接向王宝乐下了战书。

话语一出，四周又一次哗然起来，王宝乐也皱了下眉头。

见王宝乐迟疑，卓一凡心中舒坦了不少。之前他都气得要疯了，他觉得自己在灵石上比不过对方，可武力足够，这口气，他一定要出。

他已经想好了，就算王宝乐不接受他的挑战，他也要强行出手教训一下对方。眼下他发起了挑战，正要转身走出拍卖场，在外面等待，可就在这时，王宝乐哼了一声。

对这样的挑战，王宝乐实在没兴趣，更没工夫去理会。他的目标是成为学首，不是应对这种无聊的挑战。

想到之前拍卖师的话，王宝乐直接写下了一张一百灵石的欠条，并在拍卖场内高高举起这张欠条，傲然开口："谁帮我去对付他，这一百灵石就是谁的了！"

王宝乐话语一出，四周众人又一次倒吸凉气。而这出人意料的行为，让卓一凡再次傻眼。还没等他反应过来，他身旁那与他认识不久的老生就眼睛一亮，大笑着冲出，一把夺走欠条，直奔他而来。

"我来！"

其他老生也无比振奋，一个个嗷嗷大叫着冲向卓一凡，口中传出话语。

"我的，都别和我抢！"

"你们太快了，这机会不好把握啊！"

刹那间，数十个老生将卓一凡团团包围。

"诸位学长……"卓一凡身体颤抖，想要逃走，可还是晚了。轰隆声中，卓一凡的惨叫声传出。

"我是……特招学子，你们……"

"教训的就是特招学子，我们早就想教训特招学子了！"

之前在卓一凡身边的那名老生边出手边解释道："你刚才问我什么是'抢钱'……这就是'抢钱'！"

拍卖场内顿时一片混乱，有人甚至拿出影器，开始直播。

好在这里是拍卖场，很快就有大量护卫进来，将众人拉开。

若是其他人打斗，云鹰会所必然严肃处理，可打斗的双方都是缥缈道院的学子，尽管云鹰会所背景很深，也不敢得罪缥缈道院。

于是云鹰会所的人只能劝说着将他们拉开，而后将他们全部送出去，事情这才告一段落。

而王宝乐早就走了，在心里好奇的会所礼仪小姐的带领下，他写了欠条，拿走了化清丹。那礼仪小姐全程服务极为周到，王宝乐临走时，她还故意靠近王宝乐，要了他的联系方式。

王宝乐得意地回到了法兵峰，坐在洞府内时，他对学首身份的渴望更强烈了。

"法兵系原来这么强啊，我若能成为学首，那就可以说真正踏上通往人生巅峰的道路了！"王宝乐美滋滋的，正要拿出化清丹，却忽然一拍额头。

"不能这么得意，高官自传上的很多典故要铭记啊！今天我冲动了，行事太过高调，应该低调才对。"王宝乐深以为然。他反省了一番，平复了一下激动的心情，这才取出拍来的化清丹，仔细看了看，又闻了闻，而后将其一口吞下。

随着丹药入口并瞬间融化，一股暖意刹那间从他的腹部升起，好似奔流一般猛地向全身扩散。这是王宝乐第一次吃丹药，又因化清丹含有不少珍贵药材，药力太大，王宝乐顿时全身一震。

他的呼吸开始变得急促，全身上下在这一刻有大量的汗水流下，他赶紧脱下衣服，光着膀子坐在那里。看着自己全身的毛孔都分泌出污垢般的黑色杂质，他惊呼起来："这也太猛了！"

随着杂质的排出，他明显感觉到身体轻松了不少，气血也比之前旺盛了一大截。

王宝乐惊喜不已。这种排出杂质的过程持续了足有三天的时间，直至药效散去，他才彻底清洗了身体。看着自己那圆圆的身材以及光滑细腻的皮肤，王宝乐大笑。

"果然是好丹！"

感受完身体的变化后，王宝乐穿上衣服，取出冰灵水喝下一大瓶，又吃了些零食，这才带着期待开始炼灵石。这一次他要看看，自己能不能突破纯度七成五的瓶颈！

第16章

上品灵石

明月高挂，与"剑阳"不同，灵元纪的月亮依旧与人们记忆里的样子一样，散发出柔和的光，月光洒遍整个下院岛。

缥缈道院下院岛上各个系所在的山峰中，如果说灵气浓郁之地，那么法兵峰虽不算首屈一指，可也是其中翘楚。

毕竟法兵系学子每天的日常修炼，就是炼制灵石，灵气消耗极大。

与其他系学子不同的是，这种近乎无限量的灵气供应，以及得天独厚的炼制环境，并不是白白提供的，法兵系学子每年要缴纳一定的灵石作为学年考核，这本就是一笔不菲的费用。

此外在法兵系内，除了去三大学堂听课是免费的，其他一切所需，比如吃饭，比如去一些特殊的修炼室等，基本上都要花费灵石。如此一来，法兵系的学子便都抓紧时间炼制灵石。

丹道系实际上也是这样，却没法兵系这么夸张。至于其他系，"赚钱"的方式更简单，一些原本只对本系学子开放的修炼场也会对其他系开放，只不过外系学子租用的话，价格高昂无比。

比如驭兽系的景云山、阵纹系的八宝图、机关系的冰寒楼、战武系的岩浆室，都是气血大成突破，踏入封身层次的辅助修炼场，每天都有大量的外系学子前往。仅此一项，就足以支撑各系日常大半所需。

此刻，在法兵峰上，看不见的灵气正在缓缓流动，化作数万份，被法兵系学子慢慢牵引而去。只是与其他人的一份相比，在靠近山顶的位置，特招学子的洞府旁，灵气是成团成团地涌去。

洞府内，王宝乐兴致勃勃，正不断地运转太虚噬气诀，吸噬大量的灵气进入体内，又顺着手臂将灵气凝聚在手掌上。看着掌心飞速出现的灵石，他的双眼都在冒光。

"突破了，哈哈，我突破了！"感受到手心的灵石纯度飞速突破七成五，达到了七成六后，王宝乐顿时难掩激动。高兴之下，在炼完一块灵石后，他取出一包零食吃了起来。

"加把劲儿，争取早日达到八成纯度！"吃完了几包零食，王宝乐擦了擦嘴，正要再次炼制灵石，却忽然警觉起来。

"我要谨慎些，可不能像之前那样一不留神把自己弄成个大胖子……"

之前的减肥经历太过惨痛，尽管在减肥过程中他的古武境达到了气血层次，可这过程，他实在不愿再次体验。

"减肥之路任重道远啊，也只有像我这样坚韧不拔之人才会成功。"王宝乐自我激励道。他很满意自己的警觉，觉得此刻应该奖励一下自己，于是又取出一包零食，咔嚓咔嚓吃完了。而后，他拍了拍肚子，开始炼制灵石。

或许是他的运气不错，又或许是化清丹的作用太大，在之后的几天里，他炼制的灵石纯度不断提高，而他的身体竟没有如之前那般累积灵脂。

在排出体内大量的杂质后，灵气仿佛不会再在王宝乐体内积累形成灵脂了，而是适应了这种涌现的速度，顺利地流淌，一边提高着灵石的纯度，一边潜移默化地增强王宝乐的体质，使得其气血层次的实力也慢慢精进了不少。

如此一来，王宝乐更高兴了。发现自己将灵石纯度提升到了八成，而身体依旧没有变化后，他慢慢放松警惕，开始全身心地沉浸在灵石的炼制中。

而此刻的战武峰上，被打得全身都痛的卓一凡正在其洞府中咬牙切齿，却又无奈，因为他与王宝乐不同系，很多办法与手段无法使用。

卓一凡着实不甘心，他思索很久，眼睛猛地一亮，想起了自己在法兵系内也不是没朋友，那灵石学首姜林与他虽不算莫逆之交，但也关系良好，这点小忙姜林应该会帮。于是他立刻拿出传音戒，与姜林沟通了一番。放下传音戒后，卓一凡笑了起来。

"王宝乐，就算你在法兵系，我也有办法让你知道厉害！"

时间一天天过去，很快过了两个月。

这两个月里，王宝乐炼制的灵石纯度缓缓提升到了八成四，他的气血层次也在灵石纯度提升的同时，逐渐接近大圆满。

战武系的人若知道此事，必定抓狂。要知道，王宝乐在古武上提升的速度，比专门修炼古武的战武系学子还要快不少。

"哈哈，看来这太虚噬气诀的副作用已经彻底被化清丹化解了！"王宝乐振奋，越发觉得化清丹买得值。

"看这样子，灵石纯度应该很快可以到八成五。我要早点炼制出纯度达到九成的灵石，成为学首，走上人生巅峰！"王宝乐一想到这里，就激动不已。他将四周的灵气吸噬来，凝聚在手掌中，打算往八成五的纯度冲击。

只是，从开学以来就沉浸在太虚噬气诀的修炼中，很少去灵石学堂听课的王宝乐，不知道灵石的纯度在八成五这里，是一个天然存在的瓶颈。

准确地说，五成以下纯度的灵石虽也可以使用，但更多地被称为普通灵石。只有达到了五成纯度的灵石，才可称为下品灵石；纯度超过七成五的，方为中品灵石。

至于中品灵石与上品灵石之间的分水岭，就是八成五的纯度！

纯度达到八成五的，就是上品灵石；纯度达到九成三的，则是极品灵石，这种灵石，任何一块价值都极大，唯有大师才能炼制出来。

这个瓶颈对于修炼养气诀的学子而言，需要机缘与熟练的技巧才可突破。而太虚噬气诀的霸道，也在遇到这个瓶颈时直接体现出来。

在王宝乐将手中灵石炼制到了八成四纯度，冲击八成五纯度的刹那，他的身体猛地一震，一股前所未有的吸力从其体内那缓缓转动的噬种上蓦然爆发！

这爆发的程度之大，超出了王宝乐的准备与想象，几乎一瞬间，他洞府内的灵气就被吸噬入体！

顿时，此地好似形成了一个天然的黑洞，法兵峰上大量的灵气涌了过来。好在法兵峰有聚灵阵法，阵法瞬间自行调整，将涌过来的灵气化解。

王宝乐吸噬的灵气量虽大，但与这法兵峰上的灵气比较，还是很少，这才没有引起外人注意，外人最多也就是感觉四周的灵气顿了一下而已。

可对王宝乐而言，突然涌入体内的灵气就如同大河一般，他只觉得脑海轰鸣，根本就来不及将体内惊人的灵气全部导向手掌，于是灵气飞速累积成灵脂。

在灵脂肉眼可见地增加的同时，他手掌中的灵石也终于在这猛烈的冲击下，纯度直接跨越八成四，达到了八成五！

这不再是中品灵石，而是上品灵石！

灵石流光溢彩，晶莹剔透，虽不如当日学堂中邹云海炼制的那一块，但差距也不是特别大，两者同为上品，价值不菲。

可王宝乐乐不出来，他呆呆地看着自己此刻那无法形容的身躯，手中的灵石啪的一声掉在了肚皮上，而后滑落在了地上。他低下头，却只能看到自己的肚子，看不到灵石……

好半晌，一声惨叫从洞府内传出。王宝乐都要哭了，他着急地看着自己的双手，又看了看肚子，哀嚎起来："不要啊，我曾经完美的身材啊！怎么会这样?!"

王宝乐悲愤不已，想要起身，却发现自己站不起来了。这一幕，顿时让他抓狂。他隐隐感觉四周阴风阵阵，好似有无数个胖祖先正从四面八方走来，笑眯眯地向他招手，要与他"团聚"。

"我只是想成为学首，怎么这么苦难重重……"王宝乐悲叹，挣扎着爬起来，挤出了洞府大门。

发现自己还能出去，他这才松了口气，他真怕自己胖到出不去，那就真的玩完了。

好在此时是深夜，没有人注意这里，否则人们必定惊骇，以为是某只凶兽降临。带着悲伤的情绪，王宝乐狠狠一咬牙，疯了一般狂奔而去，又开始了环岛跑。

只是这一次，环岛跑似乎没效果了。他又趁着没人去了训练场疯狂举重，甚至加大了重量，但效果甚微，达不到他想要的状态。

"天啊，我该怎么办啊？"王宝乐彻底急了，额头冒汗。最终他只能求助于灵网，在上面寻找减肥的线索。

堪称万能的灵网上，消息多而杂，只不过这难不倒一个满眼只有"减肥"二字的胖子。王宝乐总会在各种别人看去很正常的消息里，敏锐地找出潜在的减肥线索，比如，战武系的岩浆室。

"战武系的岩浆室简直是地狱啊，太让人痛苦了，我在里面汗如雨下！"

"那里就是一个折磨人的地方，我在里面只待了一炷香的时间，出来竟掉了一斤，好心疼自己……"

看着灵网上种种对岩浆室的吐槽，王宝乐眼睛猛地亮了。

"岩浆室……岩浆室！"好似溺水之人抓住了稻草，王宝乐猛地抬头，看着战武峰，飞奔而去。

月光下，远远一看，能看到一个如同凶兽般的庞大身躯，正以惊人的速度呼啸而过。

"我要减肥！"

第17章

专门欺负我们战武系？

作为战武系最受欢迎的重要训练场，岩浆室的确有其特殊之处，其地下有一条岩浆火脉，火脉向上贯穿整座山峰，向下则蔓延至青木湖底部。

这条火脉由来已久，史书有载，千年前，此地并没有湖，只有一座在当年声名赫赫的惊人的火山。

千年来地势变迁，此地才形成了青木湖，而这条火脉也被埋葬。直至缥缈道院选址，又进入了灵元纪，缥缈道院才有能力将这条火脉引出，并由此建立了战武系的岩浆室。

岩浆室占地极广，远看如同一个巨大的兽头。

这兽头的眉心有一道火焰图腾，即便在夜里，这火焰图腾也不灭。而顺着兽口进去，深入战武峰的山体内部，可以看到上百间可以封闭的修炼室。

每一间修炼室内都有阵法，阵法一旦开启，可引来地火，使得修炼室内的温度瞬间达到惊人的程度。

一般来说，进入岩浆室的，修为大都在气血大圆满层次，想要借助这里的高温，强迫自身封闭所有毛孔，从而隔绝热量，辅助自身进入封身层次。

毕竟古武境三大层次都是在打基础，要在现有条件下将自身打造得完美无缺。

其中气血层次是让武者的生命力更旺盛，使气血能支撑武者完成鱼跃龙

门的惊天变化。

而封身层次则是封闭全身所有的毛孔，使内外隔绝，自成一体的同时，让自身的气血丝毫不外散。对气血掌控入微后，不但在爆发力上超出气血层次很多，更可承上启下，向补脉层次前行。

正是因为封身层次的特点，这岩浆室在某种程度上对踏入封身层次的辅助效果很不凡。理论上，武者若能够坚持，来到这里开启一定程度的火脉后，在那高温下，要么被活活热死，要么成功封身，突破到封身层次。

只不过这种狠人不多见，一般情况下能坚持超过一个时辰的，都算很厉害了，就算是卓一凡，也只坚持了三个时辰。

灵元纪以来，这三十多年中，缥缈道院也只出了一位狠人，此人在岩浆室里闭关了三天三夜，造就了至今还没有被打破的神话。

此人正是上一任联邦总统。据说当年他走出岩浆室后，说过一句震动缥缈道院，如今成为悟道系名言，被无数人传颂的话。

"我在悟道！"

此时正是深夜，王宝乐的身影滚滚而来，直接冲入兽口中。岩浆室内依旧有不少人在修炼，人数虽比白天少，但修炼室也有九成多已经满了。在外面的显示板上，只有七八间修炼室的指示灯没有亮。

兽头附近也有进出之人，实际上这里不需要人看守，里面任何一间修炼室都需要道院学子的身份玉卡才可进入。

至于花费的灵石，也是通过身份玉卡结算的。迄今为止，还没有人敢拖欠战武系那些一心修炼古武的大汉的灵石。

进出岩浆室的学子虽不少，但王宝乐的速度太快，很多人只觉得一阵风吹过，依稀间看到一个"红球"飞奔而过，具体的样子还没看清，对方就已经没影了。

不过，王宝乐还是小看了自己的影响力。

"我好像看到了一个'红球'……"

"有点眼熟……依稀有印象。"

岩浆室外，几个正要离开的战武系学子纷纷愣了一下，相互看了看，眼睛猛地睁大。

"王宝乐！他又变胖了?!"

在外面的人惊呼时，王宝乐顺着兽口直奔深处。找到一间没人的修炼室后，他赶紧取出身份玉卡开启修炼室，好不容易挤了进去，这才长出一口气并关上了门。

"我要是再胖点，都进不来……"揉着有些痛的肚皮，王宝乐更加悲愤了。

这修炼室不大，不到十平方米，其他学子在里面空间多有富余，可王宝乐坐下后，看着四周，顿时感觉自己好似坐在了一个小笼子里。

这种感觉让他无比郁闷，他下意识地就要去拿零食发泄，却发现自己之前跑得匆忙，没有带零食，顿时有些抓狂。

"我要减肥！"王宝乐狠狠咬牙，气呼呼地找到了此地阵法的控制开关，猛地一按。地面上刹那间升起了热气，这热气瞬间弥漫了整间修炼室，除了中间王宝乐坐的位置还算正常外，其他地方隐隐呈现赤红色。

在这样的高温下，尽管这里有换气孔，可王宝乐还是呼吸有些困难。好半晌他才恢复了一些，汗水却止不住地流下。

别人在这里是尝试封闭毛孔，可王宝乐相反，他是尽可能地舒展全身，使毛孔全部张开，吸收热量。

"还不够！"王宝乐擦着汗，感受体内的灵脂，又一次调节温度。顿时，这里的温度再次升高了不少。

可王宝乐还是觉得不够，在他一次次的调节下，终于，四周的墙壁都变得赤红。他口干舌燥，甚至觉得五脏六腑似乎都要熟了，却狂喜地发现，在热气顺着毛孔进入体内后，自己体内的灵脂竟缓缓出现了分解的迹象。

"苍天有眼啊！"王宝乐顿时激动不已，他赶紧保持室内的温度，闭着眼睛坐在那里，在煎熬中感受灵脂的熔化。

尽管这里的高温让他觉得自己快要被蒸熟了，可体内灵脂减少的快感，还是让他咬牙坚持着。

一个时辰过去了，王宝乐还在坚持，两个时辰，三个时辰……外面天亮了。

战武系的岩浆室从不缺人，每天清晨在门口排队等待进入的人就没少过。此刻等待的众人并不着急，因为这岩浆室有一百多个房间，进去之人大都不到一个时辰就不得不出来。

陆续有人走出，又陆续有人进去。等待之人无聊时相互攀谈，时而看向指示板上的灯。只要灯灭了一盏，就代表有人要出来了。

渐渐到了晌午，又到了黄昏，一批批学子进去又出来，也就在这个时候，一个等待了很长时间、观察力又很敏锐的学子发现了异常。

"好奇怪，三十九号修炼室的灯好像……没有熄灭过啊！你们有谁看到过那盏灯熄灭吗？"

他原本只是觉得诧异，与身边同学说了一句，可众人仔细回忆，也没有想起这盏灯什么时候熄灭过，岩浆室外的学子们顿时大吃一惊。

在众人的注视下，三十九号修炼室的灯在又过去了一个时辰后，竟依旧亮着。发现了这一点后，他们内心的震撼顿时化作阵阵惊呼。

"你们快看三十九号，天啊，我已经观察两个时辰了，那盏灯始终没灭，我记得白天时那盏灯也一直亮着！"

"竟有此事？"

"你们看花眼了吧？这怎么可能？目前坚持最久的也就是卓一凡，他才三个时辰。"

这种罕见的现象顿时引起了众人的好奇，于是有那么一群人索性不去修炼了，而是坐在岩浆室外观察。

他们的呼吸渐渐变得急促，他们的眼睛慢慢睁大……

数个时辰过后，深夜降临，岩浆室外的学子越来越多，放眼看去有数百人。所有人都瞪大眼睛，一副见鬼了的模样，议论之声不断传出，还有不少人立刻给朋友们传音。而在灵网上，这件事已经成了爆炸性新闻。

"战武系岩浆室惊现牛人！"

"根据粗略计算，战武系岩浆室三十九号修炼室的牛人，已坚持超过十个时辰！"

"破纪录了，彻彻底底破了卓一凡的纪录！"

灵网上的帖子瞬间传遍了整个下院岛，所有系的学子看到后，都纷纷吸气。岩浆室的大名无人不知，而在里面坚持超过十个时辰的狠人，历史上只有一个，如今出了第二个！

若此刻三十九号修炼室的灯熄灭也就罢了，可在下院岛无数人的关注下，这三十九号修炼室的灯竟一直亮到了天明！

整个下院岛彻底哗然，连老师们都注意到了，更不用说那些学子了。岩浆室都没有人去了，大家全部在外面，盯着还亮着也是唯一亮着的三十九号修炼室的灯。

"天啊，已经快两天了吧……"

"这是要挑战上一任联邦总统啊！"

"他是谁？我悬赏十灵石，但凡有线索，一旦确定，立刻送出！"

无论是在现实中还是在灵网上，种种言论不断爆发。终于这一天夜里，岩浆室外那几个战武系的学子在灵网上发了告帖。

"岩浆室三十九号修炼室的狠人，就是……法兵系的王宝乐！"

"我可以发誓，我亲眼看见他穿着特招学子的道袍飞滚而去！"

这话语一出，其他系的学子还没什么大的反应，只是将信将疑，可战武系那些曾被王宝乐打击的学子彻底沸腾了，卓一凡等人更是怒火冲天，直接冲向岩浆室。

"可恶的王胖子，驭兽系的景云山你不去，阵纹系的八宝图你也不去，机关系的冰寒楼你还是不去，你这是专门盯上我们战武系了，可着我们战武系欺负啊！"

在他们看来，王宝乐这个行为，就是继跑步、举重后的又一次挑衅！

第18章

封身层次

在整个下院岛沸腾，卓一凡等人怒火冲天时，已经在修炼室内坚持了两天两夜的王宝乐整个人汗如雨下，甚至眼冒金星。

他觉得呼吸有些困难，快要坚持不住了。这修炼室内热气弥漫，而他的汗水流下又被蒸发，这就使得修炼室内云雾缭绕。

"我觉得我……要熟了……"王宝乐心惊肉跳，实在是担心，自己万一被蒸熟了，那就惨了。

王宝乐强忍着对自己要被蒸熟的担心，看着自己的身体在这两天两夜里足足小了一大圈，忽然又特别振奋。

"要么把自己蒸熟，要么就瘦下来！"王宝乐狠狠咬牙，右手抬起一拍身边的阵法开关，这修炼室顿时再次震动，更强烈的热气瞬间弥漫开来。

整间修炼室似乎都扭曲了，王宝乐浑身颤抖，觉得自己呼吸的都是热火，身体内外仿佛在燃烧。而他之所以能坚持这么久，也是因为他体内积累了大量灵脂。随着燃烧，灵脂熔化，灵气扩散全身，不断滋养他的血肉。

在灵气的滋养下，他的气血也节节攀升，这一刻随着温度的增加，气血的红光顿时透过他的身体散发出来。

外人若看到这么旺盛的气血，必定大吃一惊。或许是吸收了高温热气的缘故，这种气血散发狂暴之意，远远超过同境之人的气血。

原本就接近气血层次大圆满的王宝乐，在这两天两夜的燃烧下，气血几乎达到了人体所能达到的极致，只差一丝就可突破，踏入封身层次！

甚至可以说，他已经能突破了，但是他在强行压制，使自身保持在气血层次，不去迈入封身层次。因为他很清楚，踏入封身层次后，随着热气被隔绝，身体内外化作两个世界，那么他的减肥就没效果了。

在这强行坚持下，王宝乐的身体控制不住地颤抖，而他体内的灵脂也缓缓减少。在王宝乐痛苦与激动并存的同时，岩浆室外的人越来越多，哗然声与吸气声也越发频繁地传出。

"三……三天了！"

"王宝乐不会死在里面了吧……"

"这也太狠了！天啊，是为了突破吗？"

在众人的议论声中，卓一凡等人之前的愤怒被郁闷所取代。他们不得不服，要知道，在岩浆室内坚持三天的壮举，在此之前，缥缈道院成立以来，也就只有那么一次而已。

灵网上关于王宝乐的议论也越发热烈，种种议论下，有人甚至在赌王宝乐是否能打破上一任联邦总统的纪录。

就这样，在无数人的关注与议论下，深夜到来，岩浆室外依旧有不少人在关注着。

一些看起来很专业的学子甚至拿着影器，开始直播。其中有一个长脸青年，他扎着道士头，脸上长着不少雀斑，眼睛很亮。此刻他高举影器，无比激动地高呼起来。

"感谢晴天姐姐送的小红心，感谢烟灰哥哥的支持……

"朋友们，你们的支持就是小道我最大的动力。现在，振奋人心的一刻即将到来，这一夜过去后，王宝乐就会打破纪录！

"小红心点起来！今天只要大家给小道我点小红心，小道我拼死也要去挖出王宝乐坚持这么久的秘诀！"

这一夜，岩浆室外的这些直播，让整个灵网都沸腾了。

那自称小道的长脸青年更是不知疲惫地直播了一夜。

在清晨阳光洒落人间的这一刻，岩浆室内，王宝乐的身体也到了极限，他全身赤红，整个人已经摇晃起来。

"减肥好痛苦……"见自己的气血层次再也压制不住，王宝乐悲呼一声，体内瞬间传出擂鼓般的声响。

这声响在修炼室内回荡，竟引起了他体内噬种的活跃，一股惊人的吸力蓦然爆发，直接将这修炼室内的所有热气吞噬，一股前所未有的热气在他体内爆发开来。

云雾缭绕中，他的那身灵脂肉眼可见地急剧缩小，而他全身所有的毛孔也在这一刹那飞速闭合，到了最后竟好似封印一般，将他身体内外彻底隔绝。

而战武系的岩浆室外，随着第四夜过去，无数学子心神震动。到这一刻，三十九号修炼室指示灯亮起的时间，打破了整个缥缈道院的纪录！

连老师们都时刻关注着这里，灵网上的议论在这一刻也越发热烈。

"三天四夜啊，王宝乐破纪录了！"

"超越了上一任联邦总统！"

在人群里，那些直播的学子的叫喊声传遍四方，尤其是那长脸青年，他高举影器，正声嘶力竭地狂吼着。

"朋友们，你们看到了吗？王宝乐打破纪录了！如此激动人心的一刻，小红心点起来！

"再说一遍，今天只要有小红心，小道我一定去打探秘诀！"

就在岩浆室外一片嘈杂，学子们议论纷纷时，三十九号修炼室的指示灯骤然熄灭。

在指示灯熄灭的瞬间，就有人察觉到了，惊呼声传出。

"你们快看，指示灯灭了！"

"王宝乐要出来了！"

直播的长脸青年更是振奋，飞速从人群中钻了过去，站在了最前方。他依旧不忘直播，口中高呼："王宝乐要出现了！朋友们，小红心有没有？"

这一刻，岩浆室外的所有人都不约而同地看向岩浆室的出口，在灵网上观看直播的学子也纷纷持续关注。

众人立刻感受到一股热浪从兽口内翻涌而出，瞬间扩散四方，四周的温度也高了不少。

"这么热！"

"一定是三十九号修炼室开启，从里面散出的热浪！"

这扑面而来的热浪，让众人充满期待。紧接着，他们眼前出现了一个身影，这身影看起来是个小胖子，正扶着墙一步步走出。

随着这身影的出现，随着这身影的逐渐清晰，一股比气血层次还要惊人的威压随之散开。

这身影正是王宝乐。此刻的他比之前进去时瘦了太多，面色有些苍白，看起来很虚弱，但他身上散出的气息凌厉无比，带着一股说不出，却能感受到的威压！

这正是武者在突破到封身层次时，因与外界隔绝，形成的一种能被人清晰感知到的气息。这种气息持续不了多久，一般来说在突破数日后，就会因适应了外界环境而变得不明显。

在王宝乐出现的瞬间，岩浆室外所有人都发出不可思议的惊呼。

"这气息……他果然突破了！"

"封身层次！"

"身体好似与外界隔绝，这……就是封身！"

惊呼声的爆发，让刚刚走出来的王宝乐愣了一下。他减肥太快，以至于身体虚弱，又受到热气的侵蚀，精神上也疲惫无比，面对这突如其来的大场面，此刻的他有些蒙。

在这个时候，人群里所有直播的学子都飞速靠近，那个长脸青年更是第一个冲到王宝乐身边。他异常亢奋，高举影器对着王宝乐和自己，热情无比。

"看，这就是王宝乐同学！虽然他的脸有点大，屏幕装不下，但小红心大家还是要点起来啊！没有小红心的点个收藏也行！"

长脸青年一脸兴奋，又看向王宝乐。他并不在乎王宝乐的感受，他很清楚直播时，对方就算不耐烦，也会克制一下，毕竟是直播。

王宝乐此刻还有些蒙，他瞅了长脸青年一眼，又看了看长脸青年高举的直播影器上显示的人数，疲倦的脸上渐渐透出鄙夷。

"你是怎么直播的？就这么点人气，小红心也不行啊，一共才两个，你自己点的？"

长脸青年听到这里，有点尴尬，赶紧转移话题。

"朋友们，你们觉得王宝乐帅不帅？帅的打一，不帅的打二。"

"你是新人吧，怎么能这么喊呢？"王宝乐眉头一皱，一把抢过直播影器，将影器对着自己的脸，并狂喊起来。

"兄弟们，觉得我帅的打一，觉得我非常帅的打二，不说话的就代表觉得我帅爆了宇宙天地！"

长脸青年一愣，瞬间，影器上的弹幕开始狂跳，"无耻"二字占满了整个屏幕……

王宝乐一脸得意，看了看身边已经呆住的长脸青年。

"看见了吧，人气起来了吧！朋友们，现在只要你们点一个小红心，这位同学就会在岩浆室里待一个时辰，小红心越多，时间越长！"

短短的几次呼吸间，影器上就有二十多个小红心亮起。

长脸青年瞬间傻眼，只觉得背后发凉，有冷汗流下。他刚要解释，王宝乐已经将影器扔了过来。

"学会了吧？小红心应该这么要！"王宝乐得意地背着手，暗道"敢说我脸大"，心底哼了一声，在四周众人震惊的目光中扬长而去。

唯有长脸青年拿着影器，眼泪都快流下来了，只见影器上，小红心还在不断亮起……

第 19 章

太虚擒拿术

在岩浆室内经历了三天四夜的王宝乐回到法兵峰时，一路遇到的同学无不看向他，他打破纪录的事实在太过惊人。

不少下院的老师也开始真正关注王宝乐，毕竟迄今为止，开学还不到一年的时间，王宝乐的突破速度虽不是最快的，但若论引发的轰动，无人可与他相比。

而他的事迹更是一次又一次在灵网上掀起风暴，如今，整个下院无论是新生还是老生，可以说无人不知王宝乐。

王宝乐在回来的路上就登录灵网，知晓了自己减肥这些天发生的事情，心中感慨万分。

"我只不过减个肥而已，居然闹出了这么大的声势……实在太不凡了！不行，我是要成为联邦总统的人，我要低调。"王宝乐干咳一声，得意地走向洞府，同时取出冰灵水喝下一大口，顿时觉得清爽不少。

"减肥不容易啊！"回忆自己减肥的过程，王宝乐唏嘘地取出一包零食，咔嚓咔嚓地吃了起来。

"以后要注意，可千万不能让自己又变胖了，减肥这种事实在太辛苦了。"王宝乐不断地提醒自己。一想到岩浆室内的高温，他就心有余悸，将另一包零食打开塞到了嘴里。

"绝对不能再胖了！"带着这样的决心，王宝乐吃了一下午的零食。而后，他拍着自己肚子上的肉，目光坚定，开始琢磨自己炼制的灵石纯度问题。

一想到灵石在达到八成五纯度时会疯狂吸收灵气，王宝乐就犹豫起来。他又在灵网上找了很多资料，这才有了一些把握。之后炼制灵石时，他都加强操控，宁可慢一些，也要努力控制灵气涌入的速度。

如此一来，虽然他炼制灵石的速度慢了，但那种灵脂暴增的现象终于没再出现了。

解决了这个问题后，王宝乐心情舒畅，只觉得学首的身份这一次是真的距离自己非常近了，于是心头火热，开始尝试提高灵石的纯度。

可一个月后，王宝乐沮丧地发现，自己的灵石纯度居然又一次难有寸进，无法突破到八成六。

这是第二次遇到瓶颈了，王宝乐郁闷之下，取出了黑色面具。他略有犹豫，最终还是选择开启了梦境。眼前瞬间一片模糊，当画面重新变得清晰时，他依旧在冰天雪地里。

寒风呼啸而过，王宝乐赶紧低头看向手中模糊的黑色面具，可他看了半晌，这面具上的字依旧是之前出现的那些，没有丝毫改变。

"奇怪……难道需要我说出来？"

王宝乐挠了挠头，想起上次是自言自语后，面具才出现变化的，于是他狐疑地看着面具，低声开口："面具啊面具，你告诉我，有什么办法可以让我突破瓶颈，使灵石纯度达到九成以上。"

王宝乐说完，目不转睛地望着黑色面具。也就是几次呼吸的时间，这面具上的字变得模糊，整个面具还闪动了几下，渐渐又出现了新的字迹。

"这里面果然有人！"王宝乐吸了口气，心怦怦跳动，看向那些字。

"太虚擒拿术？"这一次出现的字较多，王宝乐全部看完后，愣了一下。此番面具给的答案不再是丹药，而是一种类似武技的功法。

这种功法在缥缈道院有很多，战武系的功法种类更是不少，比如擒拿术就有很多种，并不出奇。

这就让王宝乐有些诧异，他又仔细地看了一遍。

按照上面的说法，瓶颈出现的原因，是王宝乐体内的噬种无法与身体彻底融合，难以做到随心所欲，而这种擒拿术，则是加速身体与噬种融合的最好办法。一旦将其彻底修炼成，不但可增强噬种的吸力，还可使噬种散到全身各处，做到噬随心起。到那个时候，方可突破纯度八成六的瓶颈。

"这里面的第一招，不就是掰手指吗？"王宝乐眨了眨眼。他本就聪明，这太虚擒拿术看起来也没有什么特别的地方，此刻他抬起左手，向前抓了一下。

练习几次后，他索性操控梦境，在面前幻化出一个中年男子的身影。对方面部模糊，修为在气血层次的样子，出现后立刻扑向王宝乐。

王宝乐一瞪眼，同样上前，凭着如今封身层次的速度与力量，一拳打出，顿时把那陪练逼退。他又身体一晃，靠近陪练，一把抓住陪练的手掌，找到对方的手指，直接一掰。

"这也太简单了。"王宝乐正嘀咕着，忽然注意到那黑色面具上有黑光一闪，与此同时，整个梦境世界扭曲了一下，甚至有咔咔声在这一瞬传遍八方。

"什么情况？"王宝乐吓了一跳，赶紧退后观察四周，发现这里的寒风更冷了，远处的动物似乎也都有了一些不同之处。

还没等王宝乐仔细观察，之前幻化出的那个陪练就猛地抬头。那陪练依旧是气血层次的修为，可好似换了一个人，隐隐透出一股杀意，直奔向王宝乐。

虽还是同一个人，但此刻的陪练给王宝乐的感觉很不一样。他来不及多想，直接一拳打出。但这一次，在王宝乐的拳头打出的瞬间，那陪练竟毫不闪躲。也不知他是如何做到的，他只是在王宝乐的手腕上一敲，王宝乐顿时觉得一股无法形容的酥麻感蔓延整条手臂。

王宝乐握住的拳头立刻松开了，连力气也仿佛散了去，而那陪练顺势一把抓住他的手指，向上一掰。

"痛啊，停停停！"

如被电击一般，剧痛刹那间在王宝乐身上扩散开来。冷汗流下，他忍不住惨叫一声，身体仿佛一下子失去了所有的力量。

听到王宝乐叫喊，陪练立刻松手，退后几步，面无表情地望着王宝乐。

王宝乐握着自己的手指，气喘吁吁，心有余悸地看了看陪练，又看了看黑色面具。他隐隐感觉到刚才的一切都是这面具搞的鬼，顿时心中不忿。

"掰手指有什么了不起的？我方才是没准备好，再来！"王宝乐话语一出，那陪练立刻冲来。这一次王宝乐有了准备，他不再出拳，而是一脚踢了过去。在陪练躲避时，他抓住机会，猛地一拳轰向陪练的太阳穴。

这一次，诡异的一幕出现了。王宝乐明明是趁着对方躲避的时机出手的，可那陪练的身上突然产生了一股吸力，这吸力仿佛化作看不见的大手，一把抓住了王宝乐的手臂。拉动王宝乐的身体改变方向后，那陪练转身一抓，再次抓住了王宝乐的手指，瞬间一掰。

熟悉的剧痛又一次袭来，王宝乐赶紧喊停，可心底更加不服气，隐隐要控制不住地抓狂起来。

掰手指实在太痛了，连经常被人骂无耻的王宝乐都觉得这一招无耻至极，那种有力用不出来的感觉让他简直要疯了。

"再来！"好半晌，王宝乐才面色苍白地恢复过来。这一次他决定不用手。他再次与陪练打到了一起。

很快，王宝乐的手指又被对方抓住了，他身体发软，手被高高举起，在对方还没掰时，他就直接哀嚎了一声，欲哭无泪。

"你太欺负人了，我全程把手藏了起来，你居然还能掰到！啊……痛啊！"王宝乐要哭了。对方只是气血层次，而王宝乐如今都到封身层次了，居然每一次都被对方抓住手指。那种剧痛，让王宝乐心情复杂、憋屈无比、无奈至极。

"我就不信了，再来！"王宝乐一咬牙，又冲了上去。

梦境内，接下来，王宝乐的惨叫声持续不断。直至一天过去，王宝乐离开梦境后，整个人都虚脱了，他躺在洞府里，哭丧着脸看着自己的十根手指。

"这掰手指也太过分了，还有那吸力，根本就躲不过啊……不行，我要学会这招，这招厉害！"王宝乐早就意识到，随着黑色面具的那次闪动，实际上发生了变化的陪练，对自己施展的就是太虚擒拿术，否则无法解释那吸力的问题。

很明显，按照太虚擒拿术第一招的说法，那吸力就是噬种散向全身后，形成的一种如黑洞般的力量。

而在亲自体会到太虚擒拿术的厉害后，王宝乐也动心了，他觉得这太虚擒拿术不但能解决灵石纯度的问题，还能让自己掌握战武之法。

这让他心中更加坚定了。这一夜，他不断地分析、考虑。天亮后，王宝乐匆匆吃了点早餐，又一次进入梦境。

就这样，一天天过去，梦境中的惨叫声非但没有减少，反倒响起得越来越频繁。原来王宝乐承受痛苦的能力提高，恢复时间缩短，于是被掰手指的次数也就多了。

"好痛！

"天啊，这是谁发明的擒拿术？！

"我的手指要断了……"

若非王宝乐一向内心强大，恐怕他都坚持不下来。即便这样，过了一个月后，王宝乐也要抓狂了。

　　于是他想到了一个办法，在对着黑色面具自言自语一番后，他又幻化出了一个小陪练。这个小陪练与之前的大陪练不同，于是小陪练就成了他发泄的对象。

　　每次被大陪练掰手指后，王宝乐就忍着痛苦，带着怒意，转头和小陪练对打。借助这样的方式，王宝乐终于坚持了下来。

　　只是又过了一个月后，王宝乐发现，那个可以让自己发泄的小陪练实在太弱、太呆板了，根本起不到助自己增强实战能力的作用。更重要的是，小陪练不会叫，无论被怎么掰手指，都毫无反应。

　　这就让王宝乐心中受不了了。同时，经过与大陪练的数月对抗，他终于在掰手指这招上有了一些心得与经验，心中抑制不住地想要把自己的经验运用到与真人的对抗中。

　　于是，他想到了自由搏击俱乐部。

第20章

搏击俱乐部

"和小陪练打，根本无法提高我的擒拿术！"在梦境里又被大陪练掰了手指的王宝乐，带着悲愤与无奈离开了梦境。他吃起了零食，思考片刻后，他狠狠一咬牙，嚼着零食走出洞府，离开缥缈道院，去了缥缈城。

此刻的王宝乐急切需要真正的实战，一方面他快被大陪练折磨疯了，一方面他也意识到，这太虚擒拿术招式虽无耻，但实战性极强。

而想要真正将其掌握，唯有去与真人切磋。

所以，王宝乐一下子想到了自由搏击俱乐部。

带着这样的想法，王宝乐进了缥缈城后，直奔自由搏击俱乐部而去。只不过途中他路过一家玩具店时想了想，走了进去。出来后的他，身上的道袍已经换掉了，怀里还多了一张小白兔的面具。

"我毕竟是道院的特招学子，还是低调一些为好。"王宝乐觉得自己考虑得很周到，他摸了摸怀里的面具，心中更为满意。

这面具让他觉得亲切，他想到自己把面具戴在脸上的样子，觉得可爱中透出霸气，一看就很威武。

得意之下，王宝乐背着手，走向自由搏击俱乐部。

自由搏击俱乐部在联邦十七大主城中都有，场地极大，有若干个擂台，为人们提供了一个自由搏击的平台。无论是在进入灵元纪前，还是在进入灵

"这里太大了！"王宝乐吸了口气。之前在外面时他就做好了心理准备，可进来后还是被这里的宽大所震撼。好半晌他才挤入人群中，左右打探后才明白，这自由搏击俱乐部分为三层。

一楼是大厅，二楼才是真正的搏击场，至于三楼，平日里很少对外开放，只在举办一些隆重的比赛时才会开放。

而想要去二楼，有两种方式：一是从四周四个大的出入口直接上去；二是租下一个擂台，这样既可在二楼接受别人的挑战，也可去挑战别人。大厅四周的那些门，就是为租擂台的人准备的。

这两种方式，前者简单，却没有太多隐秘性，而后者显然更注重隐私与安全性，只不过花费较大。

而无论选择哪种方式，都需要去大厅中心的水晶球旁注册身份，缴纳灵石办理手续。

换了其他人，或许会选择花费较少的方式，可对打张欠条就可以当钱花的法兵系特招学子王宝乐而言，花点灵石租个擂台是小事。于是他背着手，走向水晶球。

"我来这里是为了练习太虚擒拿术的，灵石什么的，不就是身上多加点肉吗？"王宝乐这么一想，越发觉得自己与众不同。

他在水晶球旁注册身份，查询资料，明白规则后，缴纳了一笔灵石，租下了一个擂台。

王宝乐左右看了看，在四周的擂台门里找到了一扇开启着的，直接踏了进去。一进入，他在水晶球那里注册的身份立刻就得到确认，随后擂台门关闭，有柔和的女声回荡开来。

"尊贵的客人，欢迎来到自由搏击俱乐部，在此地请注意保护隐私，若有必要，还请在交战时遮盖面部……而无论是出战还是回归，您只需在指定位置高呼'出战'或'回归'即可。"这声音向王宝乐交代着俱乐部的规则，又提示了一些需要注意的地方。

"还挺人性化啊，不错不错。"王宝乐很满意这种设计。

他向前走去，前面是一条通道，四周灯光柔和，看起来很舒服。在这条通道的尽头，则是一间密室，里面有一张小床以及简单的桌椅衣镜。此地的主要作用，一方面是让客人休息，另一方面是让客人更换衣服，掩饰身份。

站在密室内，王宝乐调整着呼吸，他觉得自己现在仿佛是要去征战的将军，眼神中透露出坚定。

"这将是我王宝乐掰手指的第一战！"王宝乐拍了拍肚子，从怀里取出小白兔面具。把面具戴在脸上后，他整个人的气势蓦然一变，那可爱的小白兔面具与他那圆圆的身体实在很不协调。

但王宝乐很满意自己的形象，他照了照镜子后，直接走到了密室中心处，抬头看着上方，口中淡淡地说出两个字："出战！"

在话语说出的刹那，上方的天棚开启，他的脚下也升起高台，将他抬到了顶端——自由搏击俱乐部的二楼！

阵阵狂躁的嘶吼声顿时从四周传来，出现在王宝乐面前的，赫然是一个被透明玻璃笼罩着的擂台。

这擂台足有百米宽，站在这里能透过玻璃看到外面数不清的人以及一个个一样的擂台。

整个二楼的擂台怕是有上千之多，其内一场场战斗不断进行。

观战者的欢呼声、参战者的嘶吼声传遍四方，而这里的人大都遮盖面部，不愿暴露身份。

王宝乐深吸一口气，看着四周，不由得心跳加速。这种环境对他而言，既陌生又刺激。他之前在水晶球旁就知道了规则，明白在此地租下擂台后，可以设置一个灵石数，等待别人来挑战，且可限制挑战者的修为境界。

若对方胜利，就可获得自己的灵石，而对方一旦失败，也需要付出等价的灵石。同样，在此地租下擂台的人也可以走出去挑战别人，所以这里才会被称为自由搏击俱乐部。

只不过此地不允许出现死亡，更注重客人的隐私与自由，一旦有人破坏规则，俱乐部就会使出雷霆手段快速处理。

王宝乐压抑着心底的振奋，赶紧为自己的擂台设置灵石数。他想了想，为了引起别人的注意，增加自己训练的次数，索性直接设置了十块灵石，这才坐在一旁，兴致勃勃地等待挑战者。

不少人路过这里，目光扫来，可王宝乐左等右等，始终没人来挑战。王宝乐的造型以及他设置的灵石数，让很多人觉得古怪，有所迟疑。

毕竟，十块灵石是一笔不小的财富。

"这得等多久啊？"一炷香后，王宝乐有些不耐烦了，他左右看了看，索性走出了擂台。他琢磨着，既然没人来挑战自己，那么自己就去挑战别人好了。

"要从简单的开始……"王宝乐在人群中穿行，看向那一个个擂台，最终选择了奖励一块灵石的擂台，走了过去。

这擂台上是一个大汉，他身材魁梧，一身寻常气血层次的修为，眼中露出光芒，正盘膝坐在那里，桀骜地望着擂台外的众人。注意到王宝乐那跃跃欲试的神情后，大汉冷笑一声，向王宝乐勾了勾手指。

"'兔子'，来，陪我练练。"

王宝乐眼睛一瞪，直接跃到了擂台上。四周有不少人，可人们对这个级别的战斗大都没太多兴趣，只有一些人因为大汉的魁梧与王宝乐的兔子面具形成了鲜明的对比，才暂时驻足观看。

看到王宝乐到来，大汉顿时眼睛一亮，大笑着站了起来，原本寻常气血层次的修为竟在这一瞬直接攀升到了封身层次。大汉狞笑一声，直奔王宝乐而来。

擂台外，众人纷纷大吃一惊，这大汉前后修为差距实在太大。

"我最喜欢的就是隐藏自己真实的修为，引诱如你这样的'兔子'主动上门。今天定要与你好好切磋切磋！"大汉的笑声在擂台上回荡。他气血扩散，身体已靠近王宝乐，那厚厚的手掌抬起，向王宝乐的面部拍来。

王宝乐几乎本能地抬起右手，体内噬种运转，直接施展了这段日子练习的太虚擒拿术。随着吸力的散出，那大汉似被牵引，手掌改变了方向，身体也跟跄了几步。

王宝乐正要出手抓，可这大汉反应极快，低吼中猛地转动身体，顺势迈步，躲开了王宝乐的一抓。

"竟被他躲开了！"王宝乐有些生气，主动靠近大汉。而这大汉此刻也吸了口气，看出了不对劲。他立刻后退，低吼的同时握住拳头，连续轰出数拳，试图逼退王宝乐。

很快，二人就在这擂台上战在了一起。对于王宝乐而言，这是他真正意义上的第一战，而这大汉也非常适合当陪练。渐渐地，王宝乐的身影越来越快，出手也不同了，可以说，他整个人都在进行一场惊人的蜕变，目光越来越亮，心中满是兴奋。

与王宝乐相反，那大汉则额头冒汗。他已经察觉到，王宝乐的出招竟然从一开始的生涩不娴熟，在短短的时间内变得越来越熟练。他不得不封闭全身毛孔，使气血不外散，从而换得更快的速度以及更强的力量。可就算如此，他还是不如只发挥了气血层次修为的王宝乐。

"该死！这'兔子'是从什么地方冒出来的？"大汉越发吃惊，他狠狠咬牙，身体跃起，右手手掌张开，整个人好似以手掌为支撑，向王宝乐一把抓去。这正是他掌握的唯一的武技战法。

"乾坤手！"

围观的众人纷纷被这一战吸引，看到大汉使出乾坤手，不少人发出惊呼。可他们的惊呼声刚起，擂台上局势瞬间大变。

在乾坤手靠近的刹那，王宝乐眼中光芒一闪，脑海中浮现出梦境里大陪练的身影。他直接一步走出，体内噬种的吸力扩散，右手直接一抓。

这一抓之下，那大汉神色变化，手掌再次被牵引。而这一次还没等他避开，他的手指就被王宝乐一把抓住并狠狠一掰。

一声惨叫从大汉口中传出，他身体颤抖，双腿酸软，差点跪了下来。他本能地想把自己的手指抽出来，可王宝乐的手好似钳子一般，又有吸力，任凭他如何挣扎，也无济于事。他痛得声音都变了调。

"痛，好痛，松手……"

"哈哈！认不认输？"这一刻的王宝乐激动无比，他看着面前的大汉，好似看到了这段日子惨烈的自己。他顿时喜欢上了这门擒拿术。

擂台外的众人此刻全部目瞪口呆，在那大汉求饶后，众人纷纷倒吸一口气，忍不住议论起来。

"这……这是掰手指？"

"天啊，还可以这样……太无耻了啊！"

第 21 章

跪下

在众人的嘘声中，被王宝乐掰着手指的大汉身体哆嗦，眼中都有了泪水。这种钻心的痛让他抓狂。

这种痛很难形容，就好似全身上下都没了力气，唯有手指上的剧痛如潮水般一阵阵涌来。

这种体验，让大汉心头恨意强烈，可他不敢流露出半点情绪，身体甚至控制不住地靠近王宝乐，生怕王宝乐一用力，将自己的手指掰断。

可大汉心中还是不服气，毕竟换了谁，和人打斗时被掰了手指，心底都会极为不甘。只是如今自己的手指被王宝乐抓住，他只能心底大骂无耻，同时咬着牙赶紧求饶："松手啊，好痛……我……我认输！"

"认输就是好孩子。"王宝乐不是那种得理不饶人的人，他心满意足地松开了手，在那大汉怨怒的目光中走出了擂台。

王宝乐心底美滋滋的，之前被大陪练掰手指的郁闷和无奈此刻宣泄了不少，他觉得这自由搏击俱乐部实在太美好了。

"输在我的绝招上，这不是你的错，怪我，因为我太强了。"王宝乐感慨，一副自己天下无敌的样子。显然，这一刻身心舒爽的他，自动忽略了自己练这一招时的凄惨模样。

大汉愤怒地看着王宝乐，恨不得立刻让王宝乐尝尝被掰手指的痛苦，以解自己心头之恨。

王宝乐一走出擂台，那些观战的人就立刻发出更为强烈的嘘声，只不过这一切都被王宝乐自动屏蔽了。

他无比振奋，兴致勃勃地又开始寻找擂台。很快他就再次找到了一个合适的擂台，看了片刻后走上前去。

对方是个很狂傲的年轻人，注意到来挑战的王宝乐后，他立刻冷冷地开口说道："报上名来！"

王宝乐眨了眨眼，他之前看过这人出手，知晓对方速度很快，极为灵活，琢磨着对方一旦逃跑，追起来有点耗费时间，最好想个办法让对方自己过来。此刻王宝乐闻言，目光微闪，露出憨厚的表情，抱拳一拜。

"在下……"

还没等王宝乐说完，那年轻人目光一闪，嘴角露出轻蔑的笑，身体一跃呼啸而来，速度极快，刹那间就到了王宝乐近前，一拳落下。

"对我使诈？"王宝乐眼睛一亮，非但没有闪躲，反而猛地向前一步。

他的身体好似一座山，向逼来的年轻人撞了过去，口中则狂吼："来啊，有本事和我正面对抗！"

年轻人冷笑，看似错乱地走了几步，竟巧妙无比地避开了王宝乐，出现在他的身后。

"这么胖，还要给我送灵石，难为你了。"年轻人发出讥讽的同时，一拳轰向王宝乐的后背。

只是这一拳还没落下，王宝乐的体内骤然散出一股吸力，牵引着年轻人的身体顿了一下。

在年轻人错愕与色变时，王宝乐直接转过身，右手带着更强的吸力一抓，一把抓住了年轻人的手指，嘴角露出得意的笑，向上猛地一掰，口中大吼："跪下！"

一声惨叫从那年轻人口中传出，他只觉得身体发软，前所未有的剧痛随着王宝乐的吼声袭向自己的身躯。他下意识地扑通一声跪了下来。

"松手，痛，好痛！"

"我最恨耍诈的，快认输，跪下！"王宝乐一瞪眼。

年轻人心中抓狂，正要破口大骂，可随着王宝乐用力，他的叫声立刻变得更凄惨了。他赶紧高呼："我错了！我认输！我跪下！"

王宝乐只觉得全身舒爽，哈哈大笑着松开了手，得意地离开了擂台，开始寻找下一个陪练目标。

擂台上的年轻人揉着手指怒视王宝乐的背影，咬牙切齿，心中很不服气，却无可奈何。

而这一战同样被四周的人注意到，渐渐地引起了小范围的关注，一些连续观看王宝乐两战之人，神色有些异样。

"这胖子来此地就是来掰手指的？"

"这也太阴损了啊，上来就掰手指……"

在小范围人群的关注下，王宝乐开始了第三战、第四战、第五战……他越打越兴奋，动作也越发熟练。一开始他需要一些时间才可以掰到手指，但到最后不管遇到谁，只要他出手，就可刹那间准确无误地掰到对方的手指。

"天啊，松手！"

"痛啊，太痛！"

"'兔子'你无耻，有本事别掰手指！"

"松手啊……我错了，我认输……"

原本好好的一个自由搏击俱乐部，因为王宝乐的到来，立刻变了味。随着那一声声惨叫陆续传出，四周关注到王宝乐的人越来越多，议论声传遍四方，吸引了更多的注意。

"太无耻了！"

"这'胖兔子'看起来也不弱，怎么就喜欢掰手指啊？"

"该死，他连女人的手指都不放过……"

在众人愤愤不平的议论中，王宝乐背着手走下了擂台。知道此地规则的他丝毫不心虚，反倒昂首挺胸，琢磨着寻找下一个陪练。

只是他在这里已经引起了轰动，一看到他出现，很多守擂者就变了脸色，立刻关闭擂台。王宝乐见状有些郁闷，好在很快，王宝乐就振奋地拿出了自己在这俱乐部的身份令牌。

令牌上居然出现了挑战者的信息，这让王宝乐兴致高昂。他赶紧回到自己的擂台，这时擂台四周已经有数百人，其中有不少人他很熟悉，正是他之前的对手，如那年轻人，如那大汉。

看到王宝乐回来后，他们一个个怒视着他。

"是你们啊，别着急，一个一个来，真的，我很理解你们的心情。"王宝乐一边打着招呼，一边走上擂台。他一走到擂台上，之前使诈的年轻人就猛地冲了出来。

"'兔子'，我要挑战你！"说着，年轻人以惊人的速度直奔向王宝乐。年轻人心底很不服气，觉得上一次是自己没准备好，这一次自己一定不会被掰到手指。

只是，仅仅几次呼吸的时间，他的惨叫声便响彻擂台。

"我错了，我认输……"

王宝乐一脸感慨地抓着年轻人的手指，眼中带着赞赏之意，他觉得这年轻人很明智，于是松开了手。

只是这年轻人刚走出擂台，还没等其他人进入，就一咬牙，猛地转身又冲了进来，眼中布满血丝。

"再来！"年轻人心底非常不甘，他觉得自己身为缥缈道院战武系的学子，一定能报仇。这次他改变了策略，不再用手，而是用脚。

可显然，他还是小看了王宝乐。很快，他的手指又被王宝乐抓到了，惨叫声再一次传遍四方。

"我错了……"

到后来，连王宝乐都震惊了，这年轻人与他当初太像了，竟在一次次认输后又冲了进来，最终眼睛都变得赤红，那样子让他都觉得吓人。

四周的人越来越多，到最后足有上千人。之前被王宝乐掰了手指的家伙一个个咬牙切齿，对王宝乐恨得不得了。

"无耻，太无耻了！"

"这'胖兔子'就会掰手指，谁上去把他打倒，我愿意出一块灵石！"

在这些人的怒吼声中，四周围观的人更多了。

而那年轻人也很"配合"地一次次认输。

最后，年轻人的十根手指都紫了，才一脸绝望地被抬出了擂台。很快，又有人上来挑战，有男有女，有老有少……

过了许久，当一个戴着小猫面具的娇滴滴的女子也被王宝乐掰了手指，哭着跑出去时，四周的人群沸腾了。

"受不了啊，他居然掰了可爱猫神的手指！"

"哪位高手上去打倒这'胖兔子'，我也愿意送出一块灵石！如果能将他的面具摘下，我再加一块灵石！"

王宝乐看着擂台外狂暴的人群，顿时心惊肉跳，赶紧关闭了擂台。他站在那里干咳一声，觉得自己要是就这么认怂，有些丢人，于是拍了拍自己的肚子。

"今天就先到这里了，不打了，不打了，对手太弱，没意思啊！"王宝乐摇头叹息。

在四周众人发出更大的怒吼声时，他淡定地喊了一声"回归"。随着平台下沉，他回到了密室内，外面的哗然之声被隔绝了。

“这俱乐部是个好地方。”到了密室后，王宝乐松了口气，再次兴奋起来。他美滋滋地摘下面具放在怀里，一路小跑，顺着通道出了大门，回到了一楼。

　　他一走出去，就听到人群中传出怒吼声。

　　“谁是‘兔子’？你敢不敢出来?!”

　　“该死的‘胖兔子’，有本事你别隐藏身份，我们在这里决战！”

第22章
新招式

几个人吵嚷着，还有不少人从二楼出口处涌现，一个个如狼似虎地看向四周，想要把"胖兔子"找出来。

这一幕，顿时让王宝乐心惊不已。一个人他不怕，可这一群……

王宝乐眨了眨眼，觉得自己面对一群人，就算认怂也不丢人。好在俱乐部里各种身形的人都有，胖的不止他一个，他也就没那么显眼。王宝乐很快离开俱乐部，回到了缥缈道院。

而在俱乐部内找不到"胖兔子"的众人感到憋屈、愤怒，纷纷咬着牙决定，等下一次"胖兔子"来了，定要给他好看。

只不过很少有人天天去自由搏击俱乐部，加上俱乐部内人数太多，几乎囊括了整座缥缈城内所有喜好自由搏击之人，所以当天目睹王宝乐发威的人虽多，但在三天后，当王宝乐再次来到俱乐部出战时，还是没有多少人从一开始就关注他。

即便有人一直关注他，也因关注的人不多，他的事迹难以传开。于是，王宝乐开始了隔三差五的俱乐部之旅，几乎每一次去，他都会从第一战的默默无闻，发展到最后的让全场抓狂。渐渐地，王宝乐去了十多次后，就算他再低调，"掰指胖兔"的传说还是被传开了。

"听说了吗？俱乐部来了一个专门掰人手指的'胖兔'！"

"据说那'胖兔'邪恶无比，与人对打时，眼里只有手指！"

"我还听说这家伙有恶趣啊，若全程不让他掰手指，他连脚趾都不放过！"

种种传闻在俱乐部内不断传开，到最后，不说无人不知也差不多了。王宝乐每一次出战，都会瞬间受到关注，最后一次时，王宝乐甚至发现，有人竟关注着一楼所有的入口。

这也就罢了，王宝乐还从其他人口中得知，有人成立了一个灭"兔"联盟。这让他十分震惊。数百次的战斗，使得他对掰手指已经熟练无比，他觉得自己要低调，于是结束了自己的试炼。

"这些人太不讲道理了，既然是自由搏击俱乐部，看到我出招干吗这么激动？我不是在掰手指，我是在练习擒拿术！"王宝乐心里不忿。实际上这段时间，他几乎每天都会进入梦境与大陪练对打，往往受打击到了一定程度后，就去俱乐部发泄。

这么一个循环下来，不但让他的压力得以释放，还让他的招式突飞猛进。一开始，他完全不是大陪练的对手，往往瞬间就被打倒了，而如今，他已经可以与大陪练对抗很久。

这种进步，让王宝乐看到了希望。如今他虽然不敢继续去俱乐部了，但自己又练了一段时间后，他有了把握。于是他深吸一口气，开启了梦境。

寒风刺骨，天空中飘着雪花，四周一片冰封之地。在这熟悉的环境中，王宝乐屏气凝神，望着不远处慢慢幻化而出的大陪练的身影，眼中露出战意。在与大陪练这数个月的对打中，他无数次被掰手指，已经有了火气。

"这一次，一定要让你认输！"王宝乐活动了一下双手，整个人的气息在这一瞬有所改变，锐意逼人。

如果说之前的王宝乐只是一块剑坯，那么如今的他，在经历了俱乐部的数百场交战后，已经飞速蜕变，成了一把出鞘的利剑。

元纪后，自由搏击俱乐部都十分火爆。

尤其是随着灵元纪的到来、古武的复苏、全民修行的开启，自由搏击成了风靡全联邦的运动。

参与者不乏强者，各种古武秘技更是层出不穷。

无论在哪座主城，无论在哪个时间，自由搏击俱乐部都是其所在城池中最为人声鼎沸的场所。

缥缈城中的自由搏击俱乐部也不例外。

王宝乐到来时，缥缈城中那座远看如巨大的拳头，近看又好似古罗马竞技场的椭圆形建筑，其内的呼喝声透过镂空的棚顶传遍八方。

"来啊，再战！"

"有没有人来挑战我？只要赢了我，就可拿走十块灵石！"

无数兴奋的声音不断地扩散，路过自由搏击俱乐部的人不由自主地驻足，偶尔也有人跃跃欲试，走进俱乐部。

感受着自由搏击俱乐部内的鼎沸之声，王宝乐也觉得血液流动加快，生出一丝兴奋。他赶紧快走几步，踏入俱乐部内。

一进去，嘈杂的声音就更清晰地传入耳中，在他面前赫然是一处宽敞的大厅。

这大厅太大了，一眼看不到尽头，只能看到大厅的中心放置着一个巨大的水晶球。这水晶球直径足有百丈，很是显眼。

水晶球周围有数不清的衣着各异的男女，他们有的在相互攀谈，有的则在那水晶球旁查看资料。

四面八方都是人，嘈杂的议论声使得王宝乐感觉自己并非到了俱乐部，而是到了市场一般。

王宝乐注意到，大厅四周存在数不清的门，有的门关着，有的门开着，而每一扇开着的门在进人后都会关闭。显然，这些门每扇只允许一人进入。

他的战斗经验虽说不上丰富至极，但也远超曾经。在大陪练出现的刹那，王宝乐骤然爆发，身体飞跃而起，出现在大陪练的身边，右手抬起猛地一抓。

大陪练神色如常，不退反进，体内吸力瞬间扩散，向王宝乐抓去。就在双方要碰触的刹那，王宝乐目光一闪，体内吸力同时散开，二人之间似乎出现了一个看不见的旋涡，吸扯着二人直接碰到了一起。

砰的一声，王宝乐后退几步，那大陪练同样后退。在吸力的爆发下，谁也无法奈何对方。

王宝乐振奋，一晃之下，再次逼近对方。二人在这梦境里，不断地碰触对击。

王宝乐的速度快，那大陪练的速度也不慢。渐渐地，只能看到二人的身影交错而过，每一次都似乎有吸力达到极限后爆开，四周的雪时而飞速靠近，时而激烈四散。

外人若看到这一幕，必定心惊。王宝乐与大陪练之间的战斗，某种程度上已经超越了封身层次，就算补脉层次的武者在场，也会惊讶不已。

王宝乐跟大陪练练的，除了速度与肉身力量，更重要的是对吸力的控制。这种控制要求入微，且每时每刻都能加以调整，需利用不同的收放频率达到想要的效果。

而难度不止于此，要知道吸力不只能作用在手掌上，还能作用于全身，这就使二人在战斗时多了很多方法。如此一来，如何判断对方的战略，如何吸引对方入套，都会体现在二人的争斗中。

轰轰之声回荡，很快就过去了一炷香的时间。王宝乐气喘吁吁，可眼中满是振奋，直至此刻，他都没有被大陪练掰到手指，这让他信心十足。

"该结束了，大陪练，这一次我要让你品尝一下被掰手指的滋味！"王宝乐仰天大笑。在大陪练靠近的刹那，他眼中露出奇异的光芒，所有毛孔封闭，直接展现了封身层次的修为。

他的体内与体外顿时被隔绝为两个世界，与此同时，噬种在他的操控下疯狂地传出吸力。吸力瞬间就达到了极致，他的身体都在颤抖，甚至隐隐瘦了一些，如同改变了形态。

可在封身状态下，这吸力无法完全透出身体，如此一来就造成了某种程度的真空。在那大陪练冲来的刹那，王宝乐大吼一声，散开封身，之前累积的吸力顿时成倍地爆发。

轰轰声中，四周的飞雪急速涌来，大陪练显然没料到王宝乐的这一招，在靠近时终于受到影响，身体跟跄了一下。

这一下失误就给了王宝乐机会，王宝乐狂笑着一步走出，落在了大陪练面前，右手闪电般一把抓住了大陪练的手指，心里带着激动和振奋，狠狠一掰。

"给我跪下！"

大陪练全身一震，眼看就要跪下，可刹那间，他眼中黑光一闪，这光与黑色面具的光泽一模一样。黑光闪动中，大陪练的嘴角竟首次露出了一丝转瞬即逝的笑意，另一只手飞速抬起，把王宝乐的手腕从上向下猛地一按。

这一按之下，大陪练直接站了起来，而来自手腕的剧痛让王宝乐惨叫了一声，他的手酸软无力，抓不住大陪练的手指，连吸力都不知为何瞬间被中断了。

若仅仅如此也就罢了，偏偏那大陪练起身后，速度飞快地抬起右脚，竟一脚踢在了王宝乐的裆部。

一声比之前还要凄惨的叫声从王宝乐口中传出，王宝乐瞬间脑海一片空白，只觉得失去了一切力量，倒在地上打起滚来。

大陪练没有继续出手，而是站在一旁，面无表情地望着王宝乐。好半响，王宝乐身上的剧痛才缓解了一些，他面色苍白，心有余悸。

"无耻！"王宝乐咬牙切齿，对大陪练的恨意已经无法形容。他之前信心满满，认为自己终于可以翻身，却没想到大陪练还有这种阴损的招式。

王宝乐很想继续和对方练下去，却很是胆战。他也想过加强身体的防护，可在这梦境里，他发现自己无法做到这一点，似乎一切都在大陪练眼中黑光一闪后有了不同。

最终王宝乐带着满腔的郁闷，离开了梦境。他内心挣扎了很久，一方面是继续练下去会带来的剧痛，一方面又是对学首位置的渴望，最终后者战胜了前者，他大吼一声，继续进入梦境。

就这样，梦境内惨叫声时不时传出，每一次王宝乐都觉得剧痛难忍。

半个月后，他整个人都神经兮兮的，近乎魔怔。

在悲愤中，他再次将目光对准了自由搏击俱乐部。

"我要去实战！"

第23章

无耻"胖兔"

王宝乐原本不打算去自由搏击俱乐部了，他觉得自己不能太高调，可如今实在没办法，他与小陪练对击时，任凭他怎么踢，小陪练都没有丝毫反应。

这让他觉得不公平的同时，更为抓狂，所以他才又将目光放在了自由搏击俱乐部上。

"都别惹我！"连续被踢了半个月的王宝乐火气极大，他气势汹汹地离开道院，踏入俱乐部内，简单地办理手续后就找了扇门上到二楼。

当戴着兔子面具的他出现在二楼的擂台上时，尽管他离开此地已有半个月之久，可依旧在出现的瞬间就引起了众人的注意，很快被认出，呼喊声骤然在俱乐部二楼爆发开来。

"是'掰指胖兔'！"

"'胖兔'来了，这个无耻的家伙终于出现了！"

"'掰指胖兔'惊现俱乐部！"

吵吵嚷嚷的声音顿时扩散开来，不少人立刻拿出传音之物将这个消息传开。短短的时间内，这个消息就传播开来，缥缈城中其他地方也有人立刻收到了这个消息。

在缥缈城中一处富人区，有一座占地面积极大的庄园。能在如今的联邦十七主城内有自己庄园的人，显然非富即贵。此刻在这庄园里，一大一小两个相貌美丽的女子正在对练。

那小美女看起来十六七岁，古武境封身层次的修为，穿着宽松的练功服，马尾辫随着身体的活动而摆动，粉色的肌肤上有汗珠流下。与她对练的女子看起来年纪略大一些，二十岁左右，容貌更胜一筹，明眸皓齿，修为更是超越封身层次，达到了补脉初期。

"姐姐，你总算回来了。你不知道那该死的'胖兔'有多无耻！这样的人不能留在我们俱乐部，太丢人了！"小美女一边喘气，一边咬牙开口。或许王宝乐已经不记得她了，可身为王宝乐的数百个挑战者之一，当初戴着小猫面具的她对王宝乐的记忆极为深刻。

听着妹妹的话，那大美女笑了笑，正要安慰妹妹，就在这时，小美女的传音戒振动起来。她停下脚步，打开传音戒听了听，顿时杏眼圆瞪。

"姐，'胖兔'出现了，你要帮我，动用权限给他一点教训！"

与此同时，在缥缈道院的下院岛，战武系的一间训练室里，一个年轻人面带凶恶之色，正对着一个人形木偶狂打。那木偶显然是定做的，样子看起来胖胖的不说，脸上还戴着一个与王宝乐同款的兔子面具。

"居然敢让我跪下，我打死你！"

打着打着，年轻人忽然停下，低头看向自己的传音戒，眼睛猛地一亮，仰天大笑。

"'胖兔'，这一次我要让你跪下！"

诸如此类的事情，在缥缈城内很多地方发生，数不清的身影从各个地方飞速奔向俱乐部。而此刻的俱乐部内，议论声此起彼伏，王宝乐的擂台四周，人数众多，其他擂台的人甚至都不打了，赶紧跑了过来。

王宝乐到来后的这半个时辰里，已经有十多个挑战者被他掰了手指，惨叫着认输。

对于王宝乐来说，这些对手太弱，只是掰手指就可以瞬间击败，根本就不需要用新招式，以至于他到现在都没机会施展。若强行施展，也起不到对练的效果。

看着四周众人，王宝乐傲然挺了挺肚子，淡淡地开口说道："有没有厉害点的啊？太弱了！"

这话一出，四周众人顿时更加愤怒了，他们本就觉得这"胖兔"无耻，如今又被嘲讽，一个个立刻叫嚣起来。

"'胖兔'，有本事别掰手指！"

"是啊，有本事你用拳头和我们打！"

听着众人的话，王宝乐眼睛一瞪。

"你们这群人只会喊，有本事上啊。"

王宝乐的回应好似往热油里注水，人群骤然炸了，众人的吼声形成声浪，传遍四方。俱乐部的工作人员都飞速赶来，在四周守着，以免出现暴乱。

王宝乐也吓了一跳，可看到工作人员到来，他就安心了，索性站在那里继续挑衅。那些工作人员一个个额头冒汗，纷纷苦笑。这里一般情况下不会出现眼前这种情形，能引得这么多人怒吼，这种"本事"寻常人是不具备的。

王宝乐懒得理会，直接将挑战自己的灵石数提高到了二十。这个灵石数立刻挡住了大批挑战者，人们都不愿意轻易上场。

就在王宝乐等得不耐烦，考虑要不要将灵石数降低一些时，一个声音骤然从擂台外传来。

"'胖兔'，我来战你！"

四周众人立刻顺着声音看去，王宝乐也好奇地看了过去，立刻看到一个眼熟的年轻人带着狂傲与自信，正飞速走来。

这年轻人穿着一身白色劲装，毫不掩饰地显露出封身巅峰的气息。这也就罢了，偏偏他还带着装备——两个特制的拳套！

这两个拳套牢牢地套在他的拳头上，将他的手指彻底保护起来。

戴着这拳套，年轻人得意无比，在众人的欢呼声中，直奔擂台而去。

"是缥缈道院战武系的陆子浩！"

"他之前被'胖兔'掰了好多次手指，这一次竟准备了拳套，好样的！"

"哈哈，看来聪明人不少啊，有了这拳套，'胖兔'的掰指之法不攻自破！"

在众人兴奋的目光中，王宝乐特意看了看那特制的拳套，咳嗽一声，退后几步，装出一副如临大敌的样子。

看到王宝乐的模样，那个叫作陆子浩的年轻人更加激动，直接一跃上了擂台。

"'胖兔'，你只不过会掰手指而已，这一次，你输定了！"陆子浩哈哈大笑，却没有轻敌，一上来就以惊人的速度直奔王宝乐而去。

这一战，陆子浩在道院的训练室内演练了很久，他有把握在短时间内，让这"胖兔"知道自己苦练的风暴拳的厉害。

"不愧是战武系的学子！"

"看这气势，他已经是封身层次的佼佼者了！"

"这一战有看头，那'胖兔'要完了！"

众人十分兴奋，正准备看一场大战，擂台上的局势却瞬间逆转。只见王宝乐退后几步后，见陆子浩靠近，竟猛地向前走了数步，右手抬起，竟不是去掰手指，而是在陆子浩的手腕上猛地一按。

王宝乐的手掌内有吸力，速度又快，陆子浩难以避开。

这一按之下，一股不弱于掰手指之痛的剧痛刹那间袭向陆子浩全身。他强忍着没有喊出来，正要反击，却有惊人的吸力扩散，使得他好似置身于淤泥内，动作也缓慢下来。在王宝乐对吸力的操控中，四周仿佛形成了某种域！

这种缓慢实际上只是一瞬，若王宝乐动用其他手段，除非一击制敌，否则，一旦对方恢复过来，只会白白浪费时机。

可太虚擒拿术本就讲究一击制敌！

此术，从根本上说，就是以弱胜强！

王宝乐在按住陆子浩手腕的一瞬，右脚猛地踢出。

即便王宝乐收了不少力，可这一脚落下后，陆子浩还是瞪大了眼睛，脸色从正常飞速转白，又急速变红，最后变紫，这才发出一声变了音调的尖细无比的惨叫。

"呜呜呜……"陆子浩痛得哭了，直接倒地。

所有观战者都头皮发麻，四周的那些工作人员也纷纷倒吸了口凉气。

或许是感同身受的缘故，很快，四周的怒吼声超出以往，强烈无比地爆发出来。

"太无耻了！有本事允许补脉层次的来战！"

"该死啊，竟然出这招！我悬赏三十灵石，摘下这'胖兔'的面具！我要知道他是谁！"

在众人的怒吼声中，王宝乐同情地看向挣扎着爬下擂台的陆子浩，他很清楚对方的痛苦。

"还有没有人来挑战？"王宝乐干咳一声，看向众人。

根据这自由搏击俱乐部的挑战规则，守擂者可以将挑战者设定为比自己高一个境界的。不过王宝乐自然没有这么做，他将挑战者限制在了补脉层次以下。

他施展新的绝招后，四周鄙夷之声虽多，可来挑战的人没多少。如果只是掰手指，众人还真的不服气，可这踢裆，每个人都不敢轻易去尝试。

王宝乐此刻实在太张狂了，他站在擂台上一边等，一边如方才那样嘲讽众人。

"这么大的俱乐部，居然没人敢和我打！太让人失望了！"

渐渐地，真的有一些人不服气地走上擂台。半天过去，惨叫声不断回荡，王宝乐则在不断的训练中对新招式越发熟练了。

而二楼也沸腾到了极致，俱乐部不得不增加护卫人手，并增设摄像头，如临大敌一般。

俱乐部三楼的安保室内，甚至还有不少人严阵以待，密切关注着二楼的情况，他们很担心二楼会出现不可控的局面。

"这该死的'胖兔'，要不是权限不允许，我都想去看看这人是谁！"安保室内，几个补脉层次的高手都在咬牙。

第24章

我不和你打

整个自由搏击俱乐部的二楼此刻人声鼎沸，愤怒、憋屈的吼叫声不断地传开，各种鄙夷的声音此起彼伏。

"无耻的'胖兔'，你就知道欺负我们封身层次的，有本事放开限制，允许补脉层次的来挑战！"

"没错，欺负我们封身层次的算什么本事？我不服！"

其中，那些被踢之人骂声最大。

王宝乐听到这些话，也很不服气。

"我就是封身层次，什么叫欺负封身层次的人？你们别喊，上来打！"

敢尝试挑战之人越来越少，但王宝乐掰手指以及神出鬼没踢出一脚的招式，经过之前的练习，已经十分娴熟了。

他自己都没注意到，他在这种搏斗上似乎有些天赋，到后来都可以自创一些招式，变着花样去踢：时而正面去踢，时而侧面横扫，时而从下至上踢，有一次甚至是从后面伸过去倒钩……

四周众人心中怒气暴增，于是，咒骂声更多了。

若换了脸皮薄的人，怕是已经被骂声淹没了，可王宝乐本就脸皮厚，更不用说此时他还戴着面具。他越发如鱼得水，大有一种释放了自我的感觉，连嘲讽技能都纯熟了很多。

"还有没有来挑战的？"

"你刚才喊的声音不小，不是让我不掰手指吗？来，我这次保证不掰手指！"

就在王宝乐得意地叫嚣时，忽然，在这人声嘈杂的俱乐部，一个女子的声音清晰地传到了擂台上。

"我来和你练练。"

这虽是女子的声音，却铿锵有力。随着声音的传出，四周众人快速散开，让出了一条道路。

一道道目光刹那间落在了这条道路上，只见一大一小两个美丽的女子走来。小美女穿着练功服，戴着小猫咪面具，而大美女没戴面具，她容颜极美，身着紧身衣，显出凹凸有致的身材，惊人地美丽。

那一头波浪卷的秀发，更是使得此女浑身上下洋溢着魅力，双眸内的战意，又使她好似一只充满野性的雌豹。所有男性看到她后都被她吸引，心跳加速。

更为惊人的是，她身上的气息不是封身层次，而是补脉层次！

气血层次气血磅礴故而外散，封身层次则如封印自身，使力量归一，只是难以持续太久，终会散开。

而古武境的最后一个层次——补脉，则是全身上下所有的经脉一一闭合，使自身长期保持在巅峰状态，将每一丝力量都操控到极致。

她一到来，四周顿时爆发惊呼声。

"是俱乐部的少东家，周璐！"

"哈哈，'胖兔'要倒霉了！这可是周璐啊，这俱乐部就是她家开的，她一向疾恶如仇，多次动用权限驱逐恶徒。听说她当年考入了白鹿道院，现在马上要毕业了，据说军方向她抛出了橄榄枝。"

"女神，她是我的女神！"

随着名叫周璐的女子走来，四周众人的呼吸声变得急促，无数火热的目光投向周璐，周璐毫无疑问成了焦点。

王宝乐眨了眨眼，一开始他不知这女子是谁，可听到周围人的惊呼声，他立刻知道了对方的来头，不由得吓了一跳。对方那一身超越封身层次的修为，更是让他警惕起来。

他来这里是找陪练的，不是找打的。他目光一扫，在周璐来到擂台玻璃罩前时，轻咳一声。

"不好意思，我只接受补脉层次以下的挑战。这位美女，你的修为超过了我的标准，我不和你打。另外，我的绝招太强了，一旦动起手来，你毕竟是个女的，这会让我很为难。所以还是算了吧，我今天也累了，就先走了。"

王宝乐觉得自己这番话说得很漂亮，既拒绝了对方，又不显得自己怂。说完，他背着手，还遗憾地叹了口气，向出口走去。

四周众人纷纷发出嘘声，那个穿着练功服、戴着小猫面具的女子也瞪着王宝乐，随众人一起喊了起来。

"想走？"与此同时，站在玻璃罩外的周璐眼神中透着轻蔑，冷笑一声。她疾恶如仇，俱乐部内出现这种掰人手指的无耻恶徒，她觉得有必要将其驱逐。

而且那恶徒敢欺负她妹妹，她岂能放任？她右手抬起，取出一张紫色的玉卡，在那玻璃罩上一按，原本关闭了的擂台入口竟瞬间开启。

这一幕，立刻让众人兴奋起来。

"'权限姐'又动用权限啦，哈哈！"

"这次'胖兔'要倒霉啦！"

欢呼声从二楼传出，而三楼安保室内的众人纷纷头痛，很是无奈。

擂台上的王宝乐则吓了一跳，赶紧后退几步，睁大眼睛看着已经走上擂台的周璐。周璐那一身补脉层次的气息，让他瞳孔收缩，心底想要骂人。俱乐部居然还有这样的操作！

他飞速后退，口中高呼："我是顾客，顾客是上帝，你不能打我……我要投诉！"

听到王宝乐的话，四周的安保人员立刻迟疑起来，三楼安保室里的那些高手一个个也很无奈。他们不是第一次遇到大小姐出手，明白就算阻止，也要晚一点过去。

"你随便去投诉，反正我也不是第一次被人投诉了。"擂台上，周璐高傲地看着王宝乐。她有把握在俱乐部的安保人员阻止自己前，给这"胖兔"一个深刻的教训。此刻她眼中光芒一闪，一身补脉初期的修为刹那间爆发，速度直接提升到了极致，冲向王宝乐。

四周众人见她出头，都在欢呼，她越发觉得，自己这么做是没错的。

补脉层次的速度太快，眨眼间她就靠近了王宝乐，右手抬起，向王宝乐的面具抓去。

危急关头，王宝乐收起所有的思绪，身体蓦然后退，惊险地避开了周璐的一抓。可补脉层次的强者自身力量太强，掀起的风吹在王宝乐身上，使得他踉跄着后退。

"黑店，你们这是黑店！"王宝乐气不过，再次高呼。

可周璐丝毫不理会，在王宝乐后退的瞬间，她身体旋转，右脚抬起猛地一扫，砰的一声踢在了王宝乐身上，王宝乐刹那间后退得更远了。

周璐的出手好似狂风暴雨，她本就在境界上超越王宝乐，战斗经验更是从小就积累，此刻完全占据了先机。一晃之下，她再次抓向王宝乐的面具。

王宝乐已然大怒，开"黑店"也就罢了，动用权限自己也忍了，以大欺小就不说了，可对方居然不依不饶想要取下自己的面具，简直太过分了。

"欺人太甚！"王宝乐低吼一声。此刻他也不在乎双方间的差距了，虽然他没有与补脉层次的人对战过，但如今被人欺负到了这种程度，他战意爆发，噬种骤然散出吸力的同时，又立刻封身。

周璐见状吃了一惊，身体瞬间被牵引，略顿了一下。就在这一瞬间，王宝乐飞速靠近，左手一把抓住周璐的手指，猛地一掰。

"跪下！"王宝乐低吼。

剧痛瞬间传遍周璐全身，周璐痛得眼泪都要流下来了，她想要挣脱，可对方的手掌如吸盘，以她补脉层次的修为居然都无法挣脱。

但她的战斗经验很丰富，此刻随着自身力量的爆发，她竟忍着剧痛身体一扭，虽没有挣脱，但另一只手握成拳，向王宝乐的太阳穴抡来。

王宝乐没有闪躲，只是身体微微一扭，右手飞速抬起，在周璐背对着他，反身一拳抡来的刹那，一把抓在对方的手腕上，向下狠狠一按。

先是手指，后是手腕，一阵阵剧痛让周璐顿时抓狂，心底的不甘更为强烈。她的右脚向后抬起，向王宝乐一脚蹬来。这一脚直接掀起了呼啸的风，一旦蹬中，后果难以想象。

王宝乐明白切磋的意义，所以在战斗时自有分寸，有所收力。被大陪练狠狠踢过的他，深深明白这种痛。要知道，大陪练可丝毫没有留情，虽是在梦境中，但痛苦的感觉是真实的。可如今这周璐丝毫没有收力，全力一蹬。

这就让王宝乐有些气愤。他体内的吸力瞬间爆发，这一次吸力是从他的胸口散出的，刹那间就使周璐蹬来的腿不由自主地改变了方向，被牵引着向上提起。周璐身体不稳，这一脚的力量也散了大半。而王宝乐冒着被周璐一脚蹬在肚子上的危险，右脚毫不迟疑地飞速抬起，向周璐的臀部狠狠一端。

"给我趴下！"

轰的一声，二人几乎同时端中对方。王宝乐肉厚，周璐的一脚之前又散了大半力量，可还是让他后退了数步。

而周璐则被王宝乐那一脚踢得向前跟跄，同时发出了一声前所未有的惨叫。她痛得顾不上形象，捂住臀部，忍不住蹦了几下。

这一切都是在刹那间发生的，四周众人根本来不及反应，一切就结束了。而此刻，俱乐部的安保人员纷纷快速赶来。

王宝乐喘了一大口气，瞪了周璐一眼，强忍着上前再补一脚的冲动。想到这里是她家开的，王宝乐哼了一声，站在平台处，操控平台下降，回到了密室里。

他捂着肚子取下面具，快速走出通道，趁二楼的人还没反应过来，装着若无其事的样子，立刻离开俱乐部。

直至走到了外面，他才长长地松了口气。他按了按有些痛的肚子，眼中慢慢露出一丝振奋，而后又有些疑惑。

"这太虚擒拿术果然管用，居然能对付补脉层次的武者！只是……我怎么感觉这太虚擒拿术像是女子防身术啊？那黑色面具里的人莫非是个女的？"

王宝乐迟疑了一下，想到这太虚擒拿术这么管用，也就没再怀疑，在兴奋中离去了。这时，在俱乐部二楼，众人纷纷反应过来，爆发出了超出之前的喧嚷之声。

第 25 章

太虚擒拿术大成

俱乐部二楼此刻人声鼎沸，要知道，之前王宝乐给所有人的感觉，就是一个只会掰手指、按手腕以及踢裆的"胖兔"。

他的战技让人心悸，又让人痛恨和不齿。

在人们看来，掰手指也好，按手腕也罢，都是无耻的行为，而踢裆更是上不得台面。

偏偏他又嘴贱，竟在擂台上挑衅众人，如此众人才在那些受害者的带动下，掀起了嘲讽他的风暴。

在所有人心目中，"胖兔"就是一个只会耍小手段的无耻之徒。可是，当王宝乐凭借众人眼中的无耻战技，突然战胜了补脉层次的高手时，这种种想法骤然坍塌，人们之前有多鄙夷，这一刻就有多震撼。

"他……他居然战胜了补脉层次的高手！"

"天啊，这种无耻的战法居然能爆发出这么大的威力！"

"不对，寻常人难以做到这一点。这'胖兔'必定在这一道沉浸多年，方修得如此战法！"

阵阵吸气声传出，阵阵哗然声骤起。常在这俱乐部之人都是古武的爱好者，他们实际上没有那么恪守原则，某种程度上，一种战法只要被证明了有用，他们都会接受。

虽然王宝乐的战法有些无耻，可方才的一战足以证明这战法有效，如此一来，在这俱乐部二楼的人纷纷心动了。

不少人甚至花费灵石，寻找"胖兔"之前那数百场战斗的视频，并开始研究。因为在二楼观看这场战斗的人太多，加上周璐身份特殊，有关"胖兔"的消息顿时大范围传开。

而此刻的王宝乐已经回到了缥缈道院。经过这一天的练习，他发现自己对新招式已经有了一些心得，于是再次进入梦境与大陪练对练起来。

时间一天天过去，在梦境中，王宝乐虽也会发出惨叫，但次数渐渐少了起来。而外界，在过了这些时日后，随着有关"胖兔"的消息扩散，此事终于开始发酵。

"胖兔"的名声不再局限于俱乐部里，在外面也隐隐传开。当日俱乐部内也有不少缥缈道院的学子，他们也心神震动，开始了对"胖兔"战斗视频的研究与学习。

于是，无论是缥缈道院的灵网上，还是整个联邦的灵网上，都陆续出现了一些王宝乐战斗的视频。

每一个视频中的战斗都是瞬间发展到高潮，观看之人无不吸气，尤其是那些曾经的挑战者，在观看时回忆起了当初的惨痛经历，越发认真研究。

这些视频在短短的时间内被传播开来，越来越多的人学习视频中王宝乐的战法，有人甚至找到了这种战法的出处，寻到了古武的擒拿术。实际上，这才是原始的版本，王宝乐学的明显是被改良后的特殊擒拿术。

有些事物一旦有了出处，有了来历，就会不一样。王宝乐的战法如今在众人看来，已经不是无耻的战技，而是格斗之法。

"这才是格斗啊！"

"没错。在一千多年前，格斗只是表演，可在如今的世界，格斗是危急关头能决定生死的战斗！"

"有道理。生死关头，若还讲究用光明正大的手段，那也太迂腐了！"

这样的言论越来越多，最后甚至出现了拥护"胖兔"的组织。这些组织都是自发形成的，其成员都是在灵网上对"胖兔"的做法表示赞同的人。

很快，关于"胖兔"的消息传遍了缥缈城。

这一切，使得学习擒拿术之人越来越多，在俱乐部的一个个擂台上，掰手指、按手腕以及踢裆的人也络绎不绝。这种战法虽难免还是被有些人鄙视，却渐渐成了潮流。只不过俱乐部很快就给出了限制：禁止踢裆。

这一做法，就像对擒拿术给予了肯定，让很多人越发热衷于掰手指以及按手腕。

这擒拿术还是有效果的，虽不如有噬种的王宝乐施展的那么惊人，可在某种程度上，也有其厉害之处。

在缥缈道院，练习擒拿术的潮流也慢慢出现，已经有战武系的学子开始练习了，曾被王宝乐多次打倒的陆子浩更是发了狠，在训练室内一边研究视频，一边练习擒拿术。

"我一定会知道你的身份，到时候，我陆子浩发誓要把你打倒！"陆子浩近乎疯狂地训练。

在自由搏击俱乐部内一个很奢华的房间里，站在窗户旁看着视频的周璐也是如此。

这个房间的设计很考究，站在房间里向外看去，能一眼看到小半个缥缈城，城池被云雾缭绕着，好似仙境一般。

房间中的布置更是精美，每一件摆设看起来都很名贵。

而在这奢华房间内的周璐穿着家居服，正冷冷地盯着前方光幕上播放的王宝乐的视频。

输给了封身层次的人，这对她而言是极大的刺激，她往日的心高气傲已经化成了冲天怒意，随时可能爆发。

此番研究王宝乐的视频，她不是想要学习，而是想要寻找反击之法。但那视频里的画面，让她很快就克制不住了，拳头慢慢攥起。

正在这个时候，她的父亲，也就是缥缈城自由搏击俱乐部的会长，从门外走来。

看到自己的女儿面色铁青，俱乐部的会长脸上带着苦笑，叹了口气。

"璐璐，干吗发这么大的脾气？"

这会长看起来四十多岁，身材挺拔，头上有一些白发，一身修为已然不是古武境，而是早已超凡入圣，难以揣测。

"爹，您到底告不告诉我那该死的'胖兔'的身份？"周璐看向走来的父亲，这不是她第一次提出这个要求了。

"不要胡闹了，璐璐。保护顾客的隐私是俱乐部立足的根本，此规矩不可破！你马上就要去军方报到，别耍小性子了。"会长无奈地摇头，又安慰了女儿几句。见自己这女儿还是怒意不减，他也头痛。恰好有属下来向他汇报公事，他又劝说女儿几句后就离去了。

房间内只剩下了周璐，她盯着视频，半晌后咬牙切齿。

"胖子，我一定能查到你的身份！"

诸如陆子浩以及周璐这样的，在缥缈城内还有不少，大都是败在王宝乐手上之人。他们怨恨的话语，虽达不到诅咒的程度，但还是让王宝乐这段时间打了不少喷嚏。

"又有人想我了。"此刻，缥缈道院的洞府内，吃着零食的王宝乐打了个喷嚏，他赶紧喝下冰灵水，这才舒畅了一些。

一边吃着零食，他一边嘀咕起来："最近我的名气太大了，要低调啊……我可是要当联邦总统的人，除了官声，其他名声都不重要。"

王宝乐觉得，自己当初戴着面具的选择实在太正确了。他美滋滋地将零食吃完，拍了拍肚子，深吸一口气，而后开启梦境，继续与大陪练对抗。

日子就这样一天天过去，王宝乐的太虚擒拿术越发纯熟，他与大陪练之间的格斗每一次都极为激烈。

而他的格斗天赋也在这样的磨炼下越发凸显，他被踢的次数越来越少，直至大陪练无法踢到他后，他开始了反击。

可这反击带来的不是舒爽，而是又一次的噩梦。

那大陪练的战技竟又一次改变，从按手腕发展到了按肩膀、脖子以及膝盖等全身所有的关节。

人体的一切关节，似乎都是这擒拿术的打击点。那种种反关节战法，让王宝乐的惨叫声又一次回荡在梦境中。

他也想过再去俱乐部实战，可一想到自己得罪了俱乐部的少东家，他就悲哀地忍了下来。他开始在梦境里，通过这种惨烈的方式，一点点地提高自身。

好在王宝乐的基础很牢固，而大陪练的战技改变也不是太大，王宝乐在一次次的剧痛体验下，慢慢地对擒拿术掌握得越来越娴熟。

又过了两个月，他终于战胜了大陪练。他离开梦境，看着洞府外的蓝天白云，心情激动无比。

"终于大成了！"

第26章

鄙人谢海洋

太虚擒拿术大成!

当在王宝乐眼中既可恶又可怕的大陪练再也无法压制他,甚至反被他压制时,他激动无比。

"谁能阻止我成为学首?没有了!"离开梦境,望着洞府外的蓝天白云,王宝乐双手叉腰,仰天大笑。

他十分振奋,心中充满了期待,要知道,自从知晓了学首的权力后,他这大半年来的一切努力都是为了成为学首。

一想到自己成为学首后拥有监察法兵系所有学子的权力,到时候也算个大人物,在道院里不说横着走,也绝对无人敢招惹,王宝乐就更加激动。

之前每次想到这样的画面,王宝乐心中虽有期待,但更多的是激励自己更加努力。而如今在他看来,学首之位唾手可得!

王宝乐心跳加速,摸了摸自己那似乎有些干瘪的肚子,期待之余也有些心疼。

"为了成为学首,我茶不思饭不想,现在擒拿术已经大成,我就算要减肥,也不差这一顿啊。"想到这里,王宝乐实在没忍住,兴致勃勃地冲出洞府,去了道院的食堂。他直接点了三人份的大餐,美滋滋地吃了起来。

一个时辰后,当啃着鸡腿的王宝乐归来时,他的肚子已经鼓了起来。

他扔掉鸡腿骨头后，一边拍着肚子，一边从小包里取出冰灵水，喝下了一大口。而后，他心满意足地回到了洞府中，坐在那里打了个饱嗝，又忍不住吃下了几包零食，这才一擦嘴，深吸一口气。

"缥缈道院法兵系的灵石学首该换人了！"王宝乐脑海里再次浮现自己成为学首的样子，越发振奋起来。

"学首，我来了！"他低吼中抬起右手，体内噬种在这一刹那蓦然爆发，整个人瞬间好似化作了一个黑洞。

练习擒拿术后，他的噬种不说收放由心也差不多了。此刻噬种扩散全身，使他对灵气的吸取比以往凌厉得多。

一眨眼的工夫，洞府的空间似乎扭曲了一下，洞府外的灵气被牵引着向此地猛地涌来，直接被吸入他的体内，飞速凝聚在他的手掌上。

很快，璀璨的光芒在王宝乐的手掌上绽放。

中品灵石与上品灵石的区别，就是纯度有没有达到八成五的区别。八成五纯度对所有炼灵石者而言都是瓶颈，也曾经让王宝乐吃足了苦头。可如今他体内噬种的吸力增强，他的经脉在擒拿术的修炼中也变得与以往不同，这使得他的灵石炼制一展开，就瞬间迈过了中品与上品之间的沟壑，直接凝聚出了八成六纯度的灵石。

或许是许久没有炼灵石的缘故，王宝乐体内没有丝毫灵脂增加，肉身也在炼制灵石的过程中强大了不少，这让他开始兴奋起来。

"就算灵脂增加了也没事，大不了想办法减肥就是。如今我的目标，就是用最短的时间成为学首！"王宝乐觉得，相比家常便饭般的减肥，成为学首才是重点。此刻，他没有关注体重的变化，而是彻底沉浸在了灵石的炼制中。

数日后，当王宝乐炼制出了八成九纯度的灵石时，他下定了一个决心。

"闭关，闭关！"

成为学首的渴望，彻底占据了王宝乐的心神。他还抽出时间去了学堂，再次确认了排在灵石学堂第一的学首姜林，其炼制出的灵石纯度是九成一。

于是王宝乐购买了大量的食物，满怀信心地开始闭关，目标是冲击学首之位。

时间一天天过去，王宝乐渐渐沉浸到了灵石的炼制中，甚至达到了忘我的程度。他炼制的灵石纯度终于在一周后突破八成九，达到了九成！

此事若传出去，必定轰动整个道院。要知道，灵石纯度达到八成五后，想要再提高，难度极大，就算有天赋，如姜林那样，也花了两年多时间从原本的七成提高到九成，又用了一年时间才达到如今的九成一。

而王宝乐是从五成提高到了如今的程度，其进步之大，可以说前无古人，而且这样的进步，他只用了大半年。

灵石纯度一旦达到九成，就可以称炼制之人为炼制灵石的大师。要知道，整个缥缈道院的灵石榜上，达到九成者只有两个！

一个九成一，一个正好九成。

这两个数据看似很接近，实际上想要从九成突破到九成一，不说登天一般，难度之大也超出想象。

毕竟从八成五到九成很艰难，九成以上更是一步一天堑！

所以在缥缈道院的历史上，成为学首都是进入道院两年左右。这还是在天赋惊人的前提下才能做到的事情。

至于进入道院一年就成为学首，其他系或许有这个可能，但法兵系从来没有！

此刻的王宝乐正在飞速且疯狂地向学首的位子迈进，在废寝忘食的炼制中，王宝乐根本没心思在意自己的体重，他把所有精力都放在了使灵石纯度突破九成，达到九成一之上。

而随着高强度的炼制，他体内慢慢出现了灵脂的积累。

又过了数日，王宝乐的身体已经庞大到堪比他入道院第一次减肥前的程度，他的灵石纯度也再次突破，达到了九成一！

胜利就在眼前，王宝乐没时间去考虑减肥的事情，甚至没去想族谱以及那些胖祖先。他调整呼吸，自我激励一番后，再次炼制灵石。

一周后，他的灵石纯度又一次突破，这一次直接到了九成二！

可王宝乐没有停下，他琢磨着万一姜林过段时间也突破了，自己又被换掉，那就不爽了，索性一咬牙，看看自己的极限所在。于是，他又一次炼制起了灵石。

而他的身体此刻已经很夸张，超越了曾经最胖的时候，达到了很惊人的程度。

终于，他的灵石纯度再次提升，从九成二直接到了前所未有的九成三。王宝乐看着掌心上那散发出七彩光芒的如同瑰宝般的灵石，抬头大笑起来。

"原来这就是传说中的七彩灵石！"

王宝乐第一次去学堂时，听老师说过七彩灵石，而后又查找过资料，明白这是最高等级的灵石。

"我就是学首！"

激动中，王宝乐就要起身。他要去学堂的榜单旁开启学首试炼，只要在那里炼制一遍灵石，被榜单记录后，他就可成为学首。

可沉浸在激动中的王宝乐刚想起身，就猛地睁大了眼，他呆呆地看了看四周，眼中露出迟疑。

"我怎么感觉洞府变小了呢……不可能吧……"

王宝乐呼吸有些凝滞，喃喃自语中低头看向自己的肚子，并再次看了看四周，好半晌，一声哀嚎从王宝乐的洞府内传出。

此刻，王宝乐的身体已经庞大得惊人，几乎占据了大半个洞府。这洞府本来就不是很大，越发显得王宝乐整个人如同大熊一般，那夸张的身材，足以让所有看到之人大吃一惊。

当王宝乐看向洞府大门时，他都要哭了，他发现，别说站起来了，自己就算爬过去，也钻不出大门。

"天啊，我都出不去，这……这让我怎么减肥啊?!"王宝乐几乎要抓狂，心底万分着急。他马上要成为学首了，只要过去参加一下考核就可以走上人生巅峰，却偏偏出不去。

而出不去，他就没法去岩浆室减肥……这就好似一个死循环，让王宝乐傻了眼。

纠结了许久，想了很多办法都觉得无效后，王宝乐悲哀地拿起传音戒，心里挣扎了一番，向柳道斌求救。

柳道斌听到此事，快速赶来。他看着洞府内的王宝乐，倒吸了口气。

"天啊，王宝乐，你是怎么做到的?!"

柳道斌眼看如此，赶紧帮着想了好多办法，但都没用。他只能联系其他人，渐渐地，周小雅来了，杜敏来了，陈子恒也来了……

"不可思议!"陈子恒睁大了眼睛，半晌后才喃喃道。

杜敏斜着眼睛看王宝乐，一脸鄙夷："胖子，你吃了多少?"

周小雅则一脸焦急，很是关切。

王宝乐看着洞府外的众人，急切地想要出去，赶紧开口说道："大家都是老乡，你们要救我……"

可这种事，柳道斌他们也束手无策，最后还是周小雅把一个叫作谢海洋的老生请了来。

谢海洋在道院也算风云人物，号称整个道院里，就没有他解决不了的事情，周小雅是因一次丹药交易才与他认识的。

很快，王宝乐洞府外的小路上就走来一个中等身高的青年。这青年留着短发，头发上打着发胶，在阳光下反光，远远看去好似一盏明灯，十分夸张。

他来到王宝乐的洞府前，看着洞府中的王宝乐，透着精明的眼睛瞬间一亮。

"同学，鄙人谢海洋，你们把我请来，就可以放心了。我最喜欢和法兵系的人打交道了。只要你有灵石，就没有我谢海洋做不到的事情！别说你这点小事了，哪怕你想要掌院亲手炼制的法器，想要用玄铁银沙打造的法兵系系主同款鼻烟壶，我也都能给你弄到！你这点事太简单了，不就是出来吗？我将你这洞府拆掉，你不就出来了吗？"谢海洋一副做生意的样子，热情地说道。

第27章

死神丹

　　"不要怀疑，我谢海洋是专业的生意人，我的使命就是为所有顾客服务，让他们发愁地来，满意地走。你可以去打听一下我的口碑，整个缥缈道院，无论下院上院，我谢海洋的名字就是招牌！"

　　谢海洋说话间，抬手摸了摸自己那被发胶固定，在阳光下闪闪发光的头发，脸上露出热情的笑容。

　　他说话间自信十足，先是提到掌院与系主，而后竟提出要拆洞府。这种实力绝不是寻常学子拥有的，毕竟道院的洞府都有阵法，而这阵法是道院统一设置的，很难破解。同时洞府的一山一石都归各系所有，学子们只有居住的权利，没有改动的资格。

　　而听谢海洋的口气，就算是拆掉洞府，似乎也不是什么很难的事情。

　　谢海洋话语一出，柳道斌等人都吸了口气。

　　谢海洋这话说得太大了，掌院亲手炼制的法器是什么概念暂且不说，仅仅是法兵系系主那个用玄铁银沙打造的鼻烟壶就很少见，那可是九成纯度的玄铁银沙，价值极高。

　　关于这鼻烟壶，灵网上也有不少爆料，只不过王宝乐进入道院后，大多数时间都在修炼，所以对此了解得不多。

　　此刻看到柳道斌等人十分吃惊，王宝乐也很好奇，他艰难地扭动身体，打开灵网，查了查让掌院亲自炼制法器的条件以及那玄铁银沙鼻烟壶的价值。

这一查，他顿时睁大了眼睛，不由得激动起来，内心充满了希望。他挪动身子，看向洞府外。

"你能拆掉洞府?!"

听到王宝乐有些不敢相信的语气，谢海洋神色如常，继续摸着头发，淡淡笑道："此事别人或许做不到，可你要记得，在这缥缈道院，如果我谢海洋说做不到，那么就代表没有人能够做到。

"不过拆洞府这种大活儿，需要一些时间，且至少要一万灵石才可以。我也不是趁火打劫，这些灵石你花得值，因为我要先找人破解阵法，再找人摆平法兵系的系主，最后还要考虑赔偿，所以怎么也要三个月!"

谢海洋伸出三根手指，很认真地解释着。

"这么贵?"杜敏与柳道斌等人听闻，立刻倒吸一口凉气。一万灵石，放在任何地方都可以说是一笔不小的财富。

可王宝乐此刻关心的不是灵石，而是自己要出去减肥，他一听居然要三个月，就抓狂了。

"三个月太久了!"

王宝乐正焦急时，谢海洋弯腰看着洞府内的王宝乐，似乎在判断此刻的王宝乐有多胖，闻言啧啧了几声。

"兄弟，你也算让谢某开了眼界啊! 把自己吃胖的我见过，可把自己吃得这么胖，又关在洞府里出不去的……我这辈子还是头一遭遇到。"

听到谢海洋的话，王宝乐立刻生气了。若对方能解决问题也就罢了，如果解决不了问题，还在这里嘲讽，他成为学首后，定要让对方知道嘴贱是没好处的。

"其实你想出来，没必要拆洞府。我谢海洋虽是生意人，但也不会有简单的办法不用，非让你多花钱去解决问题。其实最简单的办法，就是让你变瘦。你瘦了后，不就可以出来了吗？"谢海洋似乎看出了王宝乐的不悦，笑着说道，"这个办法不但节省时间，价格也比拆洞府要划算，只需要五百灵石，如何？"

"你有减肥的办法？"王宝乐眼睛一亮。只要能减肥，别说五百灵石了，就算需要更多灵石，他也毫不犹豫。

"同学，我必须提醒你，不要怀疑我的能力。只要你有灵石，没有我做不到的事。要是你没瘦，我双倍还你！"谢海洋淡然开口，语气中满是傲意。

王宝乐也是果断之人，立刻同意了这笔交易，但他提出要先减下来，再给灵石。

谢海洋表示同意，他认为在道院内，还没有人敢吞下自己的灵石。于是他很愉悦地与王宝乐沟通后，转身离去。

柳道斌等人见事情似乎能解决，都神色古怪地看了看王宝乐的洞府，知道此刻王宝乐一定很烦躁，于是纷纷告辞。

周小雅原本不想走，可还是被杜敏拉着离去了。临走时，她轻言细语地安慰了王宝乐一番，让王宝乐很感动。

"小雅妹妹，等我瘦下来，我一定去找你玩。"

众人走后，王宝乐趴在洞府内，他觉得这一刻的自己好似一只被卡在山洞里的穿山甲，忍不住悲哀起来，下意识地想吃零食，却发现够不到，这顿时让他更加伤心了。

"我想成为学首，怎么这么难啊……我要坚持，我不能气馁！高官自传里说过，天将降大任于斯人也……"

好在王宝乐是个乐观的人，他给自己鼓劲后，也下定了决心。

"我要换一个大的洞府！"

之后的几天，王宝乐带着这样的决心，不断地幻想自己成为学首后的一幕幕，每每想到兴奋处，他就觉得自己的等待是值得的。

就这样，在王宝乐的等待中，三天后的黄昏，谢海洋终于归来了。

谢海洋依旧是三天前的装扮，那头油光锃亮的头发在夕阳下很夺目，就算距离很远，王宝乐也能一眼看到。

"谢兄！"一看到谢海洋，王宝乐就激动地高呼起来，声音从洞府内传出，落到谢海洋耳中。谢海洋来到洞府近前，弯腰看了看，脸上带着热情的笑容。

"兄弟，为了你的事，这几天我可是想了好几个方案，最后选择了一个万无一失的办法！"谢海洋说着，从怀里拿出一个丹瓶，左右看了看，确定这里没其他人，这才蹲下身子，低声开口，"这次，我为你从缥缈城的地下黑市弄来了死神丹！"

看到谢海洋一脸神秘的样子，王宝乐的信心多了一些，可一听到"死神丹"这三个字，他还是愣了一下。

"什么玩意儿？"王宝乐诧异，他从没听说过死神丹。

"你不知道也很正常，毕竟这死神丹可不常见。此丹实际上是丹道系曾经的一位狂人无意中炼出来的，因吃下如同体验死亡，所以叫死神丹。丹道系甚至有个暗榜，专门记录吃下死神丹者。在那暗榜上，从死神丹被创造出来算起，吃得最多的也只是吃下三粒就承受不住了。"

谢海洋低声开口，说得煞有介事，最后又以很肯定的语气说了一句话："同学，你若能承受，这死神丹一定能让你变瘦，这个我敢保证！"

王宝乐思量着，之后，他偷偷地联系周小雅与杜敏，询问了一下后，又艰难地打开灵网查询了一番。这一查，他自己都吓了一跳。灵网上对死神丹的描述极为恐怖，有人说这是真正的死亡，能瞬间瘦到皮包骨；有人说吃此丹，等于挑战自己的生命。

而无论哪一条信息的最后，都有劝人永远不要吃下此丹的言论，可越这样，想要尝试之人似乎也越多。

好半晌，想要减肥的王宝乐狠狠一咬牙。

"拿来，我吃！"

"有魄力！"谢海洋竖起大拇指。

"不过我也不能都给你，咱们一粒一粒来，毕竟你还没给我钱，我不能让你死。你先吃一粒，可以的话，再来第二粒。"谢海洋觉得自己还是很有道义的，他戴上一副专用的手套，这才小心翼翼地从丹瓶里倒出一粒丹药，谨慎地递入洞府内。

王宝乐接过后看了一眼，这死神丹通体赤色，一看就很不俗。他先闻了闻，又判断了一下，确定这粒丹药与自己在灵网上看到的有关死神丹的描述一模一样，这才深吸一口气，将它放在了口中。咔嚓几口，他来不及体验味道，就猛地咽了下去。

"这玩意儿还挺好吃的。"王宝乐舔了舔嘴唇，他方才吃得快，此刻只能品一下口中残留的味道，觉得死神丹比那些零食好吃。

"再来一粒。"好几天没吃零食的王宝乐顿时被勾起了馋虫。

"啊？"谢海洋一愣。他在王宝乐面前一向是一副高人的样子，此刻闻言，十分诧异。

他看了看手中的丹瓶，又看了看洞府内的王宝乐，迟疑了一下，小心翼翼地取出第二粒死神丹递了过去。王宝乐再次吞下后，又开始要下一粒。

"你……你有什么感觉？"谢海洋吃惊不已，不确定地问了一句。

"没啥感觉啊，挺好吃的，多给我几粒。"王宝乐舔着嘴唇。这丹药辣辣的，他吃下后觉得肚子里很温暖。

谢海洋思绪有些乱了，愣了半晌，下意识地递过去三粒死神丹。当反应过来时，他一个哆嗦，正要阻止王宝乐，可王宝乐已经咔嚓几口，将这三粒死神丹全部吞了下去。

"天啊，你……你吃了五粒！"谢海洋大受震撼，失声惊呼。

可洞府内的王宝乐只是觉得身体比之前热了一些，依旧没太大的反应，顿时不满意了。

"假的吧？之前你说得那么夸张，还最多吃三粒！我都吃了五粒，怎么没反应？"王宝乐觉得自己被骗了。

谢海洋额头冒汗，此刻瓶子里还有五粒死神丹，他原本很确定自己弄到的是真品，现在却迟疑起来。听到王宝乐的话，他顿时有些生气，犯起了嘀咕："莫非有人敢骗我？"

"你自己吃一粒不就知道了？"王宝乐很不满。

谢海洋也是个狠人，此刻怀疑自己受骗，他心底带着怒意，一咬牙竟倒出一粒丹药，猛地放入口中。可这丹药一入口，他就睁大了双眼，脑海刹那间轰鸣起来。

第28章

封身大圆满

"啊，这……啊……"谢海洋张开口，似乎想说些什么，可一句完整的话都说不出来。他的面色在这一瞬变得赤红，双目中血丝乍现，喘息粗重，额头上青筋鼓起，仿佛遭到了天雷轰击。

"天啊！"谢海洋惨叫，身体颤抖，瞳孔骤然放大，额头上的汗水似雨一般飞速流下。他的第一个反应就是呕吐，想将吃下去的死神丹呕出来。

可那死神丹早已熔化，任凭他如何呕也难以呕出丝毫。在呕了几下后，他的身体颤抖得更为剧烈，掐住喉咙发出了一声嘶哑的哀嚎："水……我要水！"

他觉得此刻像有一块烧红的烙铁卡在喉咙里，快要窒息，大脑更是一片空白，唯有身体在排斥那种痛苦。他忍不住咆哮起来，这咆哮仿佛野兽的声音。

他的身体在这一刻不受控制，猛地蹦了起来，在王宝乐的洞府外不断跳动，口中更是含糊不清地惨叫着："水……给我水……我受不了了……"

这一切，都被在洞府内的王宝乐看到了。见谢海洋如此抓狂，王宝乐倒吸一口气，眼中却有狐疑。

"装的？"王宝乐诧异，他觉得这所谓死神丹只是让自己的肚子发热而已，效果似乎没这么夸张。

可注意到谢海洋的衣衫在短短几次呼吸间直接湿透，且他的叫声十分凄惨时，王宝乐震惊起来。

这时，谢海洋似乎站都站不稳，竟在洞府外跪了下来，一边咆哮，一边不断地轰击大地。

最惊人的是，谢海洋的嘴唇飞速肿胀，很快就变成了两根紫黑色的"香肠"。

这一幕，顿时让王宝乐惊骇万分，他猛地缩了缩肚子，将好不容易取来的一瓶不再冰的冰灵水扔了出去。

"这玩意儿真的这么厉害啊！"王宝乐心惊。

看到王宝乐扔出冰灵水，谢海洋红着眼，发狂般扑来。他等不及用手打开瓶子，直接咔嚓一口咬碎了瓶口，猛地将冰灵水灌入口中。刚喝了几口，他就眼睛瞪大，噗的一声将喝下去的冰灵水全部喷了出来。

那喷出的冰灵水洒在地上，地面升起阵阵白烟……

"天啊，太辣了！"喝下冰灵水，非但没有让谢海洋觉得舒服，反倒让辣意爆发。原本他只是喉咙狂辣，随着冰灵水飞速流下，这股辣意直接涌入肚子里，在他体内疯狂爆发。

他原本就不胖的身体渐渐消瘦。

这，就是丹道系传说中吃下一粒就会接触死神的死神丹！

死神丹的配方并不出奇，可在当年那位丹师无意的调配下，死神丹超辣，别说是人类了，就算是凶兽的身体也承受不住。

那是超出承受极限的辣意，足以让一切尝试之人此生绝不愿去感受第二次。

王宝乐趴在洞府里，睁大眼睛看着谢海洋吃下死神丹的全过程。这些画面不断地冲击着他的感官，他原本都打算放弃了，可在注意到谢海洋竟瘦了后，他的呼吸骤然变得急促，也顾不得其他，只是着急地开口："真能减肥啊，快把死神丹给我！"

谢海洋在那极致的辣意之下，意识都变得模糊了，精疲力尽地趴在那里，一副生无可恋的样子。他顾不上思索太多，直接将装着死神丹的丹瓶扔入洞府里。

"我谢海洋……童叟无欺……绝不卖……假货！"

到了这个时候，谢海洋都不忘自己的招牌，这顿时让王宝乐肃然起敬，觉得谢海洋的的确确是一个靠谱的人。

"好兄弟，是我误会你了！"王宝乐接过丹瓶，安慰了谢海洋几句后，立刻吞下一粒死神丹，觉得不过瘾，又吞了一粒。感受到肚子里的温度急速攀升后，王宝乐看了看自己庞大的身躯，狠狠咬牙，索性将丹瓶里剩下的死神丹全部吞了下去。

"为了学首之位，为了减肥，拼一把！"

一整瓶死神丹一共十粒，谢海洋吃了一粒，其余的此刻都在王宝乐的肚子里。而九粒死神丹不发作则已，一发作就好似火山喷发一般。

一股王宝乐这一生从来没感受过的辣意爆发，他的肚子里好似成了一片火海，无形地燃烧起来，他的嘴巴瞬间肿胀，喉咙更是说不出话来，体内的一切似乎都在疯狂地炸开。

"天啊！"沙哑的惨叫声从王宝乐的喉咙里呜呜地传出，加上他被限制在洞府内，此刻更是抓狂。那股辣意似乎无法宣泄，只能去燃烧他的灵脂，他的身体在颤抖中，顿时肉眼可见地缩小。

这种痛苦，换了常人根本无法忍受，可对于想要减肥走出洞府的王宝乐来说，再大的困难都可以克服！

就这样，在王宝乐的洞府内外，惨叫声此起彼伏，好在这里平日来的人不多，否则，来人必定吃惊，不知道到底发生了什么事情。

一个时辰过后，谢海洋略微恢复了一些，心中充满了劫后余生的激动，可王宝乐的惨叫还在继续，他的洞府内更是传出了轰鸣声。

那么多死神丹爆发，让王宝乐的身体快速"燃烧"起来，比在岩浆室缓慢升温激烈太多太多，那种从内到外火热无比的感觉，让他体会到了谢海洋方才的抓狂，且他的感受之强烈是谢海洋的九倍！

刚开始，谢海洋还有些幸灾乐祸，可又过了一个时辰后，谢海洋呼吸中透着紧张，擦着汗水无比震惊。

"你……你吃了多少？"谢海洋骇然问道。王宝乐折腾出的动静实在太大了，按照他之前的经验，王宝乐肚子里死神丹的爆发不应该持续这么久才对。

第三个时辰，第四个时辰……直至过去了五个时辰，洞府内的咆哮才戛然而止。谢海洋心底咯噔一声，担心王宝乐死了，赶紧冲进了洞府内。谢海洋首先看到的是落在不远处的丹瓶，望着那空空的丹瓶，他脑袋嗡的一声。

"太狠了……你一共……吃了九粒？！"谢海洋只觉得头皮发麻，他无法想象什么样的人可以吃下九粒死神丹，这对他而言，根本就是天方夜谭，却偏偏发生在他面前。

谢海洋吸气抬头的瞬间，在洞府角落里看到了披头散发、衣衫残破，且明显瘦了下来的王宝乐，他正闭着眼睛一动不动地躺在那里，四肢还时不时抽搐几下。

"同……同学，你……你没事吧？"谢海洋眼中带着敬畏之意，如看神人一般望着王宝乐，试探性地问了一句。

在谢海洋话语传出的瞬间，躺在那里的王宝乐蓦然睁开双眼，眼神茫然。很快，王宝乐回过神来，低头查看自己的身体，在看到那久违的小了很多的肚子时，他激动不已。

"学首之位是我的了！"王宝乐仰天大笑，一下就站了起来。

随之出现的，是滔天的气血。气血轰然而起，又被封印一般，刹那间消失，全部收到了王宝乐体内。在这一刻，他的体内体外好似两个世界的感觉比之前强烈了无数倍。

"封身……大圆满！"谢海洋眼睛猛地睁大，失声惊呼。

要知道，古武到了封身层次后，想要进步很艰难，从封身初期到大圆满，很多人往往需要数年才可做到，一些人甚至需要花费十年以上的时间。

但这一瞬，王宝乐身上那种强烈的好似与世界隔绝的感觉，代表着他的封身层次已彻底圆满，只差一丝他就可迈入古武境最后的补脉层次。

"这怎么可能……吃死神丹，居然还能让修为突破？！"

谢海洋思绪混乱，觉得不可思议，尽管他早就知道了王宝乐的身份，也知道王宝乐就是在岩浆室突破的狠人，可还是心神大为震撼。

他清楚，此事若传出去，怕是又会有不少学子去购买死神丹，暗中尝试。毕竟无论是战武系举重的地方，还是战武系的岩浆室，如今都人满为患，每天都有不少人去尝试突破。

第29章

毫不犹豫

修为的突破与减肥的成功，让王宝乐心情愉悦，很是振奋，尤其是想到自己即将成为学首，他就兴奋无比，脑子里不由得浮现出自己成为学首的画面，双眼冒光。

"终于等到了这一天！"王宝乐兴高采烈的同时，心跳也不由得加快。他正要急匆匆地赶去学堂，注意到了愣在那里的谢海洋，顿时心生感激，上前热情地一把抱住谢海洋。

"好同学，你的减肥办法非常管用！以后我们要多多联系，来，这是约定的灵石！"

王宝乐哈哈大笑，取出灵石给了谢海洋，随后又客气了几句，却发现谢海洋似乎还在发蒙，没有离去的意思。

"那个……谢同学，你看天色也不早了……要不改天我请你吃饭？"若换了其他时候，王宝乐一定会和谢海洋多接触接触，可如今一心想成为学首的他，心里好似有小猫在挠一般，于是暗示道。

"你……你是怎么做到的？竟能让修为精进……匪夷所思！"谢海洋看着王宝乐，脑海一片混乱。这几年他在道院里做了太多的生意，遇到了数不清的顾客，死神丹也不是没人尝试过，可这还是他第一次看到有人吃下死神丹后突破。

"多吃几粒应该就可以了。"王宝乐随口说道，一边说着，一边搂着谢海洋的脖子，将处于半呆滞状态的谢海洋送出洞府。

直至离开，谢海洋还在发愣，口中喃喃说着"不可思议"，思绪凌乱地下了山。

见谢海洋走了，王宝乐望着远处的夕阳，实在忍不住了，急匆匆地直奔学堂。

"我就要成为学首了！"王宝乐哈哈大笑，心情格外美好。他之前已经将成为学首的方式打听好了，只需要在学堂的石壁前开启考核，记录一次炼制灵石的过程，若灵石纯度足够，即可上榜。

"一旦成为学首，在法兵系，我就是屈指可数的大人物，到时候，我看谁敢欺负我！"王宝乐心头火热，连血液的流动仿佛都加快了很多。

从他的洞府到学堂虽不算很远，可也有一点距离。激动中的王宝乐没有注意到，在他走出洞府不远时，一个法兵系的老生原本只是路过，可在看到他后，眼睛猛地一亮。

这个老生注意到了王宝乐身上那件已经破破烂烂的特招学子道袍，于是拿出传音戒，低声开口："我看到了王宝乐，他衣衫不整！"

法兵系的山峰上，有三座很显眼的阁楼，三座阁楼分别在法兵系三大学堂附近，通体紫色，所有看到之人都能清晰感受到阁楼惊人的气息。

在三大阁楼门口，都有学子守卫，他们站在那里，冷眼望着所有路过之人。

往日，但凡路过这三座阁楼的学子，无不下意识地加快脚步，赶紧离去，不愿在此地多停留。

这三座紫色阁楼，正是法兵系内论地位、论权力仅次于系主与老师们的院纪部所在。

也有不少人喜欢称呼这三座阁楼为学首阁，因为各系院纪部的负责人，正是所在系的学首。缥缈道院的下院中，各个系都有学首，各学首也都负责本系的院纪部。而学首是凭着自身的实力获得学首之位的，这本就是缥缈道院的规则之一，因此，学首身份超凡，能直接对他们下命令的唯有掌院。

所以每一位学首，又被称为掌院门徒。

至于学首们负责的各个系的院纪部，因掌院权力下放，如今被当初为难王宝乐的黑衣中年男子，也就是副掌院所掌控。

正是因种种特殊情况，系主虽然可以对所在系的学首下令，但命令会不会被执行，或者学首们会不会阳奉阴违，就要看学首们的意愿了。

此刻，在灵石学堂旁的灵石学首阁内，七八个衣着与普通学子不一样的老生正在谈笑，他们穿着黑色的衣袍，任何一人走在法兵系内，都会让众多学子小心翼翼。

身为灵石学首亲自任命的院纪部督察，他们权力不小，能监察法兵系所有学子的院风院纪，其中两人正是当日在学堂中将王宝乐带走的青年。

此刻谈笑中，他们中的一人低头看了看传音戒，随即抬头，起身，脸上露出笑容。

"大家一会儿再聊，先去把那王宝乐处理了，有人看到他违反了院纪，此刻似乎正要去灵石学堂！"

此人话语一出，四周其他人都笑了起来。

"终于抓到了？前段时间我向学首汇报工作时，学首还问了此事。"

"说起来，这是学首交代的事，都过去大半年了，我正头痛呢。这胖子大半年来神出鬼没，根本就看不到人，不过我想他应该不是得罪了学首……"

"哈哈，大家也不用太在意，估计学首也只是帮人忙，若真的得罪了学首，这胖子早就被收拾了。不过我们也要拿出气势来，这胖子我也很烦。"

众人在轻松的谈笑中纷纷走出院纪部，一走出去，就都变成了神色肃然、不苟言笑的样子，七八人浩浩荡荡直奔去灵石学堂的必经之路。

他们的外出，顿时引起了不少学子的注意。众人纷纷心神一震，知道又有人要倒霉了，不少人远远地跟随在后，想去看看院纪部的执法现场。

就这样，没过多久，在灵石学堂外的小路上，兴致勃勃而来的王宝乐，与这群迎面走来的院纪部督察相遇了。

山间小道，不算宽敞，可也能让三五人并排前行。王宝乐此时心情很好，看到这群督察后，想到自己马上就可以成为他们的顶头上司，脸上不由得露出笑容，还抬手跟他们打了个招呼。

"大家……"

可王宝乐的话还没说完，对面那群黑衣督察中就有人大喝起来，打断了王宝乐的话。

"王宝乐，衣衫不整不得外出，着奇装异服者，更是违反我缥缈道院纪律的第三条第七小条，现在和我们走一趟吧！"这督察大喝中，向王宝乐走来，右手抬起，就要去抓王宝乐的肩膀。

他根本就不在乎王宝乐的特招学子身份以及修为，在他看来，只要在法兵系内，就没有学子敢反抗自己，而且现在证据充足。

王宝乐眉头皱起，退后半步，避开对方的手。

"诸位同学，实在不好意思，事出有因，我一会儿就去换，稍后也会去院纪部配合处理。"王宝乐眯起眼睛，耐着性子回答道。他现在的确衣衫破损，之前体重暴增，那结实的特招学子道袍都被撑破了，而他又急于成为学首，才没去领取新衣服。

这原本是一件小事，若没有那位灵石学首的交代，此事最多花点灵石打点一下就好，甚至凭王宝乐的特招学子身份，很有可能小事化了。

可如今那几个黑衣督察好不容易找到了王宝乐的痛脚，岂肯罢休？向王宝乐抓来的那个青年见王宝乐居然敢闪躲，顿时不悦。

"敢反抗？废话少说，带走！"这青年督察说话间，再次向王宝乐抓来。其他督察也冷笑着急速而来，显然想在这里将王宝乐擒拿，带去院纪部。

一旦到了那里，王宝乐是否还有其他违纪行为，就不是他自己能决定的了，他们有的是办法给他添加罪名，最终虽不大可能让他被开除，可让他背个处分还是能做到的。

那些跟随而来的学子看到这一幕后，纷纷睁大了眼睛。若被抓的是其他人，或许他们还不会如此关注，可王宝乐凭着特招学子身份以及之前出的几次风头，在众人眼里早已算是风云人物了。

王宝乐是聪明之人，他之前好言好语，是因为知道自己马上就要成为学首了，可如今看这些人的反应，明显不依不饶，这让他心里警惕的同时，也有了不耐烦。

在对面青年抓来的刹那，王宝乐右手抬起，一把抓住对方的手腕，盯着对方的眼睛，一字一顿缓缓开口："院纪部哪一条规定，衣衫不整要被擒拿？"

"敢抓我手腕，和我们提规定？王宝乐，你这是在抗拒执法，罪加一等，现在可以擒拿了！"被抓住手腕的青年冷笑，毫不紧张，声音更是嚣张，另一只手也抬起，向王宝乐一拳打来。

听着对方的话语，看着对方的表情，王宝乐顿时脸色阴沉。他平日里乐天达观，但若被人欺负，该出手时就会毫不犹豫。

"现在院纪部的人竟蛮横到了这种程度！"王宝乐开口时，眼中寒光闪过，顺势一掰。顿时，一声凄厉的惨叫从那青年口中传出，他的身体也随着王宝乐的甩动不受控制地跌倒在一侧。

第30章

申请考核

惨叫声传遍四方，那叫声里带着无法形容的痛苦。显然王宝乐愤怒之下，掰关节的力度不小，虽把握了分寸，但这种反关节的剧痛，还是让那青年痛得几乎昏厥过去。

"大胆！"

"王宝乐，你违反了院纪第二大条、第四大条，不但抗拒执法，还出手行凶！"

"抓住他！"

其他黑衣督察又惊又怒，要知道他们平日里横行学堂，从来没遇到过这种事。此刻他们直奔王宝乐而去，呵斥声也骤然传出。

这一幕，让四周众人再次睁大了眼睛，纷纷吸气。

"这王宝乐……竟敢殴打督察！"

"天啊，前所未有啊，这是要出大事！"

众人惊骇之时，院纪部的那些督察一个个带着怒意冲向王宝乐。这些人的修为高低不等，最弱的是气血层次，最强的则是封身层次。

能成为灵石学首的心腹，他们的修为还是不低的，此刻他们人多，又认为自己是在执法，故而气势盛大。

"你们动手，就叫执法，有错没错，都是你们一句话决定的。我只是闪躲，就成了反抗；只是阻挡了一下，就是罪加一等。院纪部好大的威风！由此可见，你们的学首必定对你们缺乏管教，纵容过度！"

王宝乐也怒了，来的这几个人明显不对劲，他虽不知道原因，但想来他们一定是故意的。

"竟管到我们头上了，你还没有资格！"

"牙尖嘴利，一会儿到了院纪部，看你的嘴还利不利！"

那些黑衣督察闻言更加愤怒，此刻在他们的眼中，擒拿王宝乐已经不再是学首交代的任务了，他们要让王宝乐知道院纪部的厉害！

低吼声中，这些黑衣督察纷纷靠近王宝乐。

若换作其他时候，王宝乐或许会用另外的处理方式，可如今，他算是准学首了，只需接受考核就可成为这群人的顶头上司，这就让他忍不了了。

在那些黑衣督察逼过来的瞬间，王宝乐冷哼一声，向前一步。

"你们学首不管，我来管好了。"

王宝乐话语一出，骤然爆发，右手抓住一人的手指，猛地一掰，惨叫声瞬间响起。他右脚抬起并踢开这人后，身体转动，抓住另一人的手腕，反关节一按，惨叫声又一次回荡开来。

王宝乐一晃，避开三人的联手攻击，握拳之下，封身层次之力散开，一拳轰出后，又看似随意地一脚踢起。

他没有停顿，又向前走去，随手施展太虚擒拿术，身边的一个个黑衣督察顿时站立不稳，哀嚎起来。

这一切太快，王宝乐身影如风，从十多个黑衣督察之间穿过，惨叫声此起彼伏。

等王宝乐停下后，四周所有的黑衣督察全部倒在了地上。

他们都在惨叫，全身都是汗水，看向王宝乐时，面目狰狞，带着怒意。

"王宝乐，这一次你被开除定了！"

"王宝乐，我已禀告学首，你犯了大事！"

在法兵峰山顶一片灵气浓郁的区域中，有一座比王宝乐的住处还要气派的洞府。此刻在这洞府内，有一个穿着紫色衣袍的青年，此人相貌寻常，略微有些麻脸。他正拿着一块灵石，全神贯注地在上面刻画纹路。

看他的样子，似乎不能有丝毫分心。可就在这时，他的传音戒猛地振动起来，这顿时影响到了他。他的手掌微微一晃，纹路顿时刻画错误，砰的一声，灵石碎裂，化为飞灰。

"该死！"青年猛地抬头，眼中带着不悦。

他正是灵石学首姜林。他的传音戒是院纪部特有的，其麾下的督察都知晓他的习惯，平日里大都在门外等候汇报，很少传音。

而这少见的一次传音，就让他这次的纹路刻画失败了。姜林脸色阴沉，拿出传音戒正要骂人，听清传音戒内传出的话后，他的眼中也露出了怒意。

"王宝乐？特招学子又如何！"姜林冷哼一声，走出洞府。对于挑衅院纪部的家伙，他的处理方法一向是以雷霆手段镇压。

与此同时，在灵石学堂外的小路上，关注此事的众人都目瞪口呆。他们震惊于王宝乐的出手，更有人立刻认出，王宝乐施展的是最近道院里流行的擒拿术。

因练习擒拿术是潮流，众人也没有联想太多。他们被王宝乐挑衅院纪部的行为所震撼，同时心底忍不住觉得畅快。他们心中也积压着对院纪部的怨气，可担心遭到报复，不敢明着支持王宝乐，只是纷纷惊呼起来。

"天啊，他居然打了一群院纪部的人……"

"敢打院纪部的人，后果太严重了！这王宝乐疯了不成？"

在围观众人的议论声中，在那十多个黑衣督察怨毒的目光下，王宝乐神色如常，向灵石学堂走去。对其他人来说，此事极大，可对他而言，处理这件事的办法很简单——成为学首就够了。

王宝乐想到这里，目光一闪，快走几步，就到了灵石学堂。

此时学堂内没课，学堂外虽也有学子，却不多。王宝乐的到来，引起了他们的注意，可方才发生的事还没有传到他们的耳朵里，等他们听说打人事件后，王宝乐已经踏入了学堂内。

王宝乐站在讲台旁那巨大的青色石壁前，眼中露出期待的光芒。他取出身份玉卡，将它按在石壁上，神色肃然地说出了一句话："学子王宝乐，申请灵石考核！"

王宝乐话语一出，青色石壁顿时散发出光芒，光芒飞速凝聚在了王宝乐的身份玉卡上。而后，一个威严的声音从那石壁内传了出来："准！"

王宝乐深吸一口气，盘膝坐下，取出一块空白石拿在手中，立刻开始炼制灵石。灵气轰然间疯狂涌来，王宝乐眼中闪烁光芒，手中的空白石迅速变得璀璨，一眨眼的工夫竟达到了六成的纯度，且纯度还在不断提升。

这时，灵石学首姜林已经带着数十个黑衣督察到了王宝乐之前出手的小路上。姜林的出现，立刻让四周众人噤若寒蝉，而那十多个被打的黑衣督察纷纷振奋起来。

"学首，王宝乐向灵石学堂的方向去了，他欺人太甚！"

"王宝乐触犯了第二条、第三条、第四条以及第七条院纪，还请学首为我等做主！"

看到自己的手下一个个如此凄惨，姜林眼中的怒意更浓了。他没有多说，只是淡淡地来了一句："这种霸道蛮横的学子，不配继续留在我缥缈道院。"

说完，他向灵石学堂走去。他身后的数十个黑衣督察扶起同伴，一行人气势汹汹，直奔灵石学堂而去。

四周众人心惊不已，赶紧将此事传开，急速跟随而去。

随着事态的发展，王宝乐打人事件大范围地传开，在道院的灵网上也急速扩散，引起了其他系的注意，议论的帖子不断增加。

那个叫小道的直播爱好者眼睛一亮，从他所在的机关系直奔法兵系而来。

"朋友们，你们都听说王宝乐与院纪部的事情了吧？只要大家点小红心，我就拼着挨揍的危险，再去直播一次！"小道兴奋极了，一边冲着影器狂吼，一边飞速冲向法兵峰。

而王宝乐的去向也被人曝了出来，有人进入学堂内，将看到的一幕传出去后，王宝乐正在接受灵石纯度考核的事情好似风暴一般，席卷了整个道院。

"真的假的啊？王宝乐打人后，竟去申请考核了？"

"他在想什么？难道他想……成为学首？哈哈，这怎么可能？"

"不会吧……成为学首？！"

能考入缥缈道院的人，最起码在智商上是达标的，很快就有人猜到了答案，只是这个答案，让猜到之人心头一跳，觉得不可思议。

在越来越多的人纷纷向法兵峰赶去时，姜林已到了灵石学堂外。他身边有人关注灵网，低声将灵网上大家的猜测说了出来。

"想要成为学首？他一个一年级新生，还远远没有资格。"姜林闻言笑了，眼中带着轻蔑，丝毫不在意。

他身后的数十个督察也都不屑地冷笑起来。

"这是狗急跳墙了，不过他再如何跳，也逃不过是条狗的命运！"

"敢打我们院纪部的人，这王宝乐自己找死，怪不得别人！"

"一会儿我倒要看看，这王宝乐还敢不敢如方才那样嚣张！他不是打人吗？我很想知道，他出来后会不会求饶！"

听着手下的话，姜林看向灵石学堂，眼中的鄙夷更甚。他脚步不停，带着院纪部的众多督察，直奔灵石学堂大门而去。

临近大门时，那些督察纷纷取出了自己的武器，凶相毕露。四周众人看到这一幕，不敢靠近，连呼吸都小心翼翼的。

第31章

强势

此刻的学堂内，盘膝坐在青色石壁前的王宝乐神色肃然，凝视着手中正散发光芒的空白石。

"我教育了院纪部的人，他们必定对我怀恨在心，这一次……最好彻底让他们绝望，这样我学首的位置就无人可以撼动！"王宝乐狠狠一咬牙，深吸一口气，将更多的灵气注入空白石内。

随着灵气的涌入，空白石渐渐发出咔咔声，似乎要碎裂，而这并非坏事，这代表的是其内纯度正在飞速提升。

尽管用空白石炼制，与运用太虚噬气诀炼制灵石不同，可王宝乐从小用的都是前一种方法，此刻很容易融会贯通，即便不是凭空凝聚出灵石，可对他而言，只不过多了一个步骤而已，虽有些烦琐，但他深知藏锋的道理。

他全神贯注，随着灵气的涌入，四周的旋涡越来越大，最终扩散到了学堂外。远远看去，他所在的位置好似出现了一个黑洞。

这一切说来话长，可实际上只是过了几次呼吸的时间。王宝乐手中的灵石咔咔声骤然变大，很快竟有飞灰散开。

而随着空白石的碎裂，其内好似藏着瑰宝一般，刺目的七彩光芒猛然绽放而出，璀璨无比。

刹那间，七彩光芒弥漫了整个学堂。

学堂的墙壁都无法阻挡这七彩光芒，下一刻，这光芒又穿透学堂，爆发在了天地间，学堂四周都被七彩光芒笼罩着，远远看去，法兵峰上，七彩光芒惊天而起，熠熠闪耀。

学堂外的所有人，乃至法兵系的所有人，都亲眼看到了让他们此生难忘的一幕。

"这……这……七彩光芒！"

"七彩灵石，天啊，是七彩灵石！"

"传说唯有纯度达到九成三，才会形成……超越上品的七彩灵石！"

法兵系轰动，在法兵峰上的各个区域，几乎所有的法兵系学子都看到了在灵石学堂爆发的七彩光芒。学子们心神震动，纷纷向灵石学堂狂奔而来。

在灵网上，这个消息也好似风暴一般，骤然传开。而那叫作小道的直播爱好者此刻已经到了灵石学堂外，被眼前这一幕震撼得都忘记了要小红心。

七彩光芒一出，学堂外所有人都睁大了眼睛，神色瞬间变化，姜林更是腿一颤，好似见了鬼一般，脑袋嗡的一声，无法镇定，失声惊呼起来："不可能！"

阵阵钟声在这一瞬传遍整个法兵峰，撼动八方。

这是代表新学首出现的钟声！

钟声一共九下，回荡在法兵峰上，本就喧嚷的众人更加震惊了。

"学首钟！"

"王宝乐……晋升为学首?！"

"太令人震惊了！这怎么可能?"

整个法兵系都大为震撼，法兵系的老师们也都坐不住了，一个个带着不可思议的神情，急速赶向灵石学堂。

"竟炼出了七彩灵石，新学首出现！"

在山顶的系主殿内，法兵系那位蓄着山羊胡子的系主原本拿着心爱的鼻烟壶，放在鼻间吸了几口，闭目想着事情，听到钟声后，他睁开眼睛，有些错愕。他想了想，打开传音戒询问了一番，眼睛猛地睁大。

"王宝乐？七彩灵石！新晋学首！"

他觉得这件事有些颠覆自己的认知，脑海中不由得浮现出了王宝乐的样子，心底忍不住生出怪异感，颇有种当初瞎了眼买的泥里竟藏着一块金疙瘩的感觉。

钟声轰动法兵系，众人为之震撼，大呼奇迹。而学堂外的院纪部督察们一个个神色骤变，在七彩光芒的映照下显得有些滑稽。这一切逆转得太快，他们脑海中掀起了大浪，根本无法适应。

姜林此刻面色苍白，身体颤抖，似乎连站都站不稳了。他在道院里之所以能够呼风唤雨，正是因为学首的身份。可随着那钟声的回荡，这个身份赋予他的权力正急速崩塌。他眼前有些发黑，一股强烈至极的不甘在心底疯狂爆发。

"这绝不可能！"姜林嘶吼，从怀里取出一枚令牌。这令牌通体赤红，上面清晰地刻着"学首"二字。这正是学子在成为学首的那一瞬，青色石壁自动给予的学首令！

只不过姜林手中的学首令上此刻出现了一道道裂痕，在咔咔声中，这枚学首令似乎要碎裂。

"王宝乐！"姜林看着手中的学首令，眼睛红了，那裂开的痕迹，好似裂在他的心中一般。一股疯狂之意在他体内爆发，他咆哮着，正要推开灵石学堂的大门，可还没等他触碰到大门，那大门就自行开启了。

随着大门的开启，四周所有人的目光刹那间汇聚过去，众人都看到了从灵石学堂内一步步走出来的王宝乐。

王宝乐依旧穿着那身残破的道袍，可这一刻的他，在所有人的眼中都不一样了，那可是新晋学首！

在王宝乐走出的一瞬，姜林手中的学首令好似承受不住王宝乐身上的气势一般，直接化作飞灰。

这学首令的碎裂，代表着姜林已经成为过去，从此之后，王宝乐将执掌院纪部，与另外两个学首处于同等地位，成为法兵系不可忽视的重要人物。

看到自己的学首令化作飞灰，姜林身体颤抖，眼中满是血丝，好似野兽一般怒视着王宝乐。

注意到四周众人震惊的神情，看到那数十个黑衣督察无法接受这一幕的表情，感受到姜林那仇恨的目光，王宝乐轻笑一声，眼中闪过一丝冷厉。

他知道，若自己这一次没有成为学首，那么必然沦为阶下囚。这些督察之前的嚣张行为以及这次拿着武器到来的举动，无不透着恶意。

对这种对自己有恶意之人，王宝乐绝不会手软。他右手从怀里一摸，顿时取出一枚崭新的赤红色令牌，高高举起。

这正是代表院纪部权力的学首令！

此令一出，灵石学堂外的人无不心神一震。

"我以灵石学首的身份，免除你等督察之职，从现在开始，你们不再是灵石学堂院纪部的督察！"

王宝乐看向那些督察，声音冰冷。那些拿着武器的督察一个个面色苍白，不少人手抖，握不住武器，武器纷纷掉落在地。

一言决定众人的前程！

可这一切还没有结束。一句话免除了众督察的职务后，王宝乐眼中寒光一闪，再次开口说道："我会追查你等任职期间一切违纪之事，全部从重处理，绝不姑息！"

同样是一言，决定的不只是前程，更是命运！

这句话一出，那些曾经的督察全部脑袋嗡鸣，呼吸急促，有的甚至在绝望中怒吼起来："王宝乐，你不要赶尽杀绝！"

王宝乐没有理会这些之前恶毒地咒骂自己，此刻又色厉内荏的前督察，转头冷眼看向姜林，淡淡地开口说道："姜林，你身为院纪部前负责人，聚众滋事，现免除你在院纪部的一切职务，将你关押在院纪部内，审后再论！"

王宝乐声音不大，可在姜林以及那些前督察耳中，他的话如同天雷，大有言出法随之势。王宝乐顷刻间逆转乾坤，之前气势汹汹之人全部从高高的云端跌落！

"王宝乐，你敢！这王宝乐滥用职权，我们不服！大家动手！"

姜林已然歇斯底里，今天的事太突然了，他瞬间失去了一切，内心根本无法接受这种前一刻还是学首，下一瞬就成为阶下囚的变化。他红着眼大声咆哮，竟直奔王宝乐而去，眼中甚至有了一丝杀机。

而那些督察本就是他的人，若王宝乐言辞不狠也就罢了，他们还会迟疑，可想到接下来自己要被调查，而他们每个人都有问题，于是纷纷恶向胆边生，虽不是所有人都盲从，但还是有十多人直奔王宝乐而去。

王宝乐冷笑一声，他之所以大发雷霆，开口处理这些人，就是要让这些人愤怒之下出手，否则，他想动手还得另找理由。这些人对他恶意满满，使他展现出了果决强势的一面。

"竟敢抗拒执法，罪加一等！"王宝乐说话间，猛地向前一步。

第32章

整肃门户

王宝乐走到一个扑来的前督察面前，将其伸来的手掌猛地一按，此人顿时惨叫起来。

"攻击学首，罪加一等！"

王宝乐没有停顿，一步走出后抬起脚，一脚踢在另一个人的膝盖上。惨叫声传出，那人捂着膝盖哀嚎，站不起来了。

"寻衅滋事，扰乱道院秩序，罪上加罪！"

在王宝乐的太虚擒拿术下，昏了头的前督察们很快就在剧痛中清醒过来，倒在地上惨叫。

正在这个时候，怒吼着的姜林到了王宝乐面前，甚至拿出了法器。要知道，法器对于学子来说极为珍贵，就算是老生积蓄多年也往往才能弄到一件，而王宝乐到现在还没见过法器的样子。

姜林的法器是一把木剑，这木剑散发出灵气光芒，呼啸间直奔王宝乐而去。可姜林显然还无法完全操控这把木剑。王宝乐目光一闪，身体快速移动，避开这木剑后，靠近姜林，右手抬起，一抓之下，直接抓住了姜林的手指，毫不留情地一掰。

"身为前学首，你玩忽职守，导致院纪部乌烟瘴气，罪不可恕！"

王宝乐说话间，凄厉的惨叫从姜林口中传出。姜林想要挣脱，可论实战经验，他与打了好几百场搏击的王宝乐相差太远，还没等他有所行动，王宝乐就一脚踢出。砰的一声，在变了音调的惨叫声中，姜林被踢得飞了出去。

这还是王宝乐没有用全力的结果。

这一幕，四周众人全部看在眼中。众人纷纷倒吸一口气，被王宝乐的出手方式震撼的同时，也有一种第一次真正认识王宝乐的感觉。

天空中，此刻已经有老师到来，看到这一切后，老师们内心也大为震动，却没有人出手阻止。

因为王宝乐每一次出手，几乎都说了他出手的道理，而他又是新晋学首，即将掌控灵石学堂院纪部，他整肃门户理所应当。

王宝乐干脆利落地将姜林等人全部制伏后，站在那里，看向那些没有动手的前督察。

"给你们一个戴罪立功的机会！还不将这些犯错的学子带回院纪部？"

王宝乐声音一出，那些前督察一个个胆战心惊，赶紧称是，也不管在地上哀嚎的人是不是自己的同伴了，纷纷快速冲出，将他们一一带走，连一些受了伤的家伙也挣扎着前来表现。

迅如奔雷般化解了这一次危机后，王宝乐深刻地感受到了学首的权力与地位，内心激动无比。

半年多来渴望的目标终于达成，他觉得这一刻黄昏的天空格外美丽，四周所有围观的同学也那么美好。

王宝乐深吸一口气，脸上露出笑容，向四周的学子以及老师抱拳，深深一拜。

"以后，还望诸位同学与师长多多关照！"

这一拜，立刻让四周心底依旧震撼的学子神色肃然，他们都向王宝乐回礼，看向他的目光中也都带着敬畏。

老师们虽谈不上敬畏，但也无法如往常一样将王宝乐当成普通学子。他们看向王宝乐，都点了点头，对王宝乐的印象更为深刻了。

毕竟学首不是道院任命的，每一个学首都是凭着自己的努力争取到的这个身份，且学首权力极大，道院的学子在心底也是服气的。

老师们都意识到，王宝乐来道院还不到一年，以新生的身份，竟一跃成为学首，且炼制出了七彩灵石，这本身就代表着此人不同凡响！

拜过四周的众学子和老师后，王宝乐站直了身体，心中得意无比，缓缓吸了口气，向灵石学堂外的小路走去，吸引了许多目光。

那直播的小道大受震撼，好半晌才恢复过来，赶紧冲着直播屏幕低声要小红心。

"朋友们，我正在给你们偷拍那脸大到屏幕都装不下的王宝乐，此人极度危险，我需要小红心防身。来来来，小红心点起！"

他刚说到这里，忽然全身有种莫名的压力，他猛地回头，眼睛睁大，只见原本走向小路的王宝乐竟走到了他身边。

"学……学首……"小道呼吸急促，正要说话，可王宝乐已经把脸凑了过来，在他的影器前晃了晃。

"我说你怎么还是没学会直播啊？"王宝乐露出不满的神色。

这一次他没抢影器，而是干咳一声，冲着直播影器喊了起来："朋友们，这小道当初有没有去岩浆室啊？没有的话你们告诉我，我亲自押着他去，绝对不让大家的小红心白白浪费！"

没等王宝乐说完，直播室内顿时人气爆棚，热闹起来，大家都在刷屏。

小道看了一眼屏幕，满屏都在说他没去岩浆室的事。他当初好不容易才把众人忽悠过去，此刻这件事又被王宝乐提起，他不由得眼前一黑，差点晕倒。

王宝乐内心哼了一声，他耳朵灵，听到这小道居然又说自己脸大，岂会善罢甘休？此刻王宝乐得意地背着手，心满意足地哼着小曲，走向远处。

随着王宝乐离去，直播室内的人议论纷纷，灵石学堂四周也爆发出强烈的声浪，唯独小道欲哭无泪，只觉得王宝乐就是自己直播生涯的克星。

与此同时，在法兵系的灵坏学首阁内，两个青年正站在阁楼上，遥望着灵石学堂。

这二人正是法兵系三大学首中的回纹学首以及灵坏学首！

那位灵坏学首相貌俊朗，身上隐隐有一种贵气，显然出生在权贵之家。

相比他身后脸色阴沉的回纹学首，他的神色始终平静，即便是方才的钟声，也只是让他目光一闪罢了。

"林兄，姜林被抓了。"回纹学首低头看了看传音戒，缓缓开口。

灵坏学首闻言略感意外，仔细询问后知道了缘由，不由得轻笑一声。

"姜林太蠢，竟主动出手，被抓也是咎由自取！不过这个王宝乐倒有点意思。"

"林兄，王宝乐恐怕和我们不是一路人，如今姜林已经失去学首之位，我们对法兵系的掌控可能会出一些问题。"回纹学首皱着眉头，声音低沉地说道。

灵坏学首闻言一笑，很是从容，转头拍了拍回纹学首的肩膀。

"曹兄，不要急，先让王宝乐得意几天好了。我听说院方近期会对学首制度有大动作……"

灵坏学首的笑容带着深意，说完转身继续看向灵石学堂的方向，目光中露出一丝轻蔑。

听到灵坏学首这么说，回纹学首顿时松了口气。想到眼前之人的身份，他也就放下心来。他虽与灵坏学首站在一起，可若仔细看，能看到他实际上退后了半步，显然他是以灵坏学首马首是瞻。

实际上，在法兵系的三大学首中，本就数灵坏学首权势最大。其中的原因，除了他自身学首的地位外，更重要的是，他的背景极其深厚。

关于灵坯学首的背景，回纹学首也只是猜测到了大概，了解得不是很全面，可回纹学首亲眼看到，那位在下院权势滔天的副掌院竟也对这位灵坯学首颇为客气，甚至愿意听从他的安排去做一些事情，比如帮他拿到这一届法兵系特招学子的名额。

虽然这件事最终失败了，但原因不在副掌院身上，而是因为出了王宝乐这个意外。

"王宝乐！"回纹学首笑了笑。没有了压力后，再去看此人，他觉得对方哪怕有些手段，在法兵系也要学会低头做人。

第33章

柳道斌的天赋

当天夜里，小道在直播中千求万求，用尽了自己的忽悠手段，又许诺了一大堆条件，这才让直播室众人同意他分次进入岩浆室。

走入岩浆室后，小道坐在那里，感受着四周的高温，眼泪流下却立刻被蒸发，双手颤抖着高举影器。

"朋友们，我已经到了岩浆室。你们放心，不就是三十七个小红心吗，我一定完成任务！"

他刚说完，突然，他的直播室里来了一个新人，这新人名字很霸气，叫作"联邦总统爸爸"。

这个"联邦总统爸爸"一来，就嗖嗖嗖点了十个小红心，还给他留言："小道加油，送你十个小红心，加十个时辰！"

小道顿时傻眼，他平日里喜欢小红心，可如今在这岩浆室内，他实在不想要小红心了，但他也明白不能得罪这种一上来就点十个小红心的支持者，于是赶紧道谢。

"感谢联邦总统爸爸……对小道的支持……"

小道刚说到一半，就觉得这名字实在太怪异了。他硬着头皮说完后，"联邦总统爸爸"似乎很开心，竟又点了十个小红心。

之后，这"联邦总统爸爸"没有多待，很快下线，只留下小道在那里一边惊喜，一边纠结。

一夜之间，王宝乐晋升为灵石学首的事情在法兵系大范围地传开，引起了更多人的重视。所有法兵系的学子都深刻地明白，从此以后，法兵系的大人物少了姜林，多了王宝乐！

第二天清晨，王宝乐站在洞府内的镜子前，穿上紫色的学首道袍，抬起下巴对着镜子看了半晌。

望着镜子里圆圆的自己，王宝乐的眼睛似乎自带滤镜，他左看看右看看，又摆了不少姿势，越看越觉得自己威武不凡。

"真帅，还这么苗条，学习又好，实在太优秀了！我自己都忍不住要崇拜我自己了！"

王宝乐自我陶醉了一番，情不自禁地拿出一包零食，一边吃零食一边继续照镜子，时而侧脸，时而侧身，从各种角度欣赏自己那"完美"的身材。

"好羡慕这件学首道袍啊，它若有灵智，也一定觉得被穿在我这么帅的人身上，是它的荣幸！"

好半晌才吃完零食，王宝乐心满意足、昂首挺胸地走出洞府，直奔灵石学首阁，开始了他学首生涯的第一天。

王宝乐一路走去，看到他的学子无不停下脚步，恭敬地拜见他。

三大学首的权力很大，虽都负责院纪部，且工作时有交叉，但总体来说，也算各自为政。对于违反院规院纪者，哪个学首阁抓到，哪个就拥有绝对的执法权。所以对于普通学子来说，学首是万万不可得罪的，若有学首照顾一二，在道院里就会过得特别舒服。

在众人陆续的拜见中，王宝乐心底美滋滋的，尤其看到不少女同学主动要自己的联系方式，他更加精神振奋，眼睛都发着光，越发觉得学首这个身份太好了。

他笑呵呵地回应，只觉得阳光特别明媚，天空也蔚蓝无比。

带着美好的心情，王宝乐来到了灵石学首阁。一靠近，他就看到七十多个督察正整齐、肃然地站在学首阁外。看到王宝乐的瞬间，这七十多人立刻拜见，声如洪钟。

"学首早上好！"

七十多个黑衣督察整齐无比地弯腰，异口同声地喊着，顿时引起了不少学子的注意。

"同学们好！"王宝乐干咳一声。

在这七十多个黑衣督察的簇拥下，他背着手，踏入学首阁。从学首阁大门到学首室的过程中，这些黑衣督察一个个都赔着笑脸。

"学首，您这一大早过来，没吃早饭吧？我都给您买好了，就放在您桌子上。"

"学首，我老家是武夷城的，那里盛产灵茶，我都给您泡好了。"

"学首，我和您有一样的爱好，我也喜欢吃零食，我都给您买了，还有冰灵水，都是冰好的，随时喝下都凉爽无比。"

听到这些人的话，王宝乐露出一副很无奈的样子，指了指他们。

"你们啊，让我说什么好？以后不要这样了，身为学子，要先立身，再立言，而后立行！"王宝乐干咳一声，义正词严。

"学首说得对，我们错了！"这些黑衣督察纷纷开口。

对他们而言，昨夜是不眠之夜。

他们心中忐忑，明白王宝乐看起来笑呵呵的，一副很和善的样子，实际上不好惹。他们都听说了昨天灵石学堂外，王宝乐一个人打倒了十几个督察，当众免除了姜林的职务，并将其收押之事。

那雷霆手段，让他们敬畏。

他们中有一些昨天就在现场，心里可是清清楚楚，这看似和善的王宝乐一旦翻脸，着实可怕，况且他们如今一个个都是戴罪之身，岂敢不卖力？

王宝乐背着手，进入自己的学首室，取来一包零食，一边吃一边思索，随后让人去将柳道斌找来。

很快，柳道斌就被督察客客气气地请了来。在学首阁内看到王宝乐后，柳道斌心情复杂的同时，也有点恍惚，虽然他昨天就知道了王宝乐成为学首之事，但还是觉得不可思议。

"王……"柳道斌刚要喊王宝乐的名字，身边的督察就给他使了个眼色。他立刻快走几步，向王宝乐深深一拜。

"柳道斌拜见学首！"

"道斌，你怎么也是这个样子？我们是同学，什么拜见不拜见的。"王宝乐佯怒，上前扶起柳道斌，又将身边的那些督察打发下去后，拉着柳道斌坐了下来。

"道斌啊，一晃大半年过去，我现在啊，经常想起当初考核时的事情。"王宝乐摸了摸下巴上刚长出的绒毛，仿佛在回忆陈年往事。这是他在高官自传上学到的开场白，只是无论怎么看，十几岁的他露出如此神态，很是怪异。

柳道斌也觉得有些古怪，可很快就将这思绪压下。他被王宝乐拉着坐了下来，但想到自己父亲平日的举动后，他赶紧模仿，挪了挪屁股，只坐了一半在椅子上，神色间更是露出聆听之意。

"当初多亏了学首，学首的救命之恩，道斌终生难忘！"柳道斌顺着王宝乐的话回应道。

"现在没有外人，你叫我名字就可以了。道斌，我可没把你当外人啊。"王宝乐打量着柳道斌，对柳道斌的坐姿及回应感到惊奇，对方对官场上的讲究似乎比自己还懂。

"难道他也看高官自传？"王宝乐诧异，偷偷记住对方的坐姿，在心里学习了一番。

就这样，二人闲聊了半晌，王宝乐也开了眼界，只觉得柳道斌一下子变得不一样了。

"之前我还没发现，这家伙有一套啊。"

王宝乐觉得受益匪浅，这才意味深长地提出，要将柳道斌安排进灵石学堂院纪部做督察。

王宝乐这话一出口，柳道斌顿时呼吸急促。他平日里虽然见多识广，从父亲那里也学到了很多知识，但毕竟年少，此刻一听自己要成为督察，立刻激动地站了起来。

"多谢学首！以后任何事情，学首只管吩咐，道斌必定遵从！"

王宝乐哈哈一笑，鼓励了柳道斌几句后，又提拔了凤凰城这一届的不少学子，最后让柳道斌也推荐了一些人，这才下了学首令，任命这些人为灵石学堂院纪部的督察。

"这院纪部我刚接手，道斌，以后你要帮我多留意一些。"最终，王宝乐交代了几句，让激动无比的柳道斌退下了。

王宝乐坐在椅子上，将脚跷着搁在桌子上，喝着冰灵水，心情格外好，拿起桌子上摆放的卷宗随意翻阅了一些。

这些卷宗上记录的，都是灵石学首阁的督察处理的违反院纪之事，需要他来定夺。

王宝乐大致扫了一眼厚厚的卷宗，除了一个叫孙启方的人因偷盗法兵系秘方被抓的事情，其他都是一些鸡毛蒜皮的事。

这些事情的当事人都是灵石学首阁的督察抓捕的，所以王宝乐有绝对的处置权。

他随意地看了看后，觉得无聊，就把卷宗扔在一旁，拿起零食继续吃了起来。

"这院纪部，我也没精力去管理。柳道斌这个人当初在考核中能迅速组织人手抱团且以他为首领，似乎很有经验……可以考虑让他盯着。"

王宝乐从小到大的梦想，就是成为联邦总统。如今当上学首，在他看来，自己在成为联邦总统的路上算是迈出了一大步。

他之所以想要成为联邦总统，权势倒是其次，最重要的是，他不想被人欺负。如今成为学首，王宝乐觉得，法兵系内应该没什么人能欺负自己了。

想到这里，王宝乐不愿意再留在此地，索性出去换了《养气诀下篇》以及回纹学的纹典，而后回到洞府，开始了对《养气诀下篇》的研究。

在他看来，自己的目的已经达成，自己来道院毕竟是学习的，之后的日子，自己就可以好好学习了。

时间流逝，很快过去了一周。这一周的时间里，王宝乐只是偶尔去学首阁，平日里都在研究《养气诀下篇》。

柳道斌接受任命后，在这一周时间里，竟显露出了惊人的管理天赋，将一切都打理得井井有条。同时，无论大小事情，他都会用简洁的言辞、恭敬的语气请示王宝乐，不敢让王宝乐有丝毫误会其夺权的念头。

实际上，道院的学首阁中也没有什么夺权之事，学首拥有的任命权足以摆平一切僭越之事。这一点，柳道斌心知肚明。

与此同时，在战武系中，暗中铆足了劲要与陈子恒、卓一凡竞争学首之位的这一届新生陆子浩，正狐疑地查看灵网上关于王宝乐的消息，里面有一些图片。

他盯着图片里的王宝乐，越看越觉得不对劲。好半晌，他取出传音戒，给自由搏击俱乐部周璐的妹妹，也就是那个小美女传音。

"周静，你帮我找找那无耻'胖兔'的资料，我好像发现了目标！"

第34章

法兵系土豪

院纪部有柳道斌负责，王宝乐很满意，也就将更多的心思放在了《养气诀下篇》上。这《养气诀下篇》，唯有可炼制出八成纯度的灵石的人才可获得，里面讲述了法兵系另外两大学科的内容，分别是回纹学以及灵坯学。

此刻王宝乐盘膝坐在洞府内，一边吃着零食，一边低头研究《养气诀下篇》。他刚进入道院时，对法兵系的了解处于初始阶段；通过这大半年的接触，如今的他对法兵系已经十分了解了。

他明白，所谓法兵系，其实就是炼制法器的学系，而炼制法器分为五个步骤，其中前三个步骤在下院可以学到，至于最后的两个环节，唯有考入上院才能进一步接触。

"灵石、回纹、灵坯、炼材、锻造！"王宝乐吃着零食，露出深思的神情。

《养气诀下篇》中介绍了法器的品级，其中一品、二品是法器，三品至六品被称为灵宝，到了七品就是法兵。

此外，《养气诀下篇》中还介绍了兵纹，那是到了三品灵宝层次后才会出现的天然纹路，代表品级。

如今联邦的炼器方式，来自大剑碎片上记录的方法，一切都以灵石为基础。想要炼制出一件法器，第一个步骤就是炼制灵石，随后要在灵石上刻画出回纹。

不同的回纹，决定了法器不同的作用与方向。灵石是基础，回纹则是脉络，起到的作用之大，堪称法器核心。

每一道回纹都有特定的功效，而多道回纹之间的搭配，还能产生更多的变化。想要炼制法器，就必须打下牢固的基础，将回纹掌握得越好，之后炼制法器时就越得心应手。

《养气诀下篇》用相当长的篇幅记录了各种各样的回纹，王宝乐估算了一下，仅仅是《养气诀下篇》里记录的回纹数量，就有数十万。

这还不算回纹学堂发放的纹典，那纹典内的回纹数量足有百万之多，若加上回纹相互搭配后产生的变化，则需要背的更多，说海量也不为过。

法兵系三大学堂中的回纹学堂，考核的就是学子对回纹的背诵。这种背诵没什么技巧可言，只是要将上百万道回纹全部牢记，实在太难了。

就算是如今的回纹学首，也只能记住四十多万道回纹而已，想要记住更多，不仅需要天赋，还需要毅力与时间。

而一旦在回纹上有所成就，某种程度上就可以通过固定的回纹的相互搭配自创功效，只不过实现这一步需要对回纹理解得更深刻，唯有炼器宗师才可做到。

因背诵太难，在缥缈道院法兵系回纹学堂的考核中，学子们实际上只要背十万道回纹就可以通过考核，进而去学习灵坯学。

毕竟回纹数量太多，常人根本无法全部记住，于是才有纹典作为辅助。只不过纹典与字典还是有很大区别的，且炼制法器往往在时间上要求严格，变化又多，而查纹典需要时间，更需要去理解与掌握，所以纹典虽有作用，但作用不是特别大。

将整部《养气诀下篇》粗略研究完后，王宝乐深吸一口气，他深刻地明白，如今的自己虽是灵石学首，但在法兵一脉也只是迈出了第一步。

“还要继续努力啊！”

王宝乐拿起纹典，随意地翻开一页，看到里面记录的那些密密麻麻、歪歪扭扭的回纹，顿时有些头痛。好半晌，他才狠狠一咬牙，开始背回纹。

只不过这样的背诵，数量少还好，可那些回纹数以百万计，就算王宝乐觉得自己的记忆力很好，也有种深深的无力感。

纹典内还记录了一些可以辅助记忆的丹药，可王宝乐在灵网上查询后，发现这些丹药无一不是有市无价之物，甚至比化清丹还稀有，想要获得需要一定的运气。

此外，这些丹药虽有一定的效果，但吃多了终究有耐药性，甚至会令人产生幻觉，所以不能单纯依靠丹药去背回纹，最终还是要靠自己。于是王宝乐叹了口气，打算一方面去寻找丹药，一方面硬着头皮一点点地记。

时间就这样流逝，很快又过去了一周。

这一周里，几乎每天都有法兵系的学子前来拜访王宝乐，送来各种礼物。对于这些礼物，王宝乐直接义正词严地拒绝了。

除了法兵系的学子来拜访外，其他系的学首也陆续派人送来贺礼。这些贺礼虽都是简单的礼物，但都留下了传音戒的印记，显然这些学首有与王宝乐结交之意。

对于这些学首，王宝乐很重视，他们的贺礼王宝乐收下了，他明白人脉的重要性，于是一一回礼。王宝乐与这些学首虽没有见面，但都建立了联系。

又过了数日，背回纹背得有些头昏脑涨的王宝乐，收到了一份来自丹道系草木学首郑良的礼物。这份礼物极为贵重，超过了其他学首的贺礼，竟是一粒晶忆丹。

这晶忆丹，正是纹典内记录的几种辅助记忆的丹药之一，市面上很难买到，价格不菲。

王宝乐很吃惊，他拿着丹瓶，看着里面那粒晶莹剔透的丹药，心动之余沉思半晌，打开传音戒，按照礼物中留下的印记，接通了郑良的传音戒。

与郑良的联系很顺利，王宝乐先是客气地感谢对方赠予自己丹药，随后与对方闲谈。闲谈时，郑良邀请王宝乐去丹道系做客。似乎猜到了王宝乐看到晶忆丹时的诧异，郑良的声音带着笑意，从传音戒内传出。

"宝乐师弟，实不相瞒，在下如今要炼制一种丹药，急需纯度在九成以上的灵石做炉火基础，你也知道这种灵石在市面上并不好买到，所以想要麻烦宝乐师弟。"

听到郑良的话，王宝乐明白了缘由，他哈哈一笑，接受了郑良的邀请。

郑良十分喜悦，与王宝乐约定了时间，这才结束通话。

在缥缈道院，除了同系学首，学首之间关系都很融洽，也愿意深层次地结交，毕竟大家的身份层次一样，若友情能达到一定的程度，对彼此都很有帮助。

数日后，二人约定的时间到了，王宝乐离开洞府，向丹道系走去。

王宝乐来到缥缈道院大半年，绝大多数时间都待在法兵峰，其他系去得很少，丹道系更是首次去。

走在丹道峰的山路上，看着四周青翠的树木与一座座阁楼大殿，王宝乐立刻感受到了此地与法兵峰的不同。

"这里的灵气竟比法兵峰还要浓郁，而且似乎柔和许多。"王宝乐修炼太虚噬气诀后，对灵气的感知很敏锐。

王宝乐好奇地前行，空气中慢慢飘来药香，越往前，药香就越浓郁，到了最后，王宝乐发现整座丹道峰几乎都缭绕着药香。

药香沁入鼻间，虽对修为的提升没有什么帮助，但可让人精神振奋，这让王宝乐更为惊奇。他看到，这里的每一座阁楼外都有药园，很多学子正在种植草木。

除此之外，一些学子竟在道路两旁摆摊，叫卖着各种丹药，甚至还有丹炉出售。很多人路过时都会关注摊位上的物品，若有看中的，就直接买走。

这一幕在法兵系是看不到的。王宝乐一路走去，觉得这丹道峰的风景明显雅致不少，而且女生占多数，看起来很养眼。

"好地方啊，我当初要是进入丹道系就好了。"王宝乐感叹。

丹道系那些摆摊的学子大都注意到了他，几乎瞬间就认出了他，纷纷交头接耳。

人的名，树的影。王宝乐进入道院后，在一系列事件的影响下声名鹊起，他晋升为学首之事更是传遍了整个道院，他的名字早已被各个系的学子们知晓。

"是王宝乐！"

"这王宝乐身为学首，听说能炼制出九成纯度的灵石……这就是一个大土豪！"

"哼，这有什么？不就是炼灵石的吗，和我们丹道系无法比！"

这里毕竟不是法兵系，所以学子们对王宝乐没有太多敬畏，话语间难免有些酸酸的。要知道对法兵系"印钞机"的名声，其他系都是羡慕甚至嫉妒的。

王宝乐达到封身大圆满后，耳朵比较灵。听到这些话，他眉毛一挑，嘴角上扬，索性走到那些摆摊的学子附近。他一走来，四周的学子们纷纷看去。

王宝乐也不在意众人的目光，只是低头看着那些被出售的丹药，右手抬起指了指其中几粒。

"这个，还有这个，这两粒丹药，你放在一旁。"

王宝乐看的摊位，是一个扎着马尾辫的女生摆的。这女生是之前语气酸酸的人之一。见王宝乐到来，她先是一愣，随后露出惊喜之色，可听王宝乐的意思，他只买两粒，且那两粒还是很普通的丹药，她顿时就没多大兴趣了。

她撇了撇嘴，觉得法兵系也没有传的那么邪乎，貌似还不如其他系出手大方呢。

她懒洋洋地将王宝乐指的两粒丹药拿起，正要递过去，王宝乐又开口了："这两粒不要，其他的都要了。"

王宝乐话语一出，那扎着马尾辫的女生眼睛猛地睁大，有些呆滞，四周其他摆摊的学子以及正挑选丹药的学子也都身体一震，齐齐看向王宝乐。

"怎么了？不卖？"王宝乐内心得意，表面上却是一副风轻云淡的样子，仿佛自己买的不是丹药，而是菜市场的白菜。

"卖，卖！"那女生激动无比，赶紧将丹药一股脑儿地包好，正要递给王宝乐，又想了想，索性拎着丹药站在了王宝乐身后。

"学首，不用你自己拿，这些丹药我帮你拎着。以后你若有什么吩咐，可以随时告诉我。你看……我们留个联系方式怎么样？以后你需要丹药的话，我亲自给你送到洞府去。"这女生兴奋无比，双眸中有了异样的光彩。

"也好，那你就拎着吧。"

王宝乐心情舒畅，背着手刚要走向下一个摊位，这时，几乎所有摆摊的学子，无论男女，一个个都飞快地上前，用尽办法推销自己的丹药。

"你看我这里的丹药，每一粒都是我亲手炼制的呢。"

"学首哥哥，我这里也有丹药，你来看看啊。"

见这些人的态度从之前的酸溜溜瞬间变成了追捧，王宝乐不由得一阵感慨。他觉得自己身为法兵系的灵石学首，有必要让丹道系的人见识一下法兵系的大方，于是大手一挥。

"买了！"

王宝乐话语一出，四周丹道系的学子立刻激动地惊呼起来，这里面大部分是女生，此刻她们兴奋得脸发红。于是，当草木学首郑良赶来此地时，看到的是一群人环绕在王宝乐周围，帮他拎着大包小包，一个个露出兴奋之色，纷纷主动给他联系方式。

第35章

草木学首郑良

丹道系的草木学首郑良，是一个三年级老生，他相貌俊朗，剑眉星目，更有一股飘逸的气质。原本他是含笑而来的，可看到王宝乐以及四周那些女生后，神色就变得怪异起来。

这一刻的王宝乐，全身上下散发着灵石般的光芒，而那些女生的热情，让郑良不由得苦笑起来。这种感觉很复杂，是看到外系人在本系这么受欢迎的酸涩之感。

不过郑良毕竟是学首，很快就压下心头的杂念，打了个哈哈，脸上露出和煦的笑容。

"可是宝乐师弟？在下丹道系郑良。"

郑良一脸热情，笑着走来。他身后还跟着七八个学子，这些学子也都强忍着心中的怪异之感，纷纷拜见并打量王宝乐。这段日子王宝乐的名气极大，他们也都很关注。

"见过郑师兄！"王宝乐注意到了郑良，赶紧从众卖家的包围中挣脱出来，上前抱拳，说话间袖口一甩，取出一块纯度在九成的灵石递了过去。

"郑师兄，师弟一向敬佩丹道中人，初次到来本该准备礼物，可这次来得匆忙，此灵石是我亲自炼制的，还请师兄收下。"王宝乐笑着，将灵石放在了郑良手中。

这灵石就是王宝乐的回礼。听到王宝乐说这是他亲手炼制的，郑良脸上的笑容顿时更多了。他没有跟王宝乐客气，收起灵石，而后取出一个丹瓶递了过去。

"宝乐师弟，这里面是我炼制的清灵丹，能让人头脑清晰，在记回纹时事半功倍。"

一个有意结交，一个做人圆滑，二人很快就谈笑风生。

跟随郑良到来之人看到这一幕后，相互看了看，都看出了彼此眼中的深意，纷纷意识到盛名之下无虚士，这王宝乐其他方面的能力暂且不知，可仅仅在待人接物上就有不俗之处。

在郑良的引领下，二人一路走在前面，途中，所有丹道系学子看到二人，纷纷抱拳拜见。

二人很快更为熟络，郑良将丹道峰的景点都介绍了一遍后，笑着邀请王宝乐去他的学首阁。

这学首阁与法兵系的也不一样，最明显的就是四周的草木竟充满了灵气。王宝乐看到后，也忍不住赞叹。

"宝乐师弟若喜欢，回头我让人给你送一些草木种子去，你把它们种在洞府四周，也可作点缀之用。"郑良笑了笑，很大方地说道。

王宝乐立刻道谢，看着眼前俊朗的郑良，他觉得对方很对自己的脾气，于是从怀里拿出四块九成纯度的灵石递了过去。

郑良一看，顿时更为喜悦，小心地一一接过后，向王宝乐抱拳一拜。

"多谢宝乐师弟！"

郑良的神情很真诚，一方面他的确急需九成纯度的灵石，另一方面他也很想与王宝乐结交。王宝乐的大方，让他心生好感，于是他起身从怀里取出两个丹瓶，放在了王宝乐面前。

"宝乐师弟，这里一共有五粒晶忆丹，可惜为兄只有这么多了，不过你放心，回头我就安排下去，帮你多收购一些。"

按照二人之前在传音戒里的约定，一块灵石换一粒丹药，此刻王宝乐看对方多出了两粒丹药，知晓这是投桃报李，于是笑着道谢，将丹药收起，与郑良继续谈笑着。

双方虽是首次见面，但彼此心情愉悦，竟渐渐有了相见恨晚之意。郑良听到王宝乐说对炼丹很好奇，索性笑着邀请道："宝乐师弟若不急着回去，我带你参观一下我们丹道系的炼丹房如何？我丹道系的炼丹房极大，可同时容纳数千人炼丹，里面很热闹，平日里外人是进不去的。"

王宝乐的确对炼丹很好奇，闻言欣然同意。在郑良的引领下，王宝乐来到了丹道系著名的炼丹房。此地在丹道峰内部，庞大无比，一进去，王宝乐就感受到一股热浪扑面而来，一眼就看到正前方有一处巨大的空间。

这空间内的丹炉有数千之多，大量的丹道系学子正在丹炉旁炼制丹药，四周还有一间间密室，里面也有药香传出。

这一幕很壮观，王宝乐目光扫过，深感震撼。

"怎么样？和你们法兵系的灵炉洞还是有些区别的吧？"郑良哈哈一笑，带着王宝乐走了进去。众人看到郑良，都立刻恭敬地拜见。

"我原本以为炼丹与炼器差不多，可现在看来，两者还是有很大区别的。"王宝乐由衷地赞叹。法兵系的灵炉洞，他没去过，只听说过，那里原则上只对将灵坯学掌握到一定程度的老生开放，学子们可以在里面初步熟悉如何融入锻材，制作不入品的简易法器。

王宝乐赞叹着，忽然目光一顿，只见人群中一个女孩正一边擦着汗，一边雀跃地掀起面前的丹炉盖，发出惊喜的呼喊声。

王宝乐眼睛一亮，抬手喊了一句："周小雅！"

周小雅正开心地望着丹炉内自己炼制出的丹药，并小心地将丹药取出来。听到有人喊自己，她好奇地抬头四下看去，很快就看到了正在向自己挥手的王宝乐，立刻惊喜万分。

"宝乐哥哥！"周小雅眼睛很亮，她本就心情好，看到王宝乐后更为愉悦，赶紧快跑几步到了王宝乐身前。

"周小雅？宝乐师弟，我还记得你当初刚来道院时，曾在灵网上表白……"郑良的目光在周小雅身上一扫，揶揄地看向王宝乐，同时在心底记住了周小雅这个名字，准备吩咐下去让人照顾其一二。

被人提起往事，王宝乐脸皮厚，只是哈哈一笑，可周小雅脸皮薄，脸立刻就红了起来。她有些羞涩地低下头，忽然想起了什么，又赶紧抬头，伸出手，高兴地开口说道："宝乐哥哥，我现在已经能炼制出丹药了，你快看，这是我刚刚炼制出的彩虹丹，好不好看？"

周小雅很兴奋，想把自己的快乐与王宝乐分享。她的掌心中，那粒彩虹丹与她一样美丽无比。

"我觉得，小雅妹妹你的手更好看。"王宝乐眨了眨眼，笑道。

周小雅的脸立刻又红了，白了王宝乐一眼。

"对了，杜敏呢？"看到周小雅，王宝乐想到了杜敏，不由得四下看去，可这里人太多，他一时也找不到杜敏的身影。

"杜敏姐姐啊，她不在这里。她可厉害了，被我们丹道系的系主收为弟子，正跟着系主学习炼丹呢。"周小雅一脸羡慕，同时也很得意，似乎杜敏越优秀，她就越为其高兴。

"这么厉害？"王宝乐一愣。

"宝乐师弟也认识杜敏？"一旁的郑良听到杜敏的名字，惊讶了一下。

察觉到王宝乐看向自己，他解释起来："杜敏修为不俗，炼丹的资质更是惊人，被我们系主收为弟子，虽不是学首，但身份与地位也不一般。"

王宝乐摸了摸鼻子，颇有种还没等自己在对方面前炫耀一下学首身份，就立刻受到打击的感觉，不过想到杜敏从小到大的表现，王宝乐也释然了。

"那可是学霸，从小到大，她都是学霸！"王宝乐心底酸酸的同时，觉得自己也要更努力才是，不然又被杜敏超过，那就丢人了。

王宝乐与周小雅又闲聊了一番，周小雅虽有些不舍，但她的另一炉丹药还没有炼成，只能告别王宝乐，回去继续炼制丹药。

王宝乐又看了一会儿，也提出告辞。郑良送别，与王宝乐一起走到了丹道峰的山门处。

送王宝乐到此地后，郑良看了看王宝乐，忽然低声说道："宝乐师弟，为兄与你一见如故，有些话不得不提醒你一下，你们法兵系的水很深啊……"

王宝乐神色一动，认真听了起来。郑良看到王宝乐的神情，继续低声说道："你们法兵系之前的三大学首与其他系的学首不一样，他们之间很团结，且与副掌院走得极近，也就造成了你们法兵系的系主在院纪这部分权力中被架空。而你们法兵系三大学首抱团的关键人物，就是那灵坏学首林天浩。此人背景极深，可惜我也查不到他真正的身份。"

郑良将自己知道的告知王宝乐后，拍了拍他的肩膀，告诉他会有人将他之前买的丹药给他送去法兵系，而后告辞离去。

看着郑良走远，王宝乐眨了眨眼。他听出了郑良的好意，想了想，将此事记在心底。

"不就是有背景吗？他是学首，我也是学首，我怕什么啊！卓一凡不也有背景吗，我还不是一样该打就打！"

王宝乐这么一想，立刻轻松了不少。他哼着小曲背着手，回到了法兵峰。一到洞府，他就看到拎着包的柳道斌恭敬地站在那里，似乎已等待多时。看到王宝乐后，柳道斌深吸一口气，整理了一下衣衫，快走几步，向王宝乐抱拳一拜。

"属下拜见学首！"

"道斌来了啊！等了很久吧？怎么不和我说一声？"王宝乐微微一笑。

他觉得柳道斌自从当了督察后，就仿佛开了窍换了个人一般，不但做事特别有规矩，为人处世也让人觉得很舒服。

"没事，属下也是刚到。"柳道斌笑着说道。在王宝乐的邀请下，他进入了洞府。

进入洞府后，柳道斌手脚麻利地打扫洞府，将很多空的冰灵水瓶子与零食袋整理到一旁，随后很熟练地取出灵茶，为王宝乐沏好茶并端了上来。

王宝乐端起茶杯喝了一口茶后，忍不住开口问道："道斌，你家里是做什么的？"

"那个……我爹是咱们老家凤凰城的副城主。不敢瞒学首，这段时间我经常向我爹请教如何做事。"柳道斌有些不好意思地说道。

"副城主？"王宝乐眼睛睁大，心头产生奇妙之感。要知道来道院前，凤凰城的副城主在王宝乐眼中绝对是大人物，可如今大人物的孩子竟听命于自己。

"喀，道斌啊，我们快放假了，说起来我也是第一次离家这么久，还挺想凤凰城的。"王宝乐干咳一声，心底莫名舒爽，放下了茶杯。

第36章

及时雨柳道斌

"咱们凤凰城虽小，但也是风水宝地，有不少特产呢。以前不认识学首，这次放假回去，学首一定要给属下一个表现的机会。"柳道斌赶紧开口。实际上他原本没有想要走仕途，可被王宝乐改变了在道院的轨迹后，他发现做督察似乎更适合自己。

他如今也意识到，自己从小到大从父亲那里学到的、看到的，在成为督察后，陆续派上了用场。

王宝乐听到柳道斌的话，心里很满意，他微微一笑，又问了院纪部的一些事情后，再次端起了茶杯。

柳道斌注意到王宝乐拿起茶杯，愣了一下，想起父亲平日接见下属时的举动，立刻明白王宝乐这是与自己客套完了，等待自己说明来意。于是他从包里拿出了一些礼物放在一旁，其中有灵石，有丹药，也有非法器的匕首。

"学首，属下成为督察后，有不少学子来送礼。属下惶恐，不知该不该收，收的话有些忐忑，可不收的话又怕凉了他们的心。"柳道斌苦笑，看向王宝乐，话语很坦诚。

王宝乐眼中闪过一丝惊讶，他最近也听院纪部的人密报，说柳道斌收礼，不过他只是记在心里，没有去问。此刻他看了看那些物品，心底对柳道斌的态度很满意，也有些赞赏。

"也不是什么贵重的物品，学子的心也不能冷了，你收下吧，记得回礼就行。"王宝乐脸上露出笑容，将端起的茶杯又放了下来。

柳道斌始终观察着王宝乐的表情，注意到王宝乐此刻的笑容比之前多了些热情后，顿时松了口气，知道自己这一步走对了。他抱拳谢过，将拿出来的物品收走，留下两粒丹药，笑着开口："学首您这里什么都不缺，属下也是借花献佛，算是属下的心意。当初梦境考核中，学首的救命之恩，属下不敢忘记。"

柳道斌说着，再次抱拳，提到了梦境考核。毕竟从根本上讲，那次考核拉近了他与王宝乐之间的关系。

"咦？"王宝乐眼睛一亮，觉得柳道斌似乎比之前更会说话了，而自己也能从柳道斌身上学到新的东西。他听出了柳道斌说这话的用意，于是笑意更浓，抬手指了指柳道斌。

"你啊，不用试探了，收着吧。"

柳道斌脸上露出尴尬之意。王宝乐又问了问柳道斌的学业，勉励了他几句后，再次端起茶杯喝了一口茶。

这一次是送客的意思了，王宝乐觉得柳道斌应该能明白自己的想法。

直至柳道斌离去，王宝乐才站了起来，在洞府内走了几圈。

很快三天过去，柳道斌再次到来时，带来了十多瓶丹药。

这些丹药竟都是辅助记忆的，虽说效果不及郑良送的丹药，但可谓急王宝乐所急，忧王宝乐所忧，看得王宝乐不由得感慨，这柳道斌的的确确是及时雨。

王宝乐琢磨着不能让这样的人冷了心，要给予其一些奖励才是。于是他想了想，在柳道斌临走时忽然开口："道斌，孙启方的那个案子，你去调查一下吧。"

关于孙启方案子的卷宗，王宝乐接手院纪部时翻阅过，知道很多外人不知晓的事情，包括此人从小到大详细的档案与背景。此人家里开了个炼器坊，家境殷实，他本是法兵系的学子，却违反了道院的规定，从法兵系的藏灵阁内偷走了一张秘方，这秘方上记录的是一个灵坯的制作方法。

他偷走这秘方后，原本打算将其交给自己的家族。

要知道整个联邦中，大部分炼器配方都是掌握在四大道院手中的，缥缈道院的法兵一脉，更是其中的佼佼者，收藏的秘方极多，且有严格的保密条款，没到一定级别的学子很难接触到，就算接触到了，也不得外传。

孙启方虽用一些手段拿走了秘方，但根本来不及带走，就被灵石学首阁的督察发现了。如今孙启方被关押在灵石学堂院纪部，等候王宝乐发落。

因为孙启方偷走的秘方不是特别重要，所以这事可大可小。

王宝乐当日看到卷宗后，立刻察觉到这里面存在一些猫腻，不过他的心思不在这上面，所以没去理会，打算让人查清后秉公处理。

如今看柳道斌如此识趣，王宝乐这才将案子交给他去处理。在院纪部，处理这种案件本身就是权力的象征。

"调查孙启方的时候，你要注意一下分寸。"王宝乐看了柳道斌一眼，说完端起茶杯。这一次，他没有立刻放下茶杯。

柳道斌正在思索该如何处理王宝乐提起的孙启方事件，看到王宝乐拿着茶杯，立刻懂了这是送客之意，于是告辞离去。

王宝乐看了看那些丹瓶，将里面的丹药一一拿了出来，仔细观察，确定没有问题后，美滋滋地吞下丹药。

他带着美好的心情，继续背回纹。

而走出王宝乐洞府的柳道斌在回学舍的路上，快速联系了他的父亲。在父亲的提醒下，柳道斌眼睛一亮。

"原来重点是学首说的最后一句话里的'分寸'二字！"

第37章

联邦构架

数日后，王宝乐已经记住了七八万道回纹，之所以这么快，归功于那些晶忆丹以及柳道斌送来的辅助记忆的丹药。

只是这些丹药虽然效果不错，但数量还是不够，这让王宝乐很郁闷。他虽身为学首，也有灵石，但这类丹药本就不多，回纹学堂的学子需求量又大，所以很难买到。

即便王宝乐动用了学首的权力，购买速度也还是无法跟上消耗的速度。况且，王宝乐明白这不是长久之计。据《养气诀》里的介绍，丹药之法只在初期有效，很快就会产生耐药性，终究还是要依靠自身的努力才行，除非能弄到效果更好的丹药。

效果更好的丹药虽终有极限，但也能辅助记住十多万道回纹。为此王宝乐联系了谢海洋。这种高品质的丹药，谢海洋想要得到也需要时间，不过他告诉王宝乐，缥缈城有个地下黑市，在那里或许能买到王宝乐需要的丹药。

谢海洋也告诉了王宝乐去地下黑市的方法，最后他提醒王宝乐，去黑市买东西，灵石虽然是硬通货，但若碰上无价的宝贝，往往还是以物易物。

同时谢海洋提醒王宝乐一定要隐藏身份，毕竟那里龙蛇混杂，稍有不慎，怕是会有麻烦事上身。

就在王宝乐苦恼地死记硬背时，柳道斌再次到来。

一见面，柳道斌就上前一拜，恭敬地开口："学首，孙启方的案子查清楚了，这里面的确问题不小。"

"什么问题？"王宝乐放下手中的纹典，按了按发胀的额头，正要去拿瓶冰灵水，却见柳道斌率先抬手，从包里取出一瓶冰灵水放在了自己手中。

"这个孙启方也挺可怜的，因这次盗窃未遂，被姜林借机敲诈勒索。那姜林竟想要孙家一半家产，若不满足他的要求，他就要将孙启方送往道院的法庭内审。如今孙家听闻学首您整肃风纪，硬着头皮找到了我，问此事能不能从轻处理。学首，您看……"柳道斌低声说道。

王宝乐心中了然，这件事他之前就有大概的推断，如今经柳道斌查实确认，他就有了决断。孙启方的确做错了，可姜林也着实过分。王宝乐沉吟半晌，对柳道斌说道："这件事孙启方的确错，可也不至于如此严惩，给个处分，留院观察使其改过即可。"

"学首公正严明，属下佩服！"柳道斌抱拳，赞叹道。

王宝乐拿起冰灵水，慢慢地喝着。

见王宝乐心情不错，柳道斌上前几步，在王宝乐耳边低声道："他们家为了表示感谢，愿意捐一斤九成纯度的玄铁银沙给咱们院纪部。"

"玄铁银沙？"王宝乐眨了眨眼。他知道玄铁银沙，这是一种锻材，炼制高品质法器时经常能用到。他又看了看柳道斌，这案件他有自己的判断，知道柳道斌就算倾向孙家，也不敢颠倒事实。

王宝乐端着冰灵水，琢磨了一会儿后，淡淡地说道："道斌啊，你知道我这辈子最后悔的一件事是什么吗？就是成为学首！我多想自己不是学首，这样，我就不会遇到那么多烦恼，就有大量的时间去学习。罢了罢了，院纪部的事情，你自己看着办吧，不过切不可胡来，一切都要秉公处理。"

王宝乐的目光在柳道斌身上一扫。

柳道斌赶紧称是，表露忠心的同时，也表示谨记王宝乐的教导。

王宝乐笑了笑，又与柳道斌聊了几句后，打了个哈欠。柳道斌立刻明白他的意思，恭敬地退下。

等柳道斌走了，王宝乐坐在那里，将手中的冰灵水一口口喝完，脑子里仍在琢磨着孙启方的事情。虽说事情处理完了，但通过这件事，王宝乐真切地意识到，四大道院在联邦的地位的确非常高。一个学首拿捏着一个学子，竟然令一个家族进退维谷，虽说孙家不是什么大家族，但这足以证明道院在联邦地位极高。

这一点王宝乐以前多少听说了一些，他明白四大道院看似分散，实际上是一个类似联盟的整体，一荣俱荣，一损俱损。无论是前任总统还是现任总统，都出自四大道院，整个联邦政府大半职位，都是由从四大道院毕业的学子担任的。

不过联邦对此也有制衡方式，那就是十七议员会。

由十七位主城城主组成的十七议员会，可以决定联邦的主要政策，更能限制联邦总统的权力。当然，这与十七议员会中强者的数量及修为有极大的关系。

而四大道院和十七议员会看似制衡，实际上又因诸侯国般的四大势力的日渐强大，不得不紧密地团结在一起。

这四大势力，是在当年星空古剑到来时获得了不少碎片，形成了独特的体系，从而独立出来的。

王宝乐也曾关注过相关新闻，知道这四大势力分别是三月集团、星河落日宗、羽化先天宗以及五世天族。

这四大势力表面上听从联邦政府的指挥，认可自身是联邦的一部分的说法，实际上高度自治，割据称雄。

这四大势力虽任何一方都无法与联邦主体抗衡，但联手之下，也足以让联邦忌惮。

如今王宝乐身为学首，对联邦的权力制衡算是有了更深的认识。他再三思索，确定自己的处理没有问题，无愧于心，这才心满意足地拍着肚子，拿起纹典，继续背回纹。

一转眼三天过去了，柳道斌再次到来时，带来了玄铁银沙。这玄铁银沙一粒粒璀璨夺目，又无比坚硬。王宝乐虽然从未见过玄铁银沙，但只看一眼，就能感受到此物不俗。

"学首，这是孙家为了感谢院纪部秉公办案而送来的玄铁银沙，还请学首处理。"

王宝乐看了看玄铁银沙，又看了看柳道斌，眼神带着深意。这眼神让柳道斌有些紧张，额头渐渐冒汗。好半晌，王宝乐才淡淡地开口说道："下不为例！"

听到王宝乐的这句话，柳道斌赶紧称是。他的后背已经湿了，王宝乐刚才的眼神给了他极大的压力，他明白王宝乐对自己与孙家之间的猫腻很清楚，不过他也的确将案子查得清清楚楚，没有偏袒孙启方。

此刻柳道斌心中渐渐明白了王宝乐的原则，知道了王宝乐的原则与自己父亲判断的不一样，这件事一开始自己就误会了，王宝乐所说的注意分寸，实际上是让自己在调查时要有准则，而不是索要物品。

想到这里，柳道斌深吸一口气，看向王宝乐时心中有了更多的敬意，知道了自己以后该如何做事。

这些玄铁银沙，王宝乐分出一部分给了柳道斌，让他送给院纪部众人。

送走了柳道斌后，王宝乐没去多看玄铁银沙，他知道这种炼器的材料对如今的自己来说，没什么实际的用处。

"我现在最需要的是高品质的辅助记忆的丹药。"王宝乐想了想，决定将这些玄铁银沙拿去地下黑市，换更好的丹药回来。

为了避免不必要的麻烦，去黑市需要隐藏身份，这种常识王宝乐还是知道的。他乔装打扮一番，离开了道院。

路上他低头看了看自己的身材，挠了挠头。

"还是不行，我这身材很容易被人认出来……"苦恼中，王宝乐一咬牙，索性在一家铺子里买了一件紧身衣。可是穿上后，他看着自己那身肉被紧紧绷在衣服里，觉得作用不是特别大。

"唉，我该减肥了……"王宝乐有些苦恼，他觉得自己可以说是减肥界的狠人了，但就是瘦不下来。

"不行，从明天开始，我要继续减肥！"王宝乐目光坚定，又买了七八件紧身衣，将它们全部穿在身上，最后又套上一件宽大的衣袍。

如此一来，从体形上看，就算是熟悉的人，也很难一眼认出他来。

只是衣服实在太紧，王宝乐觉得呼吸都有些困难，但为了不暴露身份，他还是忍了下来。他又找了张面具戴上，整个人彻底大变样，才向地下黑市赶去。

"从明天开始，我不吃饭了，减肥！"路上，王宝乐身体僵直，生怕自己一不小心，把紧身衣撑开，于是他再次下定决心减肥。只是这决心刚起，他就路过了一家零食店，脚步不由得停顿了一下。

"这个……"王宝乐舔了舔嘴唇，望着店铺外竖立的广告牌上画着的新款零食的海报，心里挣扎了一下。

"既然打算明天开始减肥，那么今天我多吃点也没事。"想到这里，王宝乐赶紧进去买了好几包零食。他一边吃一边走，把零食全部吃完后，心满意足的他已经到了地下黑市。

用玄铁银沙换丹药的过程很顺利，很快，王宝乐就换到了品质足够高的丹药。他离开黑市，走在热闹的缥缈城街道上，正想找个地方把身上的紧身衣脱下，忽然，他所在的街头传来惊呼声。

"快躲开！"

"天啊，这是怎么开的飞艇！"

"掉下来了！"

惊呼声从街道上路人的口中传出，天空中，刺耳的呼啸声扩散开来。王宝乐一愣，而后立刻看去，只见天空中，一艘冒着烟的飞艇好像失控了，直向此地坠落而来。

这飞艇速度太快，四周众人都惊慌地快速散开，可还是有一些人闪躲不及。人群中，一个背着书包的七八岁小女孩此刻似乎被吓到了，还没等她发出哭泣声，那飞艇就轰的一声直接坠落下来。

飞艇没有砸中小女孩，可也刮碰了一下她的身体，她顿时飞了出去，等到落在地上时，已经奄奄一息。

这一幕，让人看着心颤，四周众人纷纷怒喝起来。王宝乐赶来后看到这一切，脸色一变，尤其是看清从飞艇内走出的几个人后，顿时生出怒意。

第38章

道歉

　　这飞艇坠落下来，砸毁了不少建筑，地面也被砸出了一个深坑，可飞艇表面没有多少破损。此刻舱门被打开，从里面走出了四个年轻人。

　　这四个青年穿着缥缈道院的道袍，从衣着上的标识看，正是法兵系的学子！

　　他们一出现，四周众人就纷纷倒吸一口气，不再怒喝，而是低声议论。毕竟缥缈道院是联邦四大道院之一，又与缥缈城接壤，里面的学子毕业后，大都在联邦各个部门任职，这样一个道院，底蕴之深难以想象。

　　若事情与自身相关也就罢了，如今这件事情与自身没太大关联，众人不愿在口头上得罪缥缈道院的人，而且这四个青年一看就很有背景。

　　这四个从飞艇上走下来的青年完全无视四周围观的众人，甚至还在谈笑，好似没事人一样。

　　那被撞飞的小女孩他们也看到了，可他们没在意，其中一个青年拿出传音戒，随意地交代了一句："出了点事，你们来处理一下。"

　　说完，他望着身边的同学，叹了口气："黄京啊，你怎么开的飞艇？这可是韩陆的毕业作品。韩陆，这事你看怎么办？"

　　"张岚，还不是因为你推了我一下？韩陆，这事不好意思啊……"那叫作黄京的青年苦笑着，耸了耸肩膀。

而他们二人看着的叫作韩陆的青年，此刻脸色阴沉，快走几步到了飞艇前，端详了一番，之后转头嫌弃地看了远处奄奄一息的小女孩一眼。

"没什么大事，就是沾上了点血，擦擦就好了。"

他们对四周众人视若无睹、对小女孩完全漠视的态度，立刻让众人更加愤怒，但看了看他们身上缥缈道院的道袍，众人终究只能忍住。

这一切都被王宝乐看在眼里，他眼中的怒意更浓。从姜林的事他就知道道院并非净土，但他万万没想到，身为缥缈道院的学子，那四个青年竟如此漠视生命，更仗着道院学子的身份，不把普通人放在眼里。这一幕，让王宝乐的眼中多了些寒光。

他正要迈步走出，可他身边一个好心的围观者拉了他一把，低声说道："别过去，他们是缥缈道院的人啊，一旦毕业，每一个都是精英，而且看他们有恃无恐的样子，分明家族也有实力，咱们惹不起啊。"

王宝乐脸色阴沉，轻轻挣脱那个围观者的手，依旧向前走去。他并不是走向那四个缥缈道院的学子，而是来到小女孩面前。看着身体还在微微抽动的奄奄一息的孩子，王宝乐心疼地按着她的身体，将灵力送入她体内，轻柔地开口道："小妹妹，不要怕，不会有事的。"

说着，王宝乐从包里取出一些他当日在丹道系买的丹药，给小女孩喂了下去。

"大哥哥，我好痛……我害怕……我要妈妈……"小女孩之前被吓到了，此刻看到王宝乐，听到他柔和的声音，立刻就哭了起来。她声音微弱，似乎支撑不了太久。

"小妹妹，不要怕，不会有事的。"王宝乐摸了摸小女孩的头，加大了灵力的涌入，为小女孩疗伤的同时，将更多的丹药放入她的口中。

虽然小女孩伤势重，但丹道系炼制的疗伤丹对普通人效果极佳，很快小女孩的伤势就慢慢好转，在王宝乐的灵力的滋养下，她渐渐睡了过去。

那四个从飞艇上下来的青年看到这一幕，都笑了笑，似乎觉得这件事已经解决了，于是彼此谈笑着，竟转身要走，方才传音喊人的张岚更是拿出传音戒，告诉对面不用来人了。

这无视一切，甚至连一句道歉都没有的行为，让四周的围观者心头暗怒，一个个虽不敢大声呵斥，但目光中还是透着怒意。

这一幕，同样将王宝乐心里的怒火彻底点燃了。他将小女孩抱到围观人群附近并轻轻放下后，转身冷眼看向那四个缥缈道院的学子，声音低沉地开口说道："站住！缥缈道院什么时候出了你们这些丧尽天良的人渣！"

王宝乐声音冰冷，毫不客气地说出了四周围观者不敢说的话。

这话语一出，那四个准备离去的学子全部停下脚步，回头冷冷地看向王宝乐。那个传音给家族的青年张岚显然脾气很暴躁，此刻直接向王宝乐走来。

"你谁啊？找死！敢骂我？我是缥缈道院法兵……"张岚语气不善，大喝着靠近王宝乐，正要用力去推。

可他的话还没说完，王宝乐右手瞬间抬起，直接抓住他的手指，脸上带着怒意，毫不留情地狠狠一掰，又抬起脚对着他的膝盖踹去。

一声凄厉的惨叫骤然从张岚口中传出，剧痛之下，他身体踉跄，后退了十多步，而后倒在了地上。

这一幕，立刻让四周众人心神震动。

"天啊，他竟对缥缈道院的学子出手……"

"这戴面具的摊上大事了啊！"

"现在见义勇为太少见了，这人也太傻了吧……"

众人都倒吸了口气。

另外三个缥缈道院的学子脸色大变，立刻取出武器，运转修为。

"你是谁？"

"好大的胆子，我们可是缥缈道院之人！"

"我们是法兵系学子，你敢行凶，今天必定让你后悔！"

这三人又惊又怒，大喝起来。

王宝乐冷笑，别人怕缥缈道院的学子，他可不怕！

他正要接着出手，就在这时，不远处的人群外传来呼喝声。人群分开，从外面冲来了十多个劲装大汉，在这些大汉的前方，还有一个老者，这老者一身补脉修为，眼中带着光芒。

老者正要开口，可一眼看到此刻在地上哀嚎的张岚，顿时脸色一变。

"少主！"老者疾呼，快走几步上前扶住张岚。他身后的那些大汉也都神色变化，看向王宝乐眼神不善，飞快地将王宝乐包围起来。

他们接到"不用来人"的传音时，已经快到这里了，于是没有回去，继续赶了过来。此刻老者看到自家少主的手指紫黑，顿时大怒，抬起头，面带杀气，向王宝乐喝道："你好大的胆子，光天化日之下，竟敢于闹市行凶！"

"还愣着干什么？给我打死他……痛死我了！"被王宝乐掰了手指的张岚痛得额头上都是汗水，面部扭曲，向身边的随从咆哮着。

那些大汉闻言，一个个凶神恶煞般，直奔王宝乐扑去。

此刻，另外三个缥缈道院的学子都松了口气。方才王宝乐出手，让他们也心惊。眼下看到同学的家人来了，他们看向王宝乐，纷纷冷笑。

王宝乐心头的怒意不减。无论是在道院，还是在自由搏击俱乐部，除了与俱乐部的大小姐那一战外，其他时候他出手都有分寸，并未用全力。可如今在那些大汉冲来的瞬间，王宝乐眼中寒光闪动，猛地向前一步走出。

他直接一拳轰在了一个大汉的身上，这大汉顿时被轰飞了。

王宝乐没有停顿，右脚抬起一扫，砰砰声中，又有两个大汉被踢飞，落地后昏迷过去。

其他大汉纷纷靠近，可王宝乐的速度太快，转身间，他抓住一人的手腕，干脆利落地一掰后，又抬起右脚狠狠踢向另一人。

随着王宝乐向前走去，那十多个大汉没有一个能坚持超过一息，在四周众人惊骇的目光中全部倒下，惨叫声不断传出。

正在这时，那补脉层次的老者眼中寒光一闪，趁着王宝乐转身的工夫，速度飞快，直接冲了过去。老者右手抬起时，竟有虎啸声从他口中发出。在这老者的身边，似乎出现了一只凶残的黑虎。

就在这老者冲来的瞬间，王宝乐侧身，体内噬种爆发，一股惊人的吸力立刻扩散开来，牵扯四周的空间，好似形成了一个旋涡。那老者脸色一变，身体不受控制地改变了方向。而这时，王宝乐已然转身，右手抬起一把抓住了老者的手腕。

在老者的惨叫声中，王宝乐一脚踢出。轰的一声，老者被踢飞，倒地抽搐。

这一幕，让四周众人呼吸一滞，更加惊骇。王宝乐出手极快，又很干脆，让他们大受震撼。

那三个学子也都睁大了眼睛，至于张岚，此刻面色苍白，眼中流露出惊恐，正要爬着后退，可王宝乐一步就到了他近前，一脚踩在他的手指上。

在张岚惨叫时，王宝乐淡淡地开口："道歉！"

第39章

资格

这两个字从王宝乐口中说出，似乎化作了一股力量，四周众人无不全身血液流动加快，眼中露出强烈的光芒。

他们明白，王宝乐这是要为小女孩讨一个公道，要一个道歉！

这种事，他们没有能力做到，此刻看到有人在做，一个个顿时心中振奋，热血沸腾，全部看向被踩着手指的青年。

"住手！不管你是谁，你已经惹了大麻烦！"

"为这么点小事，你竟行凶？"

不远处那三个缥缈道院的学子此刻也很惊慌，一个个色厉内荏，向王宝乐低吼。

而被王宝乐踩着手指的张岚狠狠地咬着牙，强忍着剧痛，死死地盯着王宝乐。

"欺负我们，你很得意吗？你现在是得意，你很强嘛，你也就仗着比我们多修炼了几年而已，可我们的未来是不同的，几年后若再遇到，你在我们面前什么都不是！你这种人我见多了，莫非你还敢杀我们不成？这里是缥缈城，我们是缥缈道院的，你等着被通缉吧！"张岚眼神无比怨毒，恨恨地开口说道。

"我们几个，就算有什么不对的地方，也是缥缈道院来问责，你一个不相干的人，有什么资格命令我？"说到这里，张岚眼中的怨毒更加强烈，还带着轻蔑。

"我没有资格吗？"王宝乐看着神情轻蔑的张岚，又看了看不远处那三个虽害怕，但骨子里也轻蔑自己的学子，"那么，缥缈道院法兵系灵石学首够不够资格?！"

王宝乐说着，摘下面具，身体猛地一撑，咔咔声中，他衣袍内的紧身衣全部裂开，再次显露出那圆圆的身躯。

"你……"

"学首！"

"不可能！"

在王宝乐摘下面具的刹那，那三个法兵系的学子都尖叫起来，眼中带着惊骇与难以置信，面色苍白至极，好似失去了一切力量，踉跄着后退，直至摔倒。

而张岚整个身体颤抖起来，不断地吸气，瞳孔放大，脑海里掀起了滔天大浪，失声惊呼起来："王宝乐！"

他们的神色不断变化，心中的震撼与惊恐强烈到了无法形容的程度。身为缥缈道院学子的他们不怕其他人，就算是缥缈城的官员他们也不在乎，但王宝乐不一样啊，他是法兵系灵石学首，手中掌握着能决定他们命运的权力。

而他们偏偏一头撞在了王宝乐手中，想到自己方才对王宝乐的恶言恶语，以及法兵系内有关王宝乐的传闻，他们一个个身体颤抖，只觉得眼前发黑。

那些仆从也都惊骇万分，连那被踢的老者挣扎着苏醒过来，看到这一幕后，也倒吸一口气，生不出半点报仇的想法，甚至担心自家少主遭到王宝乐的报复——毕竟自家少主是缥缈道院的学子。

"那是学首啊……"

四周的围观者也大为震撼，一个个目瞪口呆。这逆转实在太大，超出了他们的想象。

"现在，我有没有资格让你们道歉？"王宝乐依旧踩着张岚的手指，平静地开口道。

不等张岚说话，其他三个缥缈道院的学子就身体哆嗦着，赶紧爬起，快速到了小女孩身边，飞快地道歉。

"小妹妹，对不起，我们刚才不是故意的……"

"小妹妹，请你原谅我们……"

这三个学子紧张得要命，声音都有些颤抖，心中后悔不已。他们心里很清楚被王宝乐抓住的后果，此刻哭丧着脸，都很心焦。

至于被王宝乐踩着手指的张岚，在惊恐中仿佛忘记了疼痛，赶紧道歉。在王宝乐摘下面具后，张岚的嚣张气焰全部消失了。

为了弥补自己的过错，他甚至对身边的大汉大吼，让他们立刻给小女孩找最好的医院、最好的医生，并联系小女孩的家人，给予其巨额赔偿。

那些大汉也都敬畏地看了看王宝乐，征得王宝乐的同意后，这才跑过去将小女孩小心翼翼地抱起来，飞快地送去医院。

后面的事情，王宝乐相信对方不会做什么小动作，要知道，这四人的前程与命运都在他一念之间。

"你们四个是让我拖回院纪部，还是乖乖跟我走？自己选择。"王宝乐冷哼一声，背着手向道院走去。

四人相互看了看，都看出了彼此的恐惧与苦涩，只能硬着头皮爬起来，灰头土脸地跟在王宝乐身后，连飞艇都顾不上了。

他们一路胆战心惊，随着王宝乐回到了法兵峰。在灵石学堂院纪部中，他们不敢反抗，被抓捕并关押起来。

这件事，王宝乐打算从严处理，毕竟这是他身为灵石学首，亲自处理的第一个案件。

无论是柳道斌还是其他督察，打探到事情的始末后都明白，王宝乐这是动了大怒，要将此案办成铁案。

此案有那么多证人，一般来说，只需要在院纪部走个流程，就会被移交给道院的内审法庭处理。

而王宝乐直接给出了自己倾向的处理结果：开除学籍！

这种学首亲眼所见，证据充足，且极为恶劣的事件，就算副掌院想要压下也很难。所以，王宝乐倾向的处理结果，就是最后的结果。

很快，此事就在法兵系传开，学子们听闻此事后无不心惊，很多学子纷纷痛骂起来。他们骂的自然不是王宝乐，而是那四个败坏法兵系名声的败类。

在灵网上，此事也飞速传开，引来大量的叫好声。毕竟，道院学子如那四人这么嚣张的还是不多，面对这种天怒人怨的事情，学子们自然有自己的判断。

与此同时，王宝乐的名气也随着这件事再次传开，不少人听说了此事后，对王宝乐好感大增。

尤其是丹道系的那些女生，听说王宝乐是用她们的丹药救的人，一个个向王宝乐传音询问具体情况。

而那四个学子的家人收到消息后，十分焦急，想尽办法托人来找王宝乐，请他高抬贵手。对此，王宝乐直接无视了。

无奈之下，那四个学子的家人又找到了柳道斌等督察，可这些人都明白王宝乐的态度，岂敢为那四人说好话，纷纷严词拒绝。

最后，那四个学子的家人找到了回纹学首曹坤。

当天夜里，灵坯学首阁内，灵坯学首林天浩品着灵茗，拿着一卷古籍，而他身边站着回纹学首曹坤。

曹坤此刻正低声说话："林兄，其他人倒也罢了，可张岚……此人的家族愿意拿出一件五品灵宝！"

听闻"灵宝"二字，林天浩微微抬头，露出思索之色。要知道，一品、二品被称为法器，三品后则是灵宝，如到七品则是法兵。

到了灵宝的级别，其价值就极大了，更不用说五品灵宝，哪怕是林天浩也动了心。于是林天浩取出传音戒，向副掌院询问了一番。放下传音戒后，他微微一笑。

"道院针对学首制度的大动作，以法兵系为试点，数天后就要开始！王宝乐也折腾了一段时间，接下来，他也该歇歇了。"林天浩说着，端起灵茗，发现里面的水空了一些，一旁的曹坤立刻斟满。

"到时候，顺便把张岚那几人放了就是。"林天浩笑了笑，看向灵石学堂的方向，眼中带着不屑。

曹坤闻言，顿时振奋。

第40章

学首制度变革

三天很快过去。

这三天里，王宝乐沉浸在回纹的背诵之中，他用玄铁银沙从黑市换来的丹药，成了他记住回纹的主要助力。

在大量高品质丹药的辅助下，王宝乐终于记住了十五万道回纹。

可他整个人也背得要抓狂了。

头昏脑涨之下，王宝乐取出零食刚要吃，可看着零食袋，发现上面似乎布满了回纹。这种错觉，让王宝乐愣了一下。

"怎么回事……"王宝乐用力眨了眨有些模糊的眼睛，零食袋在他的眼中似乎恢复了正常。

愣神中，王宝乐打开零食袋，取出里面的薯片，可看了一眼后，他的眼睛猛地睁大。

"这薯片上怎么也都是回纹？莫非我有了特异功能？！"王宝乐吓了一跳。他觉得自己出了问题，不然怎么能在零食上看到回纹？

王宝乐紧张地拿起冰灵水，想要喝口水压压惊，可望着冰灵水的瓶子，他依稀间看到这瓶子上也有无数回纹在游走。

顿时，王宝乐大惊失色。他赶紧站起身，只是在起身时，天旋地转的感觉骤然而起，在他眼中，这洞府的墙壁上也有数不清的回纹。他扶着墙又到了露台上，抬眼看去，天空中、大地上、草木间，甚至空气里，也都是回纹。

王宝乐意识到，这不是因为自己有什么特异功能，而是因为自己记回纹太多，又吃了不少丹药，出现了《养气诀下篇》里提到的副作用，产生了幻觉。

"天啊，这些回纹要把我逼疯了！"

王宝乐头晕目眩，几欲抓狂。这段日子，除了几次外出，其他时间他都在背回纹，而十五万道回纹依靠丹药之力累积在脑海里，需要极大的承受能力，于是他渐渐出现了幻觉。

灵元纪以来，法兵系背回纹背疯了的学子也不是没有。

毕竟回纹需要记忆的量极其惊人，要知道哪怕是文字，常规所用的也只是几千个而已。

十五万的数量，相当于将好多种文字都背一遍了。此事放在千年前，几乎不可能做到，而灵元纪到来后，随着养气诀的普及，人们的身体与大脑都得到了蜕变，这才使得这曾经不可能的事情变成了可能。

而回纹与文字还是有区别的，那一道道回纹虽有不同之处，可若不仔细看，很难看出差别。如此一来，回纹背诵的难度无限加大，尤其是还需理解其意，每一道回纹都代表着不同的效果。所以经过这段时间的背诵，王宝乐觉得自己要疯了。

最让王宝乐郁闷的是，他知道，如他这样记住了十五万道回纹的，在法兵系不算很厉害，回纹背诵数量与他相近的虽不是一抓一大把，可十个人里差不多就有一个。

毕竟考入四大道院的学子中，学霸居多。

而且，他还没有将这些回纹的相互搭配记住，毕竟这涉及灵坯学，难度更大。

幻觉的出现，让王宝乐更加不敢继续吃丹药了，他很担心自己这么背下去会真的疯了。

一想到自己还没成为联邦总统，王宝乐就觉得自己千万不能疯。同时他脑子里忍不住想，如果自己疯了的话，一定控制不住体重，到那个时候，怕是很快就会与胖祖先们"团聚"。

想到这里，他的脑海里浮现出了一幅画面，画面中，自己流着口水，傻乎乎地与一群胖祖先一起背回纹……

"不能再想了！"王宝乐一个激灵，倒吸一口气。他觉得这么下去不是办法，于是迟疑了一下后，拿起《养气诀下篇》翻了翻。

"背十万道以上，就算符合回纹学堂的基本要求。要不我先不背了，先去学灵坯学……这样相互促进，说不定效果更好。"王宝乐想到这里，立刻觉得这是一个好主意，于是赶紧去研究灵坯学。

这灵坯学说起来，就是将回纹刻画在灵石上的技巧，需要大量的尝试才会熟练，同时还需要记住海量的灵坯秘方。

灵坯秘方记录的，就是不同回纹之间的搭配法，通过这些搭配，在熟练刻画回纹后，最终就可炼制出灵坯。

这灵坯学说来简单，实际上真正去学，难度一样不小。

可对王宝乐来说，此刻只要不是背回纹，其他事情无论做什么都可以。于是在研究了一会儿灵坯学后，他拿出灵石，开始尝试刻画回纹。

就这样，时间一天天过去，王宝乐不断地尝试寻找各种办法去学习，只是效果依旧不佳。

就在他郁闷至极，恨不得将《养气诀下篇》撕掉时，缥缈道院内突然有传闻流出。

这传闻与学首有关，传得有鼻子有眼，似乎是说四大道院陆续对学首制度进行改革，因旧有规定，学首权力过于惊人，且各自为政，好似一盘散沙，不利于团结，所以此制度要被废除，由新的制度取代。

简单来说，就是在每个系建立一个学首议会，每个学首可以投一票，大家通过投票，遵循少数服从多数的原则，共同来管理本系院纪部。

四大道院之一的白鹿道院已经开始实施新的制度，其他三大道院——白鹿分院、圣川道院以及缥缈道院，如今也都要选择一个系作为试点。

一旦试点顺利，新的制度就会推广至下院所有系开始实行。

这传闻在短短的时间内传播开来，立刻引起了许多人的议论。这事看似只是对学首制度进行改革，实际上牵一发而动全身，一旦学首制度变革，必定影响到院纪部，甚至影响到所有学子。

在众人的议论声中，各个系的学首都坐不住了，纷纷利用各自的人脉去打探消息。虽然王宝乐在闭关，但柳道斌等人听说此事后，一个个紧张无比，赶紧来找王宝乐。

王宝乐听说此事后也愣了一下，他揉了揉胀痛的眉心，向郑良打探了一下消息，只是郑良虽八面玲珑，对此事也了解不多。

就在整个道院关注此事，所有系的学首都产生了不同程度的紧张情绪时，掌院通告整个道院，确定了学首制度改革之事。

"废除原有学首制度，改为学首议会投票制，此制度以法兵系作为试点，在法兵系先行展开！"

这通告一出，其他系的学首都松了口气，而法兵系的学子纷纷心神震动，明眼人都看得出，之后的法兵系怕是会风波骤起。

柳道斌等人听说此事后，非常担心。这种议会投票制，对王宝乐实在非常不利。

王宝乐也第一时间接到了通知，同时郑良打探到了一些风声，向王宝乐传音。

"宝乐师弟，你要小心一些。我听说这一次试点原本是要放在机关系的，可因灵坯学首林天浩的申请，加上副掌院的大力支持，道院这才改变了计划，将试点放在了你们法兵系！"

郑良的话语，让王宝乐神色变化，只是此事来得突然，还没等王宝乐想到应对的办法，他的传音戒内就传来了一个陌生的声音。

"灵石学首王宝乐同学，我是灵坯学首林天浩。我奉掌院之命，通知你于明日清晨来我灵坯学首阁，参加我们法兵系的第一次学首会议。"

这是林天浩第一次与王宝乐通话，他声音平静，听不出喜怒，却有一股莫名的威压，从传音戒传到王宝乐的洞府中。

第41章

青木湖畔的惨叫

"来者不善啊！"王宝乐一瞪眼，望着传音戒。那灵坯学首从头到尾就说了这么一句话，话语里透出不容置疑的语气，让王宝乐听得很不舒服。

"不就是有个好爸爸吗，算什么啊！凭什么你让我去我就要去？"王宝乐哼了一声，脑子活络起来，琢磨着这件事要如何处理，同时不自觉地取出一包零食，正要吃，却顿了一下。

"不行，我都决定要减肥了……不过今天这事太大了，我要好好想想。算了，等解决了这件事再减肥吧。"王宝乐觉得自己现在不能分心，于是抓起零食就吃了起来。

可他想了很久，也没有想到什么好办法。这件事太突然了，而且是掌院下的改制通告，王宝乐虽是学首，但距离掌院这个级别还是差了很多。

"唉，要是我成为联邦总统，就没人敢这么对我说话了。"王宝乐感慨道，拍了拍肚子，决定明天还是去看看情况再说，实在不行，适当地妥协也不是不可以。

就这样，一夜过去，第二天清晨，王宝乐从入定中睁开眼睛，整理了一番，这才慢吞吞地向灵坯学首阁走去。

路上王宝乐遇到了不少学子，他们虽都如往常一样拜见王宝乐，但很快就交头接耳，显然是听说了今天要召开学首会议的事情。

王宝乐目光扫过这些人，心中有数，眯起眼睛，很快来到了灵坏学首阁。

他一到，站在学首阁外的学子立刻引他进入。走在灵坏学首阁内，王宝乐内心琢磨起来。

"高官自传上说过，每逢大事要静气。我要以冷静的心态去面对一切困难。"想到这里，王宝乐深吸一口气，越发平静。

就这样，在前方学子的引领下，他来到了学首室内，看到了早已经到来，此刻坐在那里的法兵系另外两大学首——回纹学首曹坤以及灵坏学首林天浩！

实际上，这是三人第一次正式见面，虽然王宝乐没见过这两人，但两人都穿着学首道袍，他自然一眼就认了出来。

在王宝乐走来的刹那，两人侧头看了过去，三人目光瞬间汇聚，曹坤面无表情，林天浩则微微一笑。

"宝乐师弟，请！"

林天浩话语一出，王宝乐立刻认出此人正是给自己传音的林天浩，而另一位的身份，他自然而然也就知晓了。

三人没有太多客套，只是简单地打了个招呼，而后就坐了下来。很快有督察送来茶水，出去时将房间的门关上了。

这一刻，法兵系众学子遥遥看向此地，缥缈道院第一次学首会议正式开始。

"既然人都到齐了，那么我们这第一次学首会议就开始吧。我觉得这一次掌院在我们法兵系试点，是对我们的信任，也是对我们的考验！"林天浩笑了笑，目光从王宝乐身上扫过，又看向曹坤，"曹坤师弟，宝乐师弟，你们把近日的案件拿出来，咱们在这里议一议吧。"

曹坤注意到林天浩的目光，咳嗽一声。

"我先来吧。既然学首制度改革，那么从此之后，院纪部虽还是三个，但所有的案件都需要投票处理，这是掌院的规定。我有两件事，天浩师兄，宝乐师弟，咱们看看如何处理。第一件事呢，是我法兵系院纪部的督察人数太多了。要知道他们都是义工，算是无偿为院纪部服务，可我们不能有私心啊，不能耽误他们的学习，应该让他们有更多的学习时间。所以，我建议，我们还是把院纪部的一些人辞退好了，毕竟这里是道院，不是联邦机构。"

曹坤说着，取出两枚玉简，递给了林天浩与王宝乐。

"这是我建议辞退的督察的名单，天浩师兄请过目。"

林天浩看后，点了点头，接着望向王宝乐。

"宝乐师弟，你觉得呢？"

王宝乐拿过玉简，只是一扫，顿时就控制不住心中的怒意。原来这名单上的所有人，赫然都是他灵石学堂的，且都是与他走得近，或者被他提拔上来的。

柳道斌也在里面。

尽管王宝乐知道这一次学首会议对自己很不利，也做好了能妥协就先妥协的打算，可没想到对方出手竟如此狠辣，这已经不是让他妥协了，这是要打他的脸。

"我不同意！"王宝乐抬头，态度坚决地说道。

"那么，我们就来投票好了。我同意曹坤的处置方法。"林天浩似乎懒得理会王宝乐，神色平静淡然，举起了手。

曹坤冷笑一声，也举起了手。

"通过！"林天浩一锤定音，没再问王宝乐的意见，直接决定了辞退名单上的督察。

王宝乐明白，此刻的学首会议上，自己孤掌难鸣，根本无法反击，只能忍气吞声。他不由得脸色阴沉下来。

看着王宝乐阴沉的脸色，曹坤毫不掩饰地冷笑着，再次开口："天浩师兄，我还有第二件事，就是对黄京、张岚等人的处理。他们四人在道院外的事情，我们没道理去管。我建议把这四人放了，天浩师兄觉得呢？"

曹坤刚说完，心底憋屈的王宝乐就猛地抬头，看向曹坤，眼中有了滔天怒意。其他的事，他可以咬牙暂时忍下，可取消对张岚四人的处罚，他绝对无法接受。

"曹坤师弟说得有道理。虽然张岚等人有些问题，但事情不是在道院发生的，不归我们管，况且他们马上要参加上院大考，他们辛苦多年，我们不能在这个时候让他们分心。宝乐师弟，你觉得呢？"林天浩似笑非笑地看向王宝乐。

"欺人太甚！"王宝乐狠狠一拍桌子，怒视林天浩与曹坤。

可林天浩笑了笑，没理会他，只是淡淡地说道："表决吧。我同意此事！"

曹坤再次冷笑，也点头表示同意。于是当着王宝乐的面，曹坤的第二个建议也通过了！

这种完全被架空、被无视、被羞辱的感觉，让王宝乐怒极反笑。正在这时，他接到了柳道斌的传音。

"学首，你小心一些，我听人说，那回纹学首曹坤扬言今天要你好看！"柳道斌很紧张地提醒道。

王宝乐没有回复柳道斌，而是在林天浩微笑与曹坤冷笑之时，忽然一步走出，直接到了曹坤面前。

王宝乐速度太快，在曹坤愣神间，林天浩也没反应过来的时候，王宝乐的右手已经抬起，向曹坤一把抓去。

这一切是转瞬间发生的，当林天浩与曹坤反应过来时，王宝乐已经一把抓住了曹坤的脖子。

"放手！"曹坤惊醒过来。他的修为与王宝乐一样，都是封身大圆满，可如今王宝乐抢先出手，体内噬种也爆发了，根本就不给他任何反抗的机会。在抓住他脖子的一瞬，王宝乐体内的灵力轰然涌入，直接禁锢了他的修为。

"王宝乐，你干什么?!"林天浩大怒，猛地站了起来。

"干什么？你一会儿就知道了！"王宝乐怒意冲天，没等林天浩出手，他就彻底爆发，轰的一声撞开学首室的大门，拎着曹坤呼啸而去。

"王宝乐！"林天浩又惊又怒，立刻追击，同时呼喊四周的督察去拦截王宝乐。

此刻法兵系的学子大都在关注这里，王宝乐这么一闹，立刻引起了很多人的注意。众人看到拎着曹坤的王宝乐后，一个个瞪大了眼睛，震惊地看着这一幕。

"什么情况？"

"王宝乐手中拎着的，是……曹坤？"

在众人惊骇之时，王宝乐将速度提升到极致，身后的林天浩等人无论如何追击，短时间也无法追上。很快，王宝乐就拎着曹坤出了道院，踏在了青木湖的木桥上，将曹坤猛地扔了出去。

接着，王宝乐一跃而起，一拳轰出。

"你敢行凶？"曹坤被一拳打在身上，惨叫起来，他做梦也没想到王宝乐今天竟会如此。

王宝乐再次靠近，冷然一笑。

"这里出了道院，按照你的说法，就算我在这里打死你，道院也管不到我！既然如此，看我怎么收拾你！"

王宝乐怒意冲天，说话间已然靠近曹坤，曹坤无论如何反击都没用，瞬间就被王宝乐抓住了手指。

惨叫声顿时从曹坤口中传出，这还没完，在林天浩带着大量督察与众多法兵系学子到来时，他们看到的是王宝乐一脚踢中了曹坤。

曹坤整个人面色发紫，哀嚎着掉入了青木湖中。这一切太快，从王宝乐出手到现在，也就是十多息的时间。

"王宝乐！"林天浩怒火中烧，王宝乐竟当着他的面教训曹坤，这在他看来，是对自己的羞辱。此刻他一边让人去救曹坤，一边怒视王宝乐，眼中冒着寒光。

"看什么看，没见过帅哥打人啊。"王宝乐一瞪眼，哼了一声，转身扬长而去，临了又回头向林天浩竖起了大拇指，方向朝下。

"你……"面对这接连的羞辱、挑衅，林天浩咬牙切齿，差点气炸，可王宝乐抓住了他们放过张岚等人的说法的纰漏，如此一来，若他去处理王宝乐，就等于推翻他们之前的说法。

虽然王宝乐胡搅蛮缠，把人抓住并从道院带了出来，但王宝乐毕竟是学首，今天在学首会议上被彻底架空，就算他抓住此事，对王宝乐也不痛不痒，难以大做文章。

所以当被捞上来的曹坤浑身颤抖、发出嘶吼时，林天浩也只能安慰他一下。林天浩拳头紧握，虽然今天他们在学首会议上大获全胜，但他还是觉得无比憋屈。

第42章

取而代之

看着王宝乐扬长而去，四周法兵系众学子面面相觑。今天这件事真是一波三折，先是曹坤扬言要王宝乐好看，随后学首会议举行，还没等学首会议的内容传出，他们就亲眼看到曹坤被王宝乐拎出了道院。

看着全身湿透、面色紫青、十分狼狈，明明怒火冲天，却又无可奈何的曹坤，众人心中浮现出各种思绪。

没人能预料到王宝乐会出手打人，这太不符合常理了，更没人能想到，他打的还是另一个学首。

林天浩十分憋屈，咬牙切齿，曹坤更是心头颤抖，内心的郁闷与疯狂冲天而起。

"王宝乐！"

愤怒的曹坤被人扶着飞快地赶往医务室，而林天浩站在那里，望着王宝乐离去的背影，眼中的寒光越发强烈。好半晌，他冷哼一声，这才离去。

见三位学首都走了，四周观望的学子才纷纷吸气，传出哗然之声。

"这王宝乐也太猛了！"

"这事怕是王宝乐也无法善了吧，身为学首，竟然打人……"

听到众人的议论，不少老生暗自摇头，他们见多识广，知道身为学首，除非犯下背叛道院这种恶劣到极致的罪，否则不会有什么大事。

事实上的确是这样，就算林天浩要针对王宝乐，就算副掌院愿意帮助林天浩，他们也很难一手遮天。

随着学首会议上敲定的两件事被通告出去，灵石学堂内所有与王宝乐亲近的督察都被辞退的事在整个法兵系引起了轰动。

随后张岚等人被释放，如在涌动的潮水中扔进了巨石，掀起滔天大浪。张岚等人的行为性质很恶劣，可如今竟被无罪释放，这让不少学子无法接受。而院纪部对此给出的说法是：四人并非在道院内违纪，院纪部无权管道院外的事情。

这说法一出，很多人想到了王宝乐收拾曹坤的一幕以及王宝乐当时说的话，纷纷明白了其中缘由。

"打得好，这曹坤有些过了！"

"灵坯学首竟也同意此事，看来他们二人联手的传闻一点不假！"

这样的舆论持续发酵，柳道斌等被辞退之人心中怨气极深，不断地引导舆论，最后王宝乐只受到了严厉的批评，打人事件也就不了了之。

只是学首会议上定下的事情，终究无法改变。

"欺人太甚！"回到洞府的王宝乐愤懑不甘，尽管他教训了曹坤，但还是觉得不解气。来自两大学首的威胁与被架空的羞辱，让王宝乐的心情难以平复。

他已经强行忍下了第一件事，可张岚等人的事情触及他的底线，那是他亲手抓住的道院败类，林天浩与曹坤竟颠倒是非，将他们全部释放。

这样的结果，王宝乐实在难以忍受。在之后的数日里，他绞尽脑汁寻找改变此事结果的办法，同时安排柳道斌嘱咐孙启方的家族关照那个小女孩。

林天浩与曹坤冷静下来后，立刻出手压制舆论，他们二人联手的声势超过王宝乐，很快，无论是在灵网上还是在法兵系内部，渐渐出现了其他声音。

"王宝乐彻底没有了权力，这是被完全架空了，所以才狗急跳墙，出手打人！"

"身为学首，竟出手打人，这王宝乐，哼哼……"

"以后不用看王宝乐的脸色了，他学首的身份已经形同虚设，此人以后怕是只能忍气吞声！"

这样的声音慢慢成为主流。

与此同时，柳道斌等被辞退之人都焦头烂额，原因是他们被辞退后，灵坏与回纹这两大院纪部开始对他们展开调查，灵石学堂院纪部内没被辞退之人也因王宝乐的失势，无论主动还是被动都纷纷倒戈，加入了调查之列。

这场清洗的风暴声势极大，那些被王宝乐提拔起来的学子几乎每天都有不少被带走，柳道斌更是第一个被带走的。不过，或许是王宝乐不按常理出牌，打了曹坤的缘故，那些办案的督察看似凶狠，实际上都很谨慎，毕竟王宝乐不但打人，而且下手也狠。

这些事情，让王宝乐眼神中慢慢透露出一丝坚定与疯狂。

"这是将我欺负到悬崖边了，够狠啊！那么想要解决这件事……就只有一个办法——取代回纹学首曹坤！一旦我取而代之，那么我既是灵石学首，又是回纹学首，这样我就有了两票，在学首会议上，我就完全占据优势！"

王宝乐想到这里，觉得这个办法虽好，但还是不够解气，又狠狠一咬牙。

"取代一个不过瘾，我要将他们两个学首都推下去，这样的话，法兵系的三大学首都是我，到那个时候，我就是法兵系说一不二的唯一的学首！如果我做到了，那么以后也不用开什么学首会议了，院纪部我一个人说了算！"

王宝乐猛地抬头，眼睛有些红，这就是他想到的彻底解决问题的办法。

王宝乐思索良久，觉得唯有这个方式，才可以化解自身的危机，严惩张岚等四个败类，同时救下柳道斌等人。

"就这么干！"王宝乐也是拼了，下定决心后，他立刻联系谢海洋，告诉对方，自己不惜代价，无限量地求购辅助记忆的丹药。

而后他走出洞府，准备去购买大量的食物，以备闭关所需。

"如果能做到，那么我王宝乐依旧叱咤法兵系，可若做不到……就算做不到，我也要想办法把柳道斌等人救出来。"王宝乐脸色难看，走在法兵系内。

一路上，看到他的学子都不如以往那样纷纷拜见他，显然是担心与他走得近，被院纪部调查。

不过还是有一些学子向王宝乐抱拳，王宝乐记住了这些人的样子，向他们点头示意。之后，他换取了大量的食物，向洞府赶去。

冤家路窄，在回洞府的路上，王宝乐忽然脚步一顿，他看到前方七八个谈笑着走来的学子中，有四个正是张岚等人。

看到张岚等人得意的样子，王宝乐脸色更为阴沉，他没心情理会他们，依旧向前走着，准备回去闭关。

张岚四人如今春风得意，不但没有了罪名，还被安排成了督察，在他们心中，上一次的事情不是坏事，反倒成了好事。此刻看到王宝乐，张岚等人先是脸色一变，随后想到对方已失势，忍不住开口讥讽起来。

"这不是王学首吗？学首脸色不大好啊，要不要去医务室看看？可别生了什么要命的大病，不小心病死了。"

"就是，学首最近估计火气很大，要注意身体，不然的话，把自己气出个好歹来，那可是我们道院的损失。"

"还有那个小女孩，我最近在考虑，要不要去和她家里人谈谈……"

面对这几个阴阳怪气的人，王宝乐冷冷地扫了一眼，脚步一顿，将手中的食物放在了地上。

见王宝乐停下脚步，过了嘴瘾的张岚等人注意到了王宝乐的目光，不由得呼吸一滞。没等他们继续开口，王宝乐就一步走出，到了张岚近前，在张岚眼睛猛地睁大之时，一脚横扫而出。

砰的一声，张岚直接被踢飞了。

"王宝乐，你……"其他几人脸色大变。

王宝乐没有停顿，一晃之下又一连踢出三脚，将其他三人全部踢飞后，这才整理了一下衣衫。

"开除你们有些可惜了，从今天起，我看见你们一次就踢一次，还有，如果你们敢报复旁人，那我就……把你们踢死为止！"王宝乐淡淡地说完，捡起买来的食物，径自远去了。

张岚四人痛得面色紫黑，听到王宝乐的话，纷纷神色大变，额头上流下大量汗水，一股强烈的恐惧直冲心头，哪里还敢起什么报复的心思？毕竟他们还要在道院生活。

旁边的那些督察都苦笑着，他们之前就觉得张岚等人说话不经大脑。

"那可是连曹坤都敢打的主儿，就算失势，也不是你们能惹的啊！"

第43章

回纹公式

回到洞府的王宝乐，开始了疯狂的闭关。

这种闭关，王宝乐成为学首前进行过几次，可当时闭关的决心与现在比较，还是差了一点。

毕竟危机感不同，紧迫感也就不一样。

只是即便王宝乐有决心，可回纹的数量上百万，短时间内他根本无法完全背下来，哪怕他的目标只是记住四十万道回纹，超越曹坤即可，也还是太难了。

毕竟王宝乐不是学霸，如果给他几十年的时间，他或许能超越曹坤，可这不现实。

于是王宝乐将希望放在了谢海洋身上，只是似乎无所不能的谢海洋这一次也头大，这种辅助记忆的高品质的丹药，少量的话他有办法，可王宝乐需要的数量太过惊人。

他都怕王宝乐吃出问题来。

最后谢海洋用尽了办法，也还是需要很长时间，才有可能弄到王宝乐所需的丹药。谢海洋估算了一下，这时间至少要两年。

谢海洋把结果告诉王宝乐后，王宝乐有些泄气。他没法等，就算两年后他背完了四十万道回纹，可曹坤必然背得更多，这样一来，他怕是永远无法超越对方。

而且这种看着张岚等人得意，心急柳道斌等人被抓的日子，王宝乐一天都不想过了。

"那么就只有一个办法了！"王宝乐深吸一口气，取出了黑色面具。看着手中的面具，他的眼神慢慢变得迟疑，对于这面具，王宝乐有太多的疑惑，他不知道父亲从何得来的此物。

他也想过给父亲传音询问，却生生忍住了，这面具极其不凡，他担心走漏风声会给全家引来不必要的麻烦，所以他打算等假期回去后当面问父亲。

他犹豫许久，狠狠一咬牙，开启梦境。随着眼前一花，他出现在了梦境的冰原上。

四周寒风呼啸，远处凶兽的身影时不时出现，更远的地方还可以模糊地看到一座座冰山。

这梦境中的一切，比之前真实了很多。

实际上，通过修炼面具传授的太虚噬气诀成为学首后，王宝乐就不太愿意再进入梦境里来，他怀疑这面具里面有人，而且十有八九是个女人；更重要的是，在学习擒拿术的过程中，那数不清的痛苦，让他心底有了阴影，以至于他此刻只是站在这里，都觉得隐隐作痛。

只是如今他的确没有别的办法。王宝乐叹了口气，拿着面具，心底嘀咕了几句后，咳嗽一声。

"那个……你有没有什么办法，让我在几天内就记住百万回纹？"

王宝乐说完，立刻看向面具，可他看了半晌，这面具也没有任何反应。

"不灵了？"王宝乐一愣，有些诧异。

他挠了挠头，想了想，又低声说道："我知道你能听到。喀，前段日子吧，我是因为有事，所以没来。我可不是卸磨杀驴啊，你别误会。"

王宝乐一边说着，一边偷偷观察面具，发现面具还是没有反应后，他立刻急了。

"姐姐，你不要这样，我错了行不？我保证以后绝对不冷落你，一定经常来看你成不？姐姐，这一次你要帮我啊！"

这可是王宝乐最后的救命稻草，他很担心面具没效果了，如果那样，他之后在法兵系的日子该怎么过？

想到这里，王宝乐额头上有了汗水，他深吸一口气，酝酿了一下情绪，语气诚挚地哄着黑色面具，声音也尽可能柔和。

"姐姐，我实在不敢见你啊，我这是羞涩，是害羞……"

面具还是没反应，王宝乐有些抓狂，于是用了大招。

"姐姐，我送你个礼物要不要？"

王宝乐说完，那黑色面具忽然闪动起来，这闪动的光芒，在王宝乐眼中就好似璀璨的彩虹，他整个人振奋不已，赶紧看去，立刻看到面具上竟出现了一行字。

"什么礼物？"

王宝乐眨了眨眼，暗道这里面的的确确有人，于是嗯哼一声，让自己看起来深情一些，低声说道："我把自己送给你，你要不要？"

王宝乐话刚说完，这光芒闪动的面具就猛地一顿，随后一道紫色的闪电竟从面具上飞出，直奔王宝乐而来。

王宝乐眼睁睁地看着闪电瞬间放大，根本来不及闪躲，轰的一声被那闪电直接劈中，头发瞬间竖立起来，只觉得全身剧痛，身体直接栽倒在地，好半晌才哭丧着脸爬起来，悲愤无比。

"姐姐，你不要就算了，干吗电我啊……"

这一次面具上没再出现闪电，而是在光芒闪烁下，浮现了一行行模糊的字。这些字迹的出现，让王宝乐忘了痛，赶紧凝神看去。

只是字迹模糊，他看不清晰，只能看到，随着光芒闪烁得越发强烈，面具上的字越来越多，可很快，这些字又不断消失，如被抹去后重新书写。

这一幕给王宝乐的感觉，就好像面具里的姐姐在思索推演一般，看得王宝乐都紧张起来。直至一炷香后，这面具上所有的字都消失了，重新浮现出的竟是一个公式！

在这公式的下方，很快又出现了一行字。

这行字清晰地告诉王宝乐，只需将这个公式牢牢记住，再背一些主要的回纹，那么就可以通过这个公式计算出所有回纹。

而以王宝乐如今记住了十五万道回纹的程度，他实际上已经完全掌握了那些主要的回纹，具备了利用这公式去计算的资格。

看着公式，王宝乐呼吸中都透着激动，眼中散发出强烈的光芒，仰天大笑，拿着面具放在嘴边亲了一口。

这一口刚落下，顿时有闪电轰然而出，吓得王宝乐赶紧松开嘴，连忙尴尬地解释："误会，这是误会，是我太冲动了，姐姐千万不要紧张！"

好半晌，这面具上的闪电才消失。王宝乐擦了擦汗，松了口气，而后去记公式，可很快，他就发现了一个问题。

"不对啊，姐姐，这公式虽不需要我再背那么多回纹，但若应用在炼器上，需要心算，并在很短的时间里算出答案，才算合格……如果算得慢，来不及支撑炼器所需，还不如去翻纹典。这心算不是短时间内就能熟练的啊。"

王宝乐顿时急了，希望就在眼前，他却发现自己抓不住。

面具闪动间，字再次出现了。这一次面具告诉王宝乐，在这里练习心算，有极佳的辅助效果。

"在这里练习？"王宝乐诧异间，面具上的字再变，出现了一组回纹的排列，似乎是让王宝乐立刻利用公式计算出结果。

王宝乐挠了挠头，看了一眼那些回纹的排列，还没等他套入公式，也就是几次呼吸的时间，一道闪电骤然从面具上爆发，轰鸣着落在了他身上，似乎计算超时，就会有闪电惩罚。

"又来?!"王宝乐全身一震，头发都冒烟了，但就在这时，面具上出现了第二道题……

王宝乐一个激灵，整个人都要抓狂，赶紧计算，可还是太慢，几次呼吸后，闪电再次降临。

就这样，在这梦境世界内，王宝乐的惨叫声又一次次回荡开来。这一次的叫声虽然惨烈程度不如之前，但是频率非常高。

闪电轰鸣中，王宝乐的叫声越发凄厉。

"我不学了……啊……痛啊!

"放我走……又来电我!"

王宝乐全身都被电黑了，整个人冒着烟，不断哀嚎，只觉得这是天下最歹毒的惩罚。

"这面具里藏着的绝不是个姐姐，一定是个老巫婆!"王宝乐哭丧着脸，可他也知道这是如今唯一能让他记住回纹的办法，于是他狠狠咬牙，在闪电的一次次落下中，一边惨叫，一边发狂般计算。

第44章

掌院讲堂

这种饱受煎熬的日子，不知不觉过去了十天。

十天的时间里，法兵系内，林天浩与曹坤对灵石学堂的清洗还在继续，更多的人被牵扯进来。不过因为人数太多，再加上此事引发的风波不小，搜集证据需要时间，故而这些人都只是被禁足，还没有受到实质上的处分。

不过所有人都能看出，这只是时间问题罢了，若没有意外，这些人必定会受到不同程度的处分。

王宝乐在这十天中没有离开洞府，最多就是走出梦境世界去吃点东西，而后他就咬着牙，带着悲愤，再次进去。

"天啊，什么时候是个头啊……"王宝乐一想到被电，就有些绝望，但想到自己的责任与目标，他只能咬牙，继续忍受煎熬。

在闪电的不断轰击下，王宝乐的计算能力突飞猛进，虽还是会被闪电轰击，痛得嗷嗷大叫，但他心算花费的时间也在锐减。

这一切都是被逼出来的，闪电的强度越来越大，剧痛的感觉激发出了王宝乐全部的潜力。他觉得，自己若不努力，真的会被闪电劈死。

到了现在，只要不是特别复杂的回纹排列，他都可以在几次呼吸的时间里给出答案。可显然，面具对这一切并不满意，给王宝乐计算的时间更少，列出的回纹数量更多，难度也更大。

又过了十天，王宝乐整个人已经魔怔了，若非掌院的传音使他暂停了梦境中的修炼，恐怕他都忘记了时间的流逝。

缥缈道院下院各系的学首之所以被称为掌院门徒，是因为每隔一段时间，掌院就会召集学首们过去，开启掌院讲堂，为学首们授课，回答并讲解学首们提出的问题。这掌院讲堂，学首是必须来的。

整个下院，也唯有掌院一人可以为所有学首授课。掌院对下院所有系的课程与知识不说了如指掌，也可以说都有研究，所以他才可以对每一个学首进行指导。掌院偶尔还会请来上院的修士，在一旁指点各个学首。

眼下，这一次的掌院讲堂即将开启，所以才有了王宝乐被召之事。

走出梦境世界的王宝乐，全身上下不知被电了多少次，如今走路都一颤一颤的，精神萎靡，披头散发，时而神色茫然，时而又好似在推演，口中自言自语。

"想要形成速度回纹，需要将七百三十一种基础回纹搭配计算，进行九次公式推演……

"凝聚灵气的回纹，有三千一百八十五种，第一种的计算公式是……"

王宝乐晃晃悠悠地走出了洞府，将八成精力放在推演公式上，只将两成精力放在走路上。一路上，看到王宝乐的学子们注意到王宝乐的状态后，纷纷愣住了。

"王宝乐这是……怎么了？"

"怎么感觉他傻了啊？你们听，他嘴里在叨咕什么？"

"不对啊，难道他因被架空，受不了刺激疯了？"

法兵系众人小声议论着。王宝乐没去注意四周，一边推演公式，一边来到了掌院峰。

这掌院峰他还是第一次来，若换了以往，他必定多留意一番，可如今他头脑昏昏沉沉的，只能勉强打起精神走上山峰，到了掌院阁。

因为一路上都在思索推演，王宝乐虽没迟到，却是最后一个到的。一进入大殿，他就看到四周坐着所有系的学首，郑良、曹坤、林天浩都在里面。

掌院讲堂内不允许有喧哗之声，所以郑良眼中带着关切之意向王宝乐点头示意，而曹坤则轻蔑一笑，至于林天浩，双目中有寒光一闪而过，随后便无视王宝乐。

其他学首也都关注着王宝乐，毕竟前段时间王宝乐声名鹊起，如今虽失势，但终究也算风云人物。

只是他们打量了一番后，心底有些失望，毕竟王宝乐此刻的样子，难免会让他们产生误会，以为他自暴自弃了。

学首们的前方，卢老医师坐在蒲团上，他原本闭着双目，察觉到王宝乐进来后，睁开眼看了看。看到王宝乐此刻萎靡的模样，卢老医师也诧异了。

王宝乐强打起精神，向卢老医师一拜，这才找了个位置坐下。卢老医师的身份，他之前就知晓了，毕竟此事不是秘密。至于周围人的想法，他已经没精力去理睬了。

他坐下后，再次沉浸在公式的计算中，这似乎已经成了他的一种本能。连续二十天被闪电劈，王宝乐已经产生了恐惧，生怕耽误了推演，回去后无法瞬间得出答案，再次被电。

看着王宝乐那无精打采的样子，卢老医师暗自摇头，收回目光，开始了这一次的授课。从机关系、丹道系，到古武系、法兵系，再到阵纹系、悟道系……下院的所有系，在这一次讲堂里都被卢老医师提起。

"在老夫看来，其实各个系都有相通之处。比如机关系与法兵系，都讲究炼制物品，且又少不了阵纹系，如回纹之法，与阵纹就有相似之处……

"就算是战武系，也不仅仅是修炼身体。日后你们若考入上院就会明白，大道艰难，你等相互配合、相互扶持，才可在修行之路上越走越远。

"还有悟道系，也不要自暴自弃。对于悟道系，如今整个联邦都达成了一个共识：悟道之法，是未来追求大道的必经之路！"

卢老医师的侃侃而谈，让大家仿佛忘记了时间的流逝。他在授课过程中，每个新的知识都信手拈来，时而详细讲解，时而一两句话就说到了重点。学首们虽都是各系的翘楚，但也收获不小。

能成为下院的掌院，卢老医师自然有不俗之处，甚至有传闻，就算在上院，他曾经也是声名赫赫之辈。

只不过他年纪大了，这才来到下院，负责为缥缈道院培养能考入上院的"种子"。

这一次的讲堂持续了数个时辰，当黄昏快要到来时，卢老医师喝了一口茶水，这才停了下来。尽管讲了一天，可他丝毫没有疲惫之态。他放下茶杯，脸上带着笑容，目光扫过四周的学首。

"今天就讲到这里了，你们有没有什么问题要问？"

卢老医师话语一出，四周的学首纷纷抬头，悟道系的一名学首当先问出了问题。

"掌院，您之前说悟道系是通往大道的必经之路，而悟道一途直指本源，那么本源又是什么？"

听到这个问题，学首们纷纷认真思索。事实上，悟道系在缥缈道院的地位有些特殊，这个系的学子没有正式的课堂，几乎所有的时间都在感悟天地。成为悟道系学首，与其每个月写的感悟论文有关。

实际上，若非上一任联邦总统出身于悟道系，证明了悟道系学子一旦成功悟道就能一鸣惊人的话，这个系早就被取消了。

卢老医师闻言微微一笑，摸了摸胡须，淡淡地开口道："本源之法，以老夫的修为与认知，也很难真正摸索到。只不过剑阳碎片里有一段介绍，天地万物皆本源，本源万法，取一法便可行走苍穹之上！"

那名悟道系的学首若有所思，点了点头，不再发问。

其他系的学首也陆续问出各种问题，每一个问题，卢老医师回答得都很从容，有的回答能直接解惑，有的回答则发人深思。

当其他人差不多都问完了的时候，王宝乐抬起头，勉强提起精神来。他也有问题要问，这段时间他在回纹公式的计算中，遇到了很多虽能计算出答案却不是很理解的关于回纹的疑惑。

"掌院，弟子有个关于回纹的问题。凝聚灵气的回纹有上千种，每一种的作用都是凝聚灵气，为何会有这么多种，又有什么意义？"

王宝乐话语一出，没等卢老医师开口，一旁的回纹学首曹坤就笑出声来，并直接站了起来，向卢老医师一拜。

"掌院，这么简单的问题，回纹学堂但凡听过几堂课的学子都能回答，请掌院允许我来为宝乐师弟解答。"

得到卢老医师的同意后，曹坤转头望向王宝乐，眼中带着毫不掩饰的不屑与轻蔑，更夹杂着一丝憎恨。

第45章

我还有一个问题

"宝乐师弟，凝聚灵气的回纹之所以数以千计，那是因为不同的灵坯秘方，对应不同的炼器材料，而根据灵坯与材料的不同，不能单一选择一种凝聚灵气的回纹，需要搭配调整。"

说出这句话时，曹坤身上出现了一股说不出的气势，凭他对回纹的掌握，他的回答不说一针见血，也相差无几了。

身为回纹学首的曹坤在回纹学方面是顶级的学霸，对回纹学的知识掌握得很牢固，只不过这并不代表他的人品就一定在平均水准之上。

实际上，曹坤一向气量很小，睚眦必报，对让自己在法兵系丢人的王宝乐恨之入骨。

此刻抓住机会，他自然要狠狠地打击一下王宝乐，让王宝乐在掌院面前丢人。

"不知道我这么说，宝乐师弟能不能听懂？如果你还是听不懂，那么我也没办法了。我建议你多去回纹学堂听听课，不要整日沉醉在学首的权力中，这是不务正业！另外，这种简单的问题就不要拿出来在这里丢人了，你若还有问题，不用掌院回答，我来给你解答就是。"

曹坤最后这句话说得盛气凌人，更有训斥之意。说完，他转身向卢老医师一拜，这才坐下。

林天浩在一旁向曹坤微微一笑，其他各系的学首则相互看了看，没有说话。至于卢老医师，他知道法兵系这几个学首不合，但这些学子之间的事，他懒得理会。

"大家还有问题吗？没有的话，这一次就到这里了。"说着，卢老医师站起身，准备结束这一次的讲堂。

"掌院，我还有一个问题！"王宝乐呼吸略微急促，眼睛发光。

若换了其他时候，被曹坤那样讥讽，王宝乐一定会瞪眼反击，可如今他沉浸在回纹的题海里，曹坤给出的答案让他瞬间好似开了窍，很多与灵气回纹有关的疑惑在刹那间解开。

王宝乐甚至觉得，自己在推演公式上都更快了一些。于是听到卢老医师的话语后，他急忙向曹坤开口："曹师兄，纹典里编号为三一四九五的空白回纹，为何因刻画的时辰不同、月份不同，甚至因空气湿度不同，就有不同的效果？"

这个问题，让王宝乐每次计算都需要很久，就算算出了结果，也还是不明白原理。纹典中存在数万道诸如此类的没有任何功效的空白回纹，偏偏在刻画回纹时空白回纹又不能少。

"这个……"曹坤愣了一下。王宝乐之前的问题，他觉得简单，可这第二个问题难度跳跃太大，还涉及空白回纹，他顿时迟疑起来，思索很久才勉强回答出来。

可他刚刚回答完，王宝乐就精神振奋地再次开口，问出了新的问题。

"曹师兄，回纹的注解里，在第七十九万零三道中提出了观器的概念，对于这个观器，我有一点疑惑……

"曹师兄，回纹第九十万道至第九十一万道之间，多次加入了水汽符文，这一点我也不太明白，还请曹师兄解惑……

"曹师兄，还有借灵……"

就这样，王宝乐的问题接二连三，越来越难，曹坤的额头上慢慢流下汗水，心底暗骂起来。

他觉得王宝乐一定是故意的，可偏偏他之前是主动跳出来解答的，此刻骑虎难下，不由得焦急无比。身为回纹学首，却回答不出有关回纹的问题，这让他抓狂，以至于只要听到"曹师兄"这三个字，他就忍不住身体一颤，看向王宝乐时，眼中竟出现了血丝。

林天浩也逐渐皱起眉头，很多问题他也无法回答。至于四周的其他学首，此刻一个个都很吃惊，看到曹坤在不断擦汗，他们不由得更加讶异。

连掌院都饶有兴味地看向王宝乐，见曹坤已经哑口无言，他淡然一笑，接过了问题，淡淡地开口道："王宝乐，你最后的问题里提到了借灵，实际上你对借灵的理解有些错误。真正的借灵，讲究的是借助天地灵气，更可借助法器的灵气，甚至天地万物，山川河流，乃至众生，一切都可借！"

这句话一出，王宝乐只觉得脑袋轰的一声，似醍醐灌顶，很多回纹方面的壁障瞬间瓦解。

"多谢掌院指点，弟子还有一个问题……"

王宝乐兴奋，转头对掌院展开了问题攻势，一个又一个问题被问出，刚开始掌院还回答得很轻松，可渐渐地额头上也沁出了汗水。

曹坤此刻暗自心惊，庆幸掌院刚才接过了王宝乐的问题，否则，他怕是会尴尬至极进而当场出丑，毕竟王宝乐后面问的那些问题，他连听都没听过。

王宝乐提出的问题由浅入深，越来越难。因为他掌握的回纹是用公式推演出的，与众人不同，实际上，经过这二十天对公式的推演与计算，他自己都不太了解自己到底对回纹掌握到了什么程度。

随着不断的推演与计算，他渐渐发现，影响自己进一步提升心算速度的因素，是自身缺少一些回纹的基础知识，而且他通过计算公式，发现了很多其他人根本难以触及的知识点。

如今借着这个机会，王宝乐把心中的疑惑都提了出来。曹坤和掌院的解答，让王宝乐的脑子转得越来越快，仿佛在运转的机器中滴入了机油一般。随着一道道壁障的瓦解，他推演公式的速度疯狂提升。

"多谢掌院。我还有一个问题，您刚才说回纹与回纹之间会有交叉，可我发现要得到速度回纹，利用风回纹也可，利用动能回纹也可，有很多办法，怎么做才能重叠，让效果更好？"

当王宝乐问出这个问题时，掌院忍不住擦了擦额头上的汗，看向王宝乐的目光中都带着一丝无奈。

他心中苦笑，觉得压力太大了，可面对学子的问题，他又不能不回答。偏偏王宝乐的问题难度越来越大，如今这个问题已经超出了他的知识范畴，于是他赶紧取出传音戒，将法兵系的山羊胡子等人喊来。

在山羊胡子等人赶来的过程中，四周的学首们已经震惊了，尽管这里是掌院讲堂，但他们还是忍不住议论起来。

"王宝乐怎么有这么多问题？"

"他竟把掌院都问住了……他到底是灵石学首还是回纹学首啊？"

在四周众人的低声议论中，曹坤觉得压力极大，有种莫名的危机感。

不多时，山羊胡子等法兵系的老师到来，看向王宝乐神色古怪。在来的途中他们就听说了这里的事，此刻纷纷落座，开始解答王宝乐提出的问题。

掌院见救星出现，心底松了口气，于是又恢复了淡定的样子，含笑看着众人。

王宝乐的问题陆续提出，难度也越来越大，到后面连山羊胡子等人都需要讨论很久才可以给出答案。

究其根本，回纹有百万道，相互搭配后，数量不说扩展百倍也相差无几，如此一来，其中产生的种种变化，没有几个人敢说能全部掌握。

而那个回纹公式破除了死板的记忆，使得那百万回纹以及百倍的变化都在公式范围之内，所以王宝乐的问题才可以跳过回纹的数量关卡，直接触碰到本质。

老师们好不容易商量出答案告诉了王宝乐后，王宝乐激动得一拍大腿。

"我懂了，原来是这样，多谢掌院，多谢系主，多谢诸位师长！我还有一个问题……要制作一件能激发风刃的法器，需要冷热两种回纹形成循环，将其刻画在不同的灵石上，而这两种回纹由大量基础回纹组成，有很多相似之处，如何排列这两种回纹，才能做到在一块灵石上刻画，以相互借用？"

王宝乐眼睛闪闪发光，他早就忘记了这里是掌院讲堂，在他看来，这里就是为自己解惑，提高自己心算速度的天堂！

只是他这个问题一出，本就压力极大的众人一个个倒吸一口气，眼睛睁大。回纹学堂的老师更是忍不住失声喊道："这是上院法兵阁高等回纹学的知识，你……你现在就开始钻研这个？"

第46章

修士

听到回纹学堂老师的失声惊呼，其他学首无不倒吸一口气，心中掀起大浪，猛地看向王宝乐。

"上院的知识？"

"这怎么可能？莫非有人传授他上院的知识？但这也不对啊！难道……他从下院的基础课程里，推演出了上院的高级课程？"

"天啊，这……这家伙还是人吗！"

各个系的学首可以说都是学霸，在其他学子眼中都如怪物一般，可如今在这群怪物的眼中，王宝乐才是真正的怪物！

林天浩脑海轰鸣，而众人里此刻最紧张的就是曹坤，他的压力之大，超越了所有人，掌院与系主的压力也远远不如他的压力大。

事实上，他才是回纹学首，可从王宝乐问出的问题来看，王宝乐对回纹学知识的掌握比他精湛得多，一股强烈的不妙之感让他心跳加速，眼前有些发黑。

"不会的，我不能自己吓唬自己，王宝乐成为灵石学首没几个月，他对回纹的研究一定没我深，撼动不了我的位置，一定撼动不了！"曹坤眼睛都红了，不断地安慰自己，可还是忍不住心虚。

王宝乐根本没理会四周众人的议论，此刻将全部精力都放在了求知上。

方才问出的问题，实际上是王宝乐的死结，他每次推演这个问题都需要很久，推演的结果也都不一样，所以他一看到诸如此类的问题，就必定遭闪电轰击。

此刻他很想知道老师们的答案，想要通过他们的回答来总结教训，从而让自己在这一类题上不再出错，同时加快推演的速度。

只是，这种涉及高等回纹学的知识，下院的老师一时半会儿也很难解释清楚，只得继续讨论，掌院也被拉了过去，一群老家伙在那里讨论个不停。

掌院心头叫苦，山羊胡子也很无奈，那些老师表面上在讨论，可心底都在苦笑。这叫什么事儿啊！这种骑虎难下的感觉，让他们有些抓狂，最过分的是，他们还不能走。

一旦走了，就代表他们回答不出学子的问题，这也太丢人了。

于是他们一个个绞尽脑汁，好半晌才给了王宝乐答案。王宝乐听到答案后，激动得满面红光，振奋中再次开始提问……

就这样，很快到了深夜。

掌院、系主以及老师们见王宝乐的问题难度系数越来越惊人，几乎每一个问题都涉及高等回纹学，有那么几个问题甚至已经超越了高等回纹学的范畴，涉及回纹衰变法，而这是整个联邦中关于回纹的尖端理论。

老师们支撑不住了，纷纷带着怨气看向掌院。面对众人的目光，掌院也头大，他没想到只是一次讲堂而已，只是一句"你们有没有什么问题要问"的话而已，竟引来了这么一个怪物。

一想到自己身为掌院，岂能被一个学子难倒，掌院狠狠一咬牙，取出传音戒，直接向他在上院法兵阁的长老师兄传音。

缥缈道院分为下院和上院，考入上院，就等于鱼跃龙门，从此不再是凡人，而是修士。

与下院法兵系对应的，则是上院的法兵阁。在法兵阁中，长老拥有超越阁主的地位，唯有法兵大师才可担任。

接到师弟的传音，盘膝坐在上院法兵阁内的长老不由得有些惊讶，他看了看传音戒内自家师弟给出的那些问题，眼中流露出了好奇。

"有点意思。"

他笑了笑，索性起身一步走出，刹那间，竟有云雾在他脚下幻化成一把飞剑，带着他从上院岛腾空而起，速度飞快，好似破空一般，瞬间出现在下院岛的掌院峰上。

他一靠近，一股惊人的威压就轰然扩散开来，掌院峰上的鸟兽纷纷颤抖，连其他山峰上的学子也都有所察觉，一个个心惊不已。

而掌院峰上的众人对这种威压的感受更为清晰，老者的出现，立刻引起了讲堂内众学首的惊呼，他们一个个快速站起身，齐齐看去，王宝乐也赶紧望向从天空中到来的老者。

这老者仙风道骨，穿着一身白色的长袍，面色红润，目光炯炯好似蕴藏着闪电，脚下还踏着一把飞剑。

这一幕，让众人吸了一口气，纷纷呼吸急促起来。

"修士！"郑良等人低声惊呼。

学首们都振奋起来。如今虽是灵元纪，全民修行，但大部分人在古武境，而唯有突破了古武境，获得了真息，达到真息境后，才可以算是修士。

显然，来的这个老者修为在真息境之上，仅仅是散出的威压，就让众人心神震颤；仅仅是一道目光，似乎就可以让众人形神俱灭。

老者脚下的那把飞剑五光十色，无比璀璨，使周围的虚空都扭曲起来，可以想象这飞剑一旦被挥出，必定震撼八方。

"那一定是灵宝，甚至有可能是法兵！"曹坤呼吸急促，失声惊呼。

在众学首震撼之时，掌院起身，带着身后的系主与老师们走出去迎接老者。

"拜见长老师兄！"掌院客气地抱拳一拜。

那老者迈步间，脚下的飞剑消失，再次出现时在其头顶盘旋，远远看去摄人心神。老者哈哈一笑，快走几步，上前扶起掌院。

"师弟不必如此。你啊，就是性格太倔，罢了罢了。"

显然老者与掌院之间发生过一些事，此刻老者摇头说了几句，便不再开口，而是与掌院一起踏入讲堂，坐在了前方。

系主等人一个个态度极为恭敬，眼中带着崇拜，侍候在左右。

"这一届出了不少好苗子啊！"落座后，老者笑了笑，目光扫过众学首，但凡被他打量之人，无不精神一振，昂首挺胸。

王宝乐也赶紧挺起胸膛，看向老者，眼中露出强烈的羡慕之意。他既羡慕对方的法器，也羡慕对方身为强者的修为与地位。这一切，不仅是王宝乐追求的目标，也是此地所有学首的目标。

"不错，一个个都很精神。"老者哈哈一笑，掌院在一旁也很得意，二人简单地交谈了几句后，掌院将王宝乐提的问题说了出来。

老者摸了摸胡须，目光不由得落在了王宝乐身上，露出赞赏之意。

"的确涉及高等回纹学，此学科太过复杂，等你到了上院自然会接触到。现在我只告诉你一个重点，两个字——简化！减掉一些不必要的回纹，留下基础且不可缺少的回纹。这里面很多过程不是课本能教会的，而需要自创。目前为止，冷热回纹简化后，一共有九十七种，这是这些年来我联邦众多大师付出无数心血才总结出的最少数量的核心回纹。我希望有一天，你可以将其简化到九十六种、九十五种乃至更少！"

老者声音洪亮地说完后，王宝乐心神震颤，对方虽没有彻底解开他的疑惑，可这"简化"二字等于给了他一个方向，从这个方向出发，他有把握让自己的公式推演速度更快。

他十分激动，深吸一口气，抱拳一拜："多谢前辈！"

其他学首都羡慕地看向王宝乐，他们此刻都知道了，这老者显然是为王宝乐的问题而来的！

而曹坤心头震颤，他对王宝乐已经不是羡慕了，而是嫉妒到了极点，更有惊恐，他再次感觉自己的回纹学首之位很危险。

"王宝乐，你还有什么问题，可以问了。"掌院此刻才算真正地松了口气，含笑说道。

"说吧，还有什么问题？"老者也笑了笑，看向王宝乐。

王宝乐知道机会难得，于是再次抱拳，飞快地将自己脑海里所有的疑惑都说了出来。

"凝意之法涉及五万回纹，如何辨认？"

"凝聚神念，如凝聚灵魂，何须辨认？感知即可！"

"我观百万回纹中存在数万空白回纹，这些空白回纹更像是万能的，但又与其他回纹格格不入，似乎很特殊。"

"的确万能，因为空白回纹实际上只有十三道而已，通过衰变才衍生出数万；的确特殊，因为这十三道回纹不是来自星空大剑，而是这些年来联邦十三位巅峰大师分别创造出来的！"

……

王宝乐的问题，对于山羊胡子等人来说有难度，可在这长老看来都很简单，他甚至不需要思索，直接就能给出答案。

长老的回答，听得众人心神震撼，也让王宝乐茅塞顿开。在这一问一答中，四周众人早已惊呆了。

尴尬的是，在这讲堂内，其他人似乎都成了点缀，只有王宝乐与老者畅所欲言。王宝乐的公式推演速度越来越快，到最后，几乎达到了题目一出，他心神间便立刻浮现出答案的程度。

这对他而言，就是机缘造化！

第47章

你一定是回纹学首吧

许久，天都蒙蒙亮了，讲堂内的众人却都没有困意。这一幕实在罕见，王宝乐与老者之间的对话震撼了众人的心神。

最后，王宝乐起身，眼中露出强烈的感激，向老者深深一拜。

"多谢前辈！我没有问题了！"

这来自上院法兵阁的长老看向王宝乐，眼中的赞赏之意比之前还要强烈。通过王宝乐的提问，实际上他已经看出了王宝乐在回纹方面的造诣。

这样的造诣，绝对不下于记住了七八十万道回纹，他深刻地明白，这需要多么令人惊艳的天资才可达到。他心底甚至已有了爱才之意，忍不住开口考验一番。

"这位小友，你都问老夫上百个问题了，老夫也问你几个，你若回答得让老夫满意，老夫就送给你一件法器。你敢不敢尝试？"老者说着，右手抬起一翻，手中顿时出现了一只手镯。

这手镯通体翠绿，好似玉石，散发出阵阵寒气，一被他取出，就使讲堂内的温度下降了不少。

四周的学首们纷纷瞪大眼睛看着老者手中的手镯，他们虽看不出手镯具体的品级，但也明白，老者拿出之物必定不俗。

"王宝乐，这是顶级的二品法器，储物镯！此镯还有一定的护身作用，你小子可要好好回答问题。"掌院目光一扫，笑着开口。

掌院话语一出，众学首无不惊呼。

"储物法器，天啊！"

"这是……储物法器！"

"任何一件储物法器价值都极大，市面上根本就买不到，唯有到了真息境，才有机会获得！"

曹坤嫉妒得眼睛发红，此刻连连吸气，脑海轰鸣。王宝乐则心神剧震，他知道储物法器的贵重，也明白这种法器打造的艰难，更不用说这镯子还有一定的护身作用。

可以说，此物比寻常的储物法器更为贵重。

王宝乐顿时激动不已，深吸一口气后，大声开口："请前辈发问！"

老者笑了笑，摸着胡须，缓缓开口说道："小子，听好了，要得到水回纹，需要将多种回纹搭配推演才可，但空气中存在水汽，能不能利用这一点，借用水的三大形态，来使法器回纹更好地刻画，展现的效果更多？这样一来，又需要哪些回纹配合才更好呢？"

老者话语一出，曹坤手心冒汗，他发现自己身为回纹学首，虽能听懂这个问题，但仔细一想，却不明白具体含义，于是赶紧看向王宝乐。

山羊胡子与法兵系的几个老师也都开始思索，一旁的掌院闻言则眯起眼睛。如果说王宝乐提出的问题涉及高等回纹学，那么眼下他这师兄问出的，在他看来，已经完完全全是高等回纹学的初级内容了。

王宝乐眼睛睁大，脑海中瞬间出现了面具给的公式。他将老者的问题拆分后，加入公式里，只是这个问题太难，他用公式推演一次算不出答案。他的脑子飞速转动，在短短的时间内，用公式连续推演了数十次之多。

思索推演间，王宝乐看了看法兵阁老者手中的镯子，隐隐找到了答案的关键点，却说不出来。毕竟他的答案是依靠公式得出的，与所谓高等回纹学有区别。于是他想了想，取出一块灵石，竟当众开始在灵石上刻画回纹。

众学首顿时凝神望去，掌院、山羊胡子等人也都看了过去。法兵阁的长老则神色如常，嘴角露出一丝笑意。

在众人的关注下，王宝乐时而飞速刻画，时而停顿下来，在脑海中利用公式不断地拆分，不断地计算，直至数百次推演后，他终于刻下了最后一笔。

灵石猛地光芒闪耀，在咔咔声中直接碎裂，化作飞灰。四周众人眨了眨眼，曹坤内心松了口气，嘴角随即泛起冷笑。

可王宝乐看都不看灵石碎裂化作的飞灰，退后几步，向法兵阁长老抱拳一拜。

"好，好，好！"法兵阁长老大笑着起身，右手一挥，那储物镯就直奔王宝乐而来。

王宝乐接住储物镯，内心激动无比，赶紧大声道谢。

"多谢前辈赐宝！"

掌院目光中带着赞赏之意，深深地看了王宝乐一眼，山羊胡子与那些老师也都是如此。

只是这一切，学首们都有些看不明白，曹坤更是眼睛瞪大，仔细地想了想，但怎么也摸不清头绪，不知掌院等人为何都如此赞赏王宝乐。

只有一旁的林天浩脸色在这一瞬急剧变化，呼吸也粗重了些，内心掀起前所未有的风暴。

就在这时，忽然，王宝乐的前方，那灵石碎裂化作的飞灰竟扩散开来，形成了一小片云，有雨水在众人面前的一小片范围内哗哗而落，随后似乎又有寒气从那储物镯上被借来，使得那些雨水落下后纷纷成为冰珠。

掌院见众学首茫然，感慨着解释起来。

"这个问题，难的不是回纹的选择与刻画，难的是简化，而更难的……

是需要借灵啊！王宝乐借助镯子的寒气，使水的三种形态完美展现！"

众学首有所领悟，纷纷吸气，惊骇至极，看向王宝乐如看神人一般，曹坤更是如被闪电轰击，彻彻底底地愣在那里。

此刻，法兵阁长老笑着当先迈步，就要离开讲堂。路过王宝乐身边时，他拍了拍王宝乐的肩膀，对身边的掌院笑道："这小家伙，就是你们法兵系的回纹学首吧？很不错，非常不错！"

曹坤听到这话，身体一颤，脸上的表情比哭还难看。掌院笑了笑，没说话，山羊胡子等人则神色古怪。

此刻的王宝乐已经从之前的昏昏沉沉中恢复过来，想到曹坤之前的讥讽，他脸上露出谦虚的表情，向法兵阁长老低声说道："前辈，那个……我不是回纹学首，他才是。"

说着，王宝乐特意指了指一旁哭丧着脸的曹坤。

曹坤心里愤恨至极，可被众人看着，他不敢表露出来，只能勉强露出笑意，抱拳拜见法兵阁长老。

还没等曹坤拜见完，法兵阁长老就收回目光，好奇地看向王宝乐。

"那你一定是灵坯学首了！"

林天浩的脸色猛然一变，王宝乐赧然一笑，不管林天浩什么脸色，直接抬手指了指对方。

"他才是灵坯学首。前辈，我是灵石学首。"

法兵阁长老闻言，觉得有些不可思议，他摇了摇头，思索了一会儿，从身上拿出一枚玉简递给了王宝乐。

"这玉简上记录了灵坯之后的部分锻材学知识，你可先熟悉熟悉，自学摸索。"给完王宝乐玉简，这法兵阁长老才在掌院的陪同下离去。

很快，掌院就回来了，他勉励了众人几句，又问了问王宝乐的学业，这才宣布这一次的授课结束。

山羊胡子等人相继离去，不过每一个在走前都会多看王宝乐几眼，山羊胡子看向王宝乐时，更是笑容满面，他觉得自己当初的特招决定特别正确。

山羊胡子鼓励了王宝乐几句后，才与法兵系的老师们离开。

随着众老师离开，众多学首立刻带着善意与王宝乐结交，彼此谈笑着一起走下掌院峰，各自回到所在系。

唯有曹坤与林天浩二人脸色无比阴沉，死死地盯着王宝乐的背影。

"曹坤，你回去多努力一下……我担心这胖子下一步会夺你的回纹学首之位！"林天浩心事重重，虽然知道提醒也没用，但还是叹了口气，提醒了曹坤一句。

曹坤愣了一下，他之前就感觉不妙，此刻更是呼吸急促，面色苍白。他立刻回到洞府，红着眼开始疯狂学习。

第48章

回纹考核

春风得意的王宝乐，想到自己的回纹公式计算突飞猛进，又想到曹坤那憋屈的神情，觉得心情舒爽，尤其是看着自己手腕上那翠绿的镯子，更是双眼冒光，激动不已。

"储物法器啊！"王宝乐振奋极了，对这镯子爱不释手。显然，此物对他们这些学子而言太过稀奇，毕竟储物法器，从某种程度上来说，算是联邦踏入灵元纪后，修士的标志性物品之一。

回法兵系洞府的路上，王宝乐就忍不住尝试将自己随身携带的物品放入储物镯内。这法器的使用方法很简单，只要是修行了养气诀之人，使其认主后都可使用。

使用者只需将灵气注入其中，就可感受到这手镯内存在一处数百立方米的空间，可凭心念将物品放入或取出。王宝乐尝试后，越发兴奋。

这一路上，他不断地将物品放入又取出，甚至学着法兵阁长老的姿势，右手抬起一翻，一包零食就在手中出现，再次一翻，零食消失。

看到这一切，王宝乐忍不住畅快地大笑起来。带着美好的心情，他快速回到了洞府，拿着法兵阁长老给的锻材玉简看了起来。

锻材玉简上介绍了天下用来增强灵坯的所有材料，也有简单的融材之法。许久，有了一些心得的王宝乐放下玉简，进入梦境世界里，继续自己的公式推演。

经过这一次掌院讲堂上的提问与解惑，王宝乐迅速掌握了大量基础知识，还在触类旁通之下，对回纹公式有了更深刻的理解。此刻他重新开始计算，很快就发现自己的推演速度比之前快了很多。

三天过去，王宝乐振奋地发现，自己在这三天里被闪电轰击的次数屈指可数，往往面具上一浮现回纹的排列，他就能瞬间给出答案。

虽然他记住的回纹数量依旧是十几万，但通过公式，他能推演出所需要的一切回纹，某种程度上，说他已经将百万回纹都记住了也毫不夸张。

最重要的是，因为他是用公式推演出回纹的，所以他对这些回纹的理解也更为深刻。

察觉自己的回纹造诣提升到了一定的水平后，王宝乐就忍不住了，因为他不想让柳道斌等人继续受尽煎熬，也不想让张岚四人继续嚣张。于是在第四天清晨，王宝乐穿着学首道袍，果断去了回纹学堂。

当他来到回纹学堂时，这里正在上课，讲台上的回纹学老师正一脸严肃地为下方的学子讲述回纹。

王宝乐一看到老师，赶紧抱拳拜见。王宝乐的到来，立刻引起了学子们的注意，老师也看了过去。若是其他人在上课过程中进入学堂，老师必定不悦，但看到是王宝乐，这参与了上一次掌院讲堂的老师脸上露出和煦的笑容。

"是宝乐同学啊，今天我讲述的是基础回纹，你若感兴趣，也可以来听听。"老师目光中的赞赏之意毫不掩饰，对王宝乐的和善态度与他平日里对其他学子的严厉差别极大。

四周的学子们一个个诧异起来。凭什么啊？就算王宝乐是灵石学首，可这里是回纹学堂啊。

"老师，不好意思，那个……我想开启石壁试炼，看看自己将回纹掌握到了什么程度。要不我等您下课了再来？"王宝乐挠了挠头，他来得匆忙，没考虑到这里正在上课的事。

老师一听这话，顿时眼睛一亮，哈哈大笑。

"不用等下课，宝乐同学，你开启试炼就是，老师为你护法，见证我回纹学堂新学首的出现！"

这回纹学的老师非但没有生气，反倒兴致勃勃，实际上他也想知道王宝乐对回纹的掌握到底到了什么程度，按照他的判断，王宝乐应该记下了至少六十万道回纹。

四周学子听到王宝乐与老师的对话，尤其是听到"新学首"三个字时，一个个猛地瞪大了眼睛，心中掀起大浪，惊讶地看向王宝乐。

"王宝乐他这是要……冲击回纹学首之位？"

"这怎么可能啊？他成为灵石学首才几个月……可老师为何如此坚信新学首会出现？"

"如果成功了，他既是灵石学首，又是回纹学首！"

王宝乐深吸一口气，向老师一拜后，走入回纹学堂，站在青色石壁前，抬起手将身份玉卡放在上面，随即开启了试炼。

瞬间，青色石壁爆发出青色的光芒，将王宝乐笼罩在内。王宝乐盘膝坐下，他的试炼正式开始！

与灵石学的试炼不同，回纹学的试炼不是炼制灵石，而是凝聚出幻境，以验证学子对回纹的掌握程度。在众学子以及老师的密切关注下，王宝乐的眼前顿时浮现出外人看不到的画面。

那画面里存在数不清的回纹，需要王宝乐一一辨认出来，同时王宝乐要按照特定的顺序，将其排列完整。

若仅仅如此，难度也不是特别大，实际上在这个过程中，还会随机出现各种更复杂的回纹题目，有的是填空题，有的是选择题，有的则需要注解，还有的要根据注解画出回纹。

这些题不定时出现，一旦回答错误，则考核结束，且考核过程中有严格的时间要求，一旦超时，考核同样结束。

如此难度，使得回纹学的考核被学子们暗中称为"魔鬼试炼"。

此刻，众人虽看不到王宝乐答题的具体过程，但能看到青色石壁上不断变化增加的数据。

三万，八万，十二万，二十万！

短短的半炷香时间内，青色石壁上的数据飞速增加，这不断跳动的数字，让回纹学堂内的所有学子再次大吃一惊，不少人甚至站起身来，失声惊呼。

"这么快！"

"王宝乐……难道真的能成为新的回纹学首？"

王宝乐的数据跳动得实在太快，要知道，当初晋升为回纹学首的曹坤用了半个时辰，才使数据到了二十万。

回纹学堂内惊呼声不断，此事对众学子来说是大事，学子们纷纷将此事传播开来。回纹学堂院纪部的督察们也都听说了此事，一个个觉得不可思议的同时，也在关注王宝乐的试炼。与曹坤交好的督察赶紧将这个消息告诉曹坤。

"曹学首，王宝乐在回纹学堂，他……他要挑战你！"

正在洞府内埋头苦读，背诵回纹已经有所突破的曹坤，听到传音后猛地抬头，压力之大前所未有，更是惊慌起来。

"王宝乐！"

若是在掌院讲堂之前，他听闻此事必定耻笑，可如今他的心脏剧烈跳动，强烈的不安让他的呼吸都乱了节奏。他猛地冲出洞府，直奔回纹学堂。

当曹坤赶到时，回纹学堂内外已经人头攒动。显然，王宝乐开启石壁试炼的事情，引起了法兵系所有人的关注，大家纷纷拥来。

此时，曹坤听到了从学堂内传出的惊呼声。

"二十三万了，天啊！"

"太快了，二十五万！"

"王宝乐对回纹的掌握到了什么程度？数据变化竟如此迅速！难道对他来说，前面的二十多万道回纹已经简单到瞬间就可辨认出了吗？"

看到曹坤的身影，众人神色变化，注意到曹坤赤红的眼睛以及明显抓狂的神情，众人赶紧让开一条路。曹坤很快就冲入了学堂里，进来后，他没工夫在意众人怪异的目光，直接看向王宝乐的数据。

看到青色石壁上王宝乐的数据竟达到了二十八万后，曹坤只觉得脑袋里仿佛有一道雷炸响，眼前有些发黑，身体踉跄，呼吸都有些困难，面色刹那间变得苍白。随即，他额头上青筋鼓起，低吼一声："王宝乐，你想超过我？不可能！我也……申请考核！"

曹坤猛地上前，抬起右手按在青色石壁上。接受学首考核的学子有青色石壁的光芒守护，外人无法干扰，可并不是每次只能一人接受考核。

在曹坤与王宝乐一起接受考核一决高下时，灵坯学首阁中，林天浩猛地站起身，将手中的茶杯狠狠地摔在地上，咬牙切齿。

"王宝乐，你这是要和我掰手腕吗？你一个平民出身的杂种，也配跟我作对？"

第49章

他不像坏人

法兵系回纹学堂内发生的事惹出的动静太大，在曹坤加入考核后，二人的对抗顿时引来更多的关注，连法兵系的其他老师也在听说此事后赶了过来。

毕竟王宝乐身上凝聚了太多的传奇色彩，一旦他真的成为回纹学首，那么他就是法兵系历史上第二位双学首！

通过掌院讲堂之事，老师们心里有了一些判断，觉得王宝乐成为回纹学首的难度不是很大，可曹坤在回纹上的造诣与天赋同样不低，二人的对抗，在很多人看来，胜负一时难以判断。

至于山羊胡子，在听说此事后，微微一笑。

"有点意思。"

山羊胡子琢磨着，王宝乐若输了也就罢了，可一旦胜出，就会成为双学首，如此优秀的学子，且又是自己特招来的，成为灵石学首时自己没有表示也就罢了，若再成为回纹学首，自己怎么也要给一些奖励才是。

回纹学堂内，在众人的关注下，曹坤咬牙切齿地开启了考核。他记住的回纹数量之前是四十万，前段时间因压力巨大，他拼了一切去背，在数量上有所突破，可以达到四十五万的样子。此刻他红着眼，急速追赶王宝乐。

很快，学堂中爆发出了更惊人的呼喊声，这呼喊声飞速传遍四方。

"曹坤不愧是回纹学首，短短时间内就达到了十万！你们看，他的数据攀升得好快！"

"王宝乐更厉害啊，已经三十万了！"

学堂内一片哗然。若换了其他时候，有老师在，学子们定然不敢如此，可眼下他们实在太震惊了，而回纹学堂的老师也能理解他们的心情，只是笑了笑，没有呵斥他们，并赞赏地看向王宝乐，眼中的期待更多。

曹坤此刻已然发狂，将全部心神都放在回纹考核中，拼命追赶，渐渐地，他的数据达到了二十万。可就在这时，四周众人的惊呼声前所未有地震天而起。

"王宝乐……四十万了！"

"数据还在增加，四十三万！他超越了曹坤之前的成绩，现在他是回纹学首了！"

"天啊，四十三万还不是他的极限，你们看，四十七万了！"

惊呼声一浪高过一浪，王宝乐的数据一直没有停顿，依旧在飞涨，很快就到了四十九万，又一下到了五十二万！

这一幕被人发布在了灵网上，王宝乐立刻再次成为整个缥缈道院瞩目的焦点。

"怎么又是他……"

"怎么还是他……"

灵网上其他系的学子纷纷感慨，在近一年的时间里，王宝乐的名字太多次在灵网上刷屏了。

很快，有人找出了法兵系历届回纹学首的数据，众人的感慨渐渐消失，取而代之的是震惊。

灵元纪以来，法兵系一共出了十九名回纹学首，这些人里，数据最低的一位只有三十多万，而最高的则达到了九十三万。

数据最高的那个人，正是缥缈道院上院法兵阁中地位在寻常长老之上的大长老，缥缈道院绝对的高层之一，如今在联邦赫赫有名的十大法兵师之一的端木奇！

除了占据历届回纹学首的数据榜首外，端木奇还是法兵系历史上唯一的一位回纹、灵坯双学首！

可惜，在灵石上，端木奇的资质略差，所以没有成为至今尚未出现过的"三学首"。

而现在，虽然王宝乐的考核还没结束，学首钟的钟声还没有回荡开来，但王宝乐已经是回纹学首了，已经是法兵系历史上第二位双学首了！

此事传出后，各种各样的议论声在整个道院爆发出来。而回纹学堂内，王宝乐的数据还在攀升，从之前的五十多万已经到了六十多万！

"王宝乐到底掌握了多少回纹啊？"

"已经六十七万了，这简直就是奇迹啊！"

"七十万了！"

此刻已经没有人关注正在接受考核的曹坤了，他的数据增加缓慢，渐渐停留在了四十六万上。考核结束，他抬头看到王宝乐的数据，原本因成绩提高而生出的信心直接崩溃。

"七十……七十万……这……不可能……"曹坤瞪大眼睛，猛地站起身，后退数步，身体开始颤抖，眼前渐渐发黑。

这对他来说如同灭顶之灾，这已经不是比试了，这完全就是碾压！

他无论如何也不敢相信，王宝乐记下的回纹数量居然超越自己如此之多，这在他看来，根本就是不可能的。

那不断跳跃的数据好似一把把利剑，穿透他的心口，让他仿佛失去了一切力量。他靠着墙壁，脑海一片空白，无法接受自己被人超越的事实，整个人呆若木鸡。

可这场碾压没有结束，还在继续。四周的叫嚷声不断传出，万众瞩目的青色石壁上，王宝乐的数据竟再次飞速攀升，从七十万达到了八十万！

这一次飞跃后，数据的涨势才渐渐慢了下来。青色的光幕内，盘膝坐在那里的王宝乐全身不时颤抖，额头冒汗，上面的青筋时不时鼓起。显然到了如此程度，王宝乐也压力极大。

回纹的考核越往后就越难，接受考核者不能有丝毫错误，也不能超过规定的时间，还要快速解答随机出现的各种问题。

所以就算王宝乐有公式推演，也还是慢慢支撑不住了，不是他的推演速度不快，而是他的体力及精力无法支撑了。

这种考核对身体的消耗太大了，就这么一会儿，他的身体明显比之前清瘦了不少，原本圆圆的脸也缩了一圈，仔细一看，此刻的王宝乐在憔悴之下，竟露出了一副足以让不少人眼前一亮的俊朗容颜。

若王宝乐此刻清醒，能去照照镜子，那么他一定会激动无比，觉得自己是天下最帅之人。只不过眼下沉浸在考核中的他，将全部心神都用在了回纹上。半个时辰后，他的回纹数据终于艰难地从八十万攀升到了九十万！

数据还在继续攀升，可速度更慢了。在学堂内外众人的等待下，又过去了三个时辰，王宝乐的数据超过九十三万，达到了九十四万。这时，他全身一震，体力与精力再也无法支撑，回纹排列的速度慢了一些，顿时考核结束。

随着青光消失，学首钟的钟声立刻在法兵系内回荡开来。

"新的回纹学首！"

"法兵系双学首，王宝乐！"

法兵系内呼喊声惊天动地，可这一切王宝乐听不到了，在考核结束的刹那，他就因精力消耗太大，昏迷了过去。回纹学的老师上前扶住他，立刻给他喂了一些丹药，这才将他送回洞府。

注意到王宝乐昏迷，学堂内外的学子们都露出敬佩之色，显而易见，这一刻的王宝乐，让所有学子都不得不佩服。

随着学首钟钟声阵阵传出，曹坤怀里的学首令直接碎裂，他惨笑一声，整个人失魂落魄，茫然地转身离去。

他的离去没有人关注。

在法兵系的学首钟轰鸣之时，回纹学堂院纪部以及灵石学堂院纪部内，所有的督察都胆战心惊，不少人暗自庆幸之前对柳道斌等人的调查没有过于认真，而是暗地里拖延，否则，此刻他们就需要担心自己的位置不保了。更有一些机灵者，第一时间就去向柳道斌等人示好。

柳道斌等人被关押着，都很焦急、紧张，不知晓外面的事情。学首钟的钟声他们也听到了，却不知道具体发生了什么事情，只能暗中猜测。

在那些将他们抓来的督察争先恐后地过来讨好他们，甚至有人主动将他们释放，说出王宝乐成为回纹学首的事情后，他们激动不已，一个个仰天大笑，只觉得拨开云雾见青天。

当整个法兵系都在传王宝乐双学首的身份时，灵坏学首阁内，林天浩大发雷霆，将房间里所有物品统统摔碎了，眼睛里带着强烈的愤怒，死死地盯着王宝乐洞府的方向。

他无法忍受之后的日子里，自己被拥有两票的王宝乐架空的感觉，此刻眼中已隐隐露出了杀机。

与此同时，在战武系陆子浩的居舍内，多了一个院外访客。这访客正是周璐的妹妹周静。这个曾在俱乐部戴着小猫面具的小美女，此刻正一脸兴奋地将一枚玉简递给陆子浩，看着陆子浩打开灵网上王宝乐的照片。

"耗子，这是你要的资料，我整理了好久，又偷偷从我爹那里弄来了一些。你快说，那无耻的'胖兔'是不是这个王宝乐？"周静兴致勃勃，目光从王宝乐的照片上扫过。

这张照片，正是王宝乐之前瘦了不少时，被四周学子拍下侧脸，发到灵网上的。

"我觉得这王宝乐不像是'胖兔'，你看他还挺帅的，不像坏人。"周静又多看了几眼，越看越觉得王宝乐从侧脸看有种特殊的魅力。

"他帅？你瞎了啊！"陆子浩顿时瞪起眼睛。

第50章

不速之客

　　"原来我瘦下来这么帅！"

　　第二天清晨，王宝乐在洞府中醒了过来，他揉了揉有些胀痛的眉心，想起自己昏倒前似乎成了回纹学首，于是赶紧打开灵网查看消息。

　　很快，他就看到了一张自己的照片。

　　望着照片里自己的侧脸，王宝乐挤了挤眼睛，有些无法相信，呼吸也急促了一些，忍不住仔细看了很久，确认那就是自己后，他整个人变得激动起来。

　　"这……这真的是我?!这立体的下巴、挺拔的鼻梁、睿智的眼睛……"

　　这张照片拍摄的角度选择得绝妙，把王宝乐憔悴的脸拍出了近乎完美的效果，充满了一种说不出的魅力。王宝乐自己都震惊了，连忙拿出镜子对比了一下，看看镜子里圆圆的脸，又看看照片里目光深邃、面容俊朗的自己，他越看越满意。

　　"怪不得说每一个胖子都是'潜力股'，这句话果然没错啊！我王宝乐就是最大的'潜力股'！哼哼，如果有一天我彻底瘦下来，必定帅爆宇宙天地，就算联邦的那些明星也都不如我！"

　　王宝乐得意扬扬，将灵网上的那张照片保存下来，准备以后需要照片时，就给人发这张过去。

"毕竟，这张照片才最符合我真实的样子。"

王宝乐拍了拍肚子，美滋滋地继续在灵网上浏览，他只看那些惊叹自己成为双学首的帖子，至于那些讥讽自己的帖子，他自动忽略了。

没过多久，王宝乐就大致看完了帖子。他心满意足地取出一包零食吃了起来，心底舒爽，琢磨着自己如今是双学首，没人能欺负自己了。

"有些事情可以先着手去做，不过……也不能让他林天浩得意，曹坤只是他手中的枪而已。我还要继续努力，把他也比下去！"

王宝乐想到这里，放下零食，正要出门，就在这时，柳道斌前来拜访。

柳道斌实际上已经来了好几次，每次来都在洞府外低声求见，生怕王宝乐还在睡觉被自己吵醒。估计王宝乐此刻已经醒来了，他再次赶了过来。

"道斌拜见灵石、回纹双学首！"柳道斌一进来，就立刻深深一拜。

王宝乐心底感叹，拿着茶杯喝了一口茶，脸上露出笑容。

"道斌啊，前段日子你受委屈了。"

"为学首办事，不委屈！只是道斌心里愤怒，那曹坤竟敢让我说一些莫名其妙的话来污蔑学首，我柳道斌自始至终坚守本心，污蔑学首的事情绝不能做！"柳道斌赶紧表态，挺起胸膛，狠狠地拍了几下。

王宝乐很满意柳道斌的态度，他想了想，身子微微前倾，柳道斌注意到后赶紧上前。

"学首会议我不打算再召开，灵石学堂院纪部与回纹学堂院纪部的态度，你关注一下。另外，张岚等人……我不想在道院里再看到他们！"

王宝乐话语一出，柳道斌顿时明白，不由得内心激动。

他知道，王宝乐这是给了自己重权啊，自己现在虽不是督察，却比督察更有权势。而学首会议召不召开已经没有意义了，他能想象得到，回纹学堂院纪部与灵石学堂院纪部的督察必定战战兢兢。

"学首放心，道斌明白了！"柳道斌深吸一口气，郑重表态。他又陪王宝乐谈了几句后，这才离去。

柳道斌走后，王宝乐想了想，打开传音戒，向前段日子被抓的那些手下一一送去问候。这种事他知道不能让柳道斌去做，对高官自传的研究，让他明白了一个道理：拉拢人心之事，是自己应该去做的。

实际上的确如此，之前被抓的那些学子接到王宝乐的问候后，一个个都很激动，干劲十足，对王宝乐从一开始的尊敬已经到了崇拜的程度。

这一切，都是因为王宝乐的双学首身份，以及这一次大家的患难与共！

处理完院纪部的事情，王宝乐拿出了《养气诀下篇》。他之所以不打算再召开学首会议，是因为懒得见林天浩。

"等取代林天浩后，这法兵系我王宝乐一个人说了算，才是最好的。"王宝乐哼了一声，低头研究《养气诀下篇》里的灵坯学。

实际上灵坯学与回纹学有很多共通之处，只不过这些共通之处，要在掌握了至少六十万道回纹后才可以感受到。

比如很多回纹细节刻画的办法，既是区分回纹的方式，也是在灵石上形成灵坯的手段，且回纹掌握得越精深，这种共通之处就越多。

像王宝乐这样通过公式推演计算的，在这一方面更有优势。当日他在掌院讲堂，面对上院法兵阁长老的考核，就是用回纹学与灵坯学相结合的方式解答问题的。

所以，对于已拿下回纹学首之位的王宝乐而言，再拿下灵坯学首之位，难度很小。

毕竟他的底蕴深厚，无论是灵石学还是回纹学，都积累颇多，厚积薄发之下，灵坯学的造诣也会达到惊人的程度。

当年的端木奇，就是在成为回纹学首后，不到两个月又成了灵坯学首。由此可见，将回纹掌握到极致后有多强。

实际上，这也是林天浩忌惮王宝乐的原因所在。

现今占据了如此优势，王宝乐准备一鼓作气，拿下灵坯学首之位。此刻他深吸一口气，开始研究灵坯学。

"灵坯学的秘方背诵方面，与回纹背诵的相通之处太多，用我的公式就可解决，对我来说没有什么难度。唯一有难度的地方，就是提高刻画的熟练度。别人想要熟练地将灵坯回纹刻画在灵石上，需要成本，毕竟炼制灵石需要空白石……而我根本不需要空白石，而且我能炼制出七彩灵石，七彩灵石能承受的回纹更多！我要做的，就是熟练刻画各个秘方的灵坯回纹！"

想到这里，王宝乐取出灵石，开始练习灵坯回纹的刻画。

这种刻画，一方面可以加强动手能力，另一方面可以加深对回纹的记忆。在这个过程中，王宝乐再次感受到了自己的优势。别人刻画往往需要一些时间去思索，可他掌握了大量的回纹，根本不用思索，每一道回纹都无比清晰地印在他的脑海里，他直接就可刻画出来，且准确度高于别人。

可以说，王宝乐在起跑线上，就已经无限接近终点！

渐渐地，王宝乐自己都吃惊不已，双眼冒光。

"这么下去，我觉得很快……我就可以成为灵坯学首！"

王宝乐沉浸在对灵坯回纹的刻画中，第三天晌午，他的洞府外来了一个不速之客。

这个不速之客正是陆子浩。

在陆子浩送上拜帖求见后，刚刚刻画完一把飞剑的灵坯的王宝乐愣了一下。

"陆子浩怎么来了？难道他看穿了我的身份？"王宝乐有些诧异。

想到自己如今是双学首了，他眼睛一瞪，取出传音戒，向柳道斌交代了一番。

"就算知道了又能怎样？不过我还是掩饰一下为好。"

王宝乐知道自己避而不见不大好，于是打开了洞府大门，摆出一副憨厚的样子，疑惑地看向此刻站在门口，戴着拳套，衣袍下的身体有些僵硬，似乎穿着铁裤衩的陆子浩。

"你是？"

第51章

不要这么调皮

在洞府大门开启的瞬间，门口的陆子浩立刻目不转睛地看了过去，他的目光极为犀利，更带着审视之意，仿佛要将王宝乐彻底看穿。

"战武系陆子浩，见过法兵系学首。"陆子浩眯起眼睛，神色中带着一丝桀骜，缓缓开口。

看到陆子浩这个表情，王宝乐心底哼了一声，琢磨着要不要索性暴露身份。就在王宝乐这么思索时，陆子浩的声音再次传来。

"陆某来此，是提醒学首一句。你还记得当日俱乐部内的周璐吧？她已经从白鹿道院毕业，得军方征召并给予七寸真息，听说如今修为已经突破了古武境，成了真息境的修士！"陆子浩快速说道，说话时紧盯着王宝乐，试图找出蛛丝马迹。

王宝乐听闻此话，眨了眨眼。他对周璐那个疯婆子的印象实在太深刻了，听说对方如今竟加入了军方，且修为超越了古武境，他立刻就产生了警惕。

"听不懂你在说什么。"王宝乐摇头，转身就要回洞府。

"王宝乐，你就是'掰指胖兔'！我告诉你，已经成为真息境修士的周璐始终对当日俱乐部的事情耿耿于怀，你要是敢走回洞府去，我立刻就给周璐传音，告诉她你的身份，到时候她必定来找你麻烦！"陆子浩神色傲然，眼中更是流露出一丝狡诈，"想让我不说，也不是不可以，王宝乐，'掰指胖兔'，你给我跪下磕头！"

"你有病啊！"见陆子浩居然敢这么嚣张地说话，王宝乐停下脚步，转身瞪了陆子浩一眼。他心底已经有些不耐烦，哼了一声，继续向洞府走去。

见王宝乐还装，陆子浩顿时怒了，修为爆发，低吼起来："今天我陆子浩来，就是要揭穿你的身份！"

陆子浩依旧是封身大圆满，但比之前精进了一些，距离补脉也不远。此刻怒吼之下，他向王宝乐急速靠近，右手抬起，一拳轰来。

"你还没完了是吧？"王宝乐也怒了，他身为学首，已经两次让步，准备回洞府，可这陆子浩一副热血青年的样子，咄咄逼人，此刻更是主动出手。

这就让王宝乐忍不了了。他转过身去，右手瞬间抬起，速度飞快。陆子浩还没看清，手腕就被王宝乐一把抓住并向下一压。那剧痛，顿时让戴着拳套的陆子浩都哀嚎了一声。

"跪下！"王宝乐瞪起眼睛。

扑通一声，陆子浩被逼得跪了下来，可他在剧痛中仰天大笑，狂喜不已。

"'掰指胖兔'！你上当了！我在这四周布置了三台直播影器，哈哈，王宝乐，'掰指胖兔'，现在整个道院的灵网上，估计都能看到这里的直播，你的身份已经被揭穿了！王宝乐，你等着周璐来找你麻烦吧，你等着缥缈城内所有被你伤过之人来找你吧！"陆子浩虽被王宝乐压着手腕，但笑声传遍四方，心底激荡不已。

"现在，'掰指胖兔'，还不松开我的手，然后给我跪下！"陆子浩得意无比，大喝一声。

在他的想象中，这一刻的王宝乐必定神色大变，惊慌失措。可很快他就发现，王宝乐非但没有如他判断的那样惊呼起来，反倒是一脸笑眯眯的模样。这一幕，让陆子浩不由得愣了一下，内心忽然生出一丝不妙之感。

"你……"

就在陆子浩生出不妙之感的瞬间，数十个回纹学堂与灵石学堂的黑衣督察神色肃然，从王宝乐洞府四周的道路上飞速赶来。

柳道斌也在其中，手里还拿着三台影器。看到柳道斌手里的影器，陆子浩脸色一变。

"回禀学首，果然如您所料，这陆子浩上山后布置了三台影器，我们已提前一步切断了这片区域的灵网，没有任何机密传出！"

柳道斌这句话一出，陆子浩只觉得脑袋轰的一声，瞳孔猛地放大，眼前有些发黑。

"认错吧。"王宝乐抬起头，得意地向陆子浩说道。

"你休想！"陆子浩大吼道。

他喘息粗重，内心憋屈、郁闷至极，正准备强硬到底，可就在这时，柳道斌在一旁发出冷笑。

"学首，此人试图窃取我法兵系的机密，我建议立刻将其收押，与战武系交涉后，将其送入道院内审！"

柳道斌这句话一出，陆子浩就倒吸一口气，要知道窃取机密的罪行十分严重。他吓得赶紧解释道："我不是窃取机密，我只是将影器安装在王宝乐的洞府四周，想要录下证据！"

"闭嘴！学首是什么身份，你将影器安装在学首的洞府外，这就是窃取法兵系的机密！"柳道斌眼睛瞪起，大喝一声。

四周的督察也都目光不善，看向陆子浩，纷纷要求严惩陆子浩。

直至这一瞬，陆子浩才真正害怕了。他来的时候的确带着恶意，准备录下王宝乐出手的视频，这样，他就可以将视频作为证据，既能羞辱王宝乐，又可以拿出去炫耀。同时他也没打算放过王宝乐，准备将视频交给周璐，让周璐来找王宝乐的麻烦，却忽略了王宝乐在法兵系的权势与地位。

他怎么也没想到，事情的发展居然是这样。他也是个能屈能伸之人，此时毫不犹豫地赶紧哀嚎起来："我错了，我错了……"

"行了，别吓小孩子了。"王宝乐得意地一摆手。

听到王宝乐称自己为小孩子，陆子浩憋屈得脸色都变了，却没办法。

"小浩啊，我们之间没有化解不了的深仇大恨，你以后不要这么调皮了。"王宝乐抬手摸了摸陆子浩的头。当初与对方第一次交手，王宝乐就知道陆子浩是个喜欢耍小手段的人，所以这一次开门前，他传音向柳道斌交代了一番，以防万一。

王宝乐摆出长辈的姿态，批评了陆子浩几句，这才心满意足地走回洞府。他的心情很愉悦，觉得终究还是自己棋高一着。

至于陆子浩会不会说出自己的身份，这一点王宝乐不在意，在他看来，能不暴露自然最好，可若真的暴露也没什么。无论是对于周璐而言还是对于其他人而言，缥缈道院双学首都不是轻易能动的。

见王宝乐放过了自己，陆子浩虽心头郁闷，但还是松了口气。

四周众督察目光冰冷地看了陆子浩一眼，各自离去，唯独柳道斌临走时站在陆子浩身边，声音低沉，缓缓说道："好好学习，这一次学首心软放了你，你要珍惜这个机会，不要再给自己找麻烦！"

说着，柳道斌扬了扬手中的影器。他没有将三台影器还给陆子浩，而是将它们带走了，显然他要把它们作为证据，留待日后需要时取出。

周围人都走了，陆子浩沉默半响，回头看着王宝乐的洞府。这一刻的他，真正感受到了自己与王宝乐之间的差距。

"我一定能超越他！"陆子浩咬牙低语。他没了揭穿王宝乐身份的心情，回到战武系后就开始闭关修炼。

陆子浩的事情对王宝乐而言只是小事，回到洞府后，他再次沉浸在了对灵坯回纹的刻画中。一周后，王宝乐炼制灵坯的速度越来越快。

自从进入道院后，从炼制灵石开始直至现在，他虽然花出去不少，但还是积累了大量的灵石，且这些灵石的品质都极高。

如此一来，王宝乐在熟悉灵坯制作初期根本不缺灵石，在这些灵石上刻画回纹，使得他对灵坯的掌握更上一层楼。

法兵阁长老给的锻材玉简上的一些知识，也在王宝乐炼制灵坯的过程中渐渐体现，触类旁通之下，王宝乐结合之前所学，对灵坯学理解得更透彻了。

第52章

失效了

灵坯学的重点，实际上就是按照不同的秘方，将数块刻画了不同回纹的灵石排列，依靠激发灵石内蕴含的灵力，使这些灵石相互融合，从而形成法器的灵坯。

这样的灵坯，从某种程度上来说，已经算法器的半成品了，只需加入秘方上的金属材料，再经过打磨与熔炼，就可将法器炼制出来。

哪怕不经过后面的步骤，仅仅是灵坯，也可以激发出一定的威力，只不过因为没有锻造材料的加入，灵坯的威力很弱，坚固程度也不如有金属锻材保护的真正的法器。

在刻画回纹、炼制灵坯的过程中，王宝乐初步感受到了灵坯学的浩瀚和神秘。他的脑海中出现一些奇思妙想时，他会通过刻画回纹，将这些奇思妙想表现出来。虽然绝大多数时候是失败的，可这失败的过程对王宝乐而言，也是一种乐趣。

就这样，又过去一周后，王宝乐的灵石消耗得差不多了，他在灵坯学上的造诣也突飞猛进。

可王宝乐明白，自己距离成为灵坯学首还有差距，在灵坯的炼制上需要再熟练一些。于是在接下来的日子里，他研究灵坯学之余，还抽出大量的时间去炼制灵石。

而他的身体，也因灵石的炼制，渐渐出现了灵脂。只不过有了前几次的经验，王宝乐时刻注意观察自身的变化，在他看来，只要不是如之前那般出不去门，一切问题都可以解决。

"灵脂也挺好的，一旦被吸收了，我的修为还可以突破，这一次说不定能从封身层次直接进入补脉层次！"王宝乐想到这里，心底更为得意，对灵脂的态度也改变了不少，甚至有了期待。

而他最期待的，还是成为灵坯学首，成为缥缈道院法兵系前所未有的超级无敌大学首！

"到那个时候，我看哪个家伙敢欺负我！"王宝乐想到这里，内心振奋，笑出声来。他还幻想了一下自己成为灵坯学首后，在法兵系的院纪部一言而决的情景。

"我成为唯一的大学首后，要召开学首会议，只不过到时候，我一个人开会就可以了。"王宝乐嘿嘿一笑，越发得意。他带着美好的心情，吃着零食，开始了灵石的炼制，并进一步研究灵坯学。

在他的体重渐渐增加，体内灵脂的厚度也与日俱增的同时，他炼出的灵石上被他刻画了大量的回纹，他又通过这些刻画着回纹的灵石，排列出各种各样的灵坯。

这就像一个循环。努力炼制之下，王宝乐身边的灵坯越来越多，即使炼制过程中废了不少，可当第四周到来时，王宝乐的储物镯内，成品灵坯已经不下百件。

虽然废弃的灵坯数量比之前还多，但他的成功率飞速提高，如今，他已经能做到三次中成功一次了。

这种成功率，放在整个灵坯学堂都是首屈一指的，事实上就算是林天浩都达不到这样的程度，他最多也就是四次中成功一次而已。

毕竟在对回纹的熟悉程度上，林天浩不如曹坤，更不如王宝乐。尽管在王宝乐闭关的这段日子里，林天浩也在闭关，疯狂地提升自己对灵坯炼制的熟练度，甚至去了一趟学堂开启石壁试炼，使自己的成绩又高了一些，可对王宝乐而言，要超越林天浩，虽说不上轻而易举，难度也极小。

就这样，当第五周到来时，柳道斌告知王宝乐，张岚等人已经被再次关押起来，只不过柳道斌想要处置他们，却遭到了林天浩的阻拦。听到这个消息后，王宝乐加快了炼制灵石的速度。

在之后的半个月里，王宝乐炼制的灵石数量大增，他对灵坯炼制的熟练度也因此快速提升。终于，在这半个月里的最后一天，王宝乐的灵坯炼制成功率再次突破，变成了两次中就能成功一次！

"我即将成为法兵系的超级无敌大学首！"

仰天大笑中，王宝乐艰难地站起身来，心中充满激动与期待。他看了看自己的身材，没有太多担心。

"不就是减肥吗？这些灵脂很好减，减掉就可以突破，这一次我一定能到补脉层次！"

经历了数次疯狂减肥后，王宝乐觉得自己要瘦下来不是什么难事。他得意地身体一晃，狂奔出去，开始了环岛跑。

只是跑了两天后，王宝乐有些紧张地发现，自己的体重丝毫没减。他有些担心，可想了想后，还是觉得减肥不难。

"没事，我还有其他手段！"

想到这里，王宝乐又去了岩浆室。只是数日后，他在战武系众学子幽怨的目光中从岩浆室走出时，望着自己依旧肥硕的身躯，心情不淡定了，心底生出强烈的不安。

"这个……我还有大招！"

咬牙之下，回到洞府的王宝乐立刻给谢海洋传音。

当谢海洋顶着那一头打着发胶的闪闪发光的短发，出现在王宝乐的洞府中时，他看着王宝乐的身体，睁大了眼睛。

"难怪战武系的都在埋怨……天啊，王宝乐，你怎么又胖了?!"

"谢兄，你是减肥方面的专家，赶紧给我想个办法啊，死神丹也行，只要能减肥!"谢海洋是王宝乐最后的希望了，此刻他心里有些患得患失，连忙开口。

"同学，我有必要提醒你，我谢海洋是生意人，不是减肥专家!"谢海洋眉头一皱，正色道。

王宝乐二话不说，右手抬起一翻，大量七彩灵石立刻从他的储物镯内飞出，在一旁堆积成了小山，那七彩光芒照得洞府内五光十色，璀璨无比。

谢海洋眼睛都看直了，倒吸一口气后，立刻重重地拍了下胸膛。

"同学，你找我就对了，我谢海洋就是缥缈道院最专业的减肥专家!兄弟，减肥这种事我最擅长了，你放心，我一定让你瘦下来!"

听到谢海洋这么保证，王宝乐放心了，满意地点了点头。

谢海洋外出，很快就归来，给王宝乐带来了不少死神丹。

"这死神丹我当初囤积了不少，同学，来，随便吃!"谢海洋一摆手，很大气地扔给王宝乐五瓶死神丹，这才离去。

王宝乐拿着丹瓶，在自己的洞府中一口气吃下了十多粒死神丹。随着体内火热感升起，他赶紧振奋地坐在那里，等待灵脂的燃烧。

可这一次或许是那些灵脂太顽强，又或许是身体对死神丹产生了耐药性，最后，王宝乐只是出了一身汗，身形依旧没什么变化。

他赶紧又多吃了一些死神丹，可直至将所有死神丹都吃了下去，他的身材还是没有变化。

王宝乐忍不住哀嚎起来："天啊，怎么不管用了啊?"

这一刻，王宝乐终于无法保持淡定了，他的呼吸急促无比，胖祖先们的脚步声也隐隐在他的脑海里回荡。

"谢海洋，你这一次的死神丹是假的！"王宝乐急了，拿出传音戒，再次联系谢海洋。

　　谢海洋接到传音后，赶紧来到了王宝乐的洞府中。发现王宝乐没有丝毫变化后，他又看了看空空的丹瓶，不由得愣住了。

　　"一点效果都没有？"

　　"一点效果都没有！"王宝乐哭丧着脸，看向谢海洋。

　　若换了别人，谢海洋一定有所怀疑，可王宝乐他还是信任的，他挠了挠头，脑子飞速转动，最后狠狠一咬牙。

　　"同学，你等我三天，我来想办法。你放心，没有我谢海洋做不到的事情，你这有挑战性的大活儿，我谢海洋接了！"

第53章

傀儡法器

望着信誓旦旦离去的谢海洋，王宝乐叹了口气，低头摸了摸自己的肚子，一脸苦恼。

"怎么这一次就不管用了呢……"之前几次减肥的经历让他自信满满，但如今他被现实打击得体无完肤，一想到自己以后的减肥之路，他就觉得压力极大。

他沮丧地坐在洞府的露台上，看着远处的蓝天白云，依稀间似乎看到了很多胖祖先的身影，于是心情更不好了，只能看着自己那张帅气的照片发呆。

"难道是天妒英才，苍天不愿看到我这么帅的人出现，所以要来打击我，阻断我的减肥之路？"王宝乐越想越悲愤，一咬牙拿出了一包零食，可看了零食一眼后，他迟疑了一下，又把零食扔在了一旁。

"我忍！"王宝乐气呼呼的，强忍着不去看零食，一心等待谢海洋到来。

在这种煎熬持续了三天后，谢海洋终于回来了。

看到谢海洋的瞬间，王宝乐无比激动。

"谢兄，想到办法了吗？"

谢海洋走进王宝乐的洞府中，先是摸了摸自己那被发胶固定的头发，神色中带着一丝傲然，听到王宝乐的话后，他干咳一声。

"你这点事太简单了，不就是减肥吗？尽管死神丹没用，可我谢海洋是减肥专家，我一出马，必定让你瘦身成功！"

见谢海洋这么自信，王宝乐赶紧请谢海洋坐下，送上冰灵水，眼巴巴地看了过去。

"谢兄，只要能让我减肥，灵石什么的，一切好说！"

谢海洋喝着冰灵水，探头低声说道："我跟你说，在缥缈道院里，有一件法器……这法器价值连城，极为贵重，我能帮你弄来，借给你用七天！我保你使用这法器后，七天内减肥成功！"

谢海洋声音很低，带着一种神秘感。王宝乐听到他的话后眼睛一亮，把头靠近了一些。

"什么法器？这么厉害！"

身为法兵系双学首，王宝乐对"法器"二字很敏感，听到谢海洋这么说，心底也不由得产生了好奇。

"传说在一千多年前，有一种古老的减肥办法，叫作欺骗大脑法。简单来说，就是欺骗你的大脑。比如在运动上，欺骗你的大脑，让它觉得你已经运动了很久，于是它就会加快新陈代谢，从你体内抽走能量，从而让你减肥。"谢海洋说到这里，心里很得意，他觉得这个办法非常适合减肥，"我说的那件价值连城的法器，就是依照这个原理炼制出来的，称之为禁器都不为过，你使用后，必定瘦身成功！"

听到这里，王宝乐满怀希望，眼睛顿时更亮了。

"还能炼制出这样的法器，人才啊！这法器你带来了吗？"

"这法器如果这么好借，也就不会价值连城了。此宝物的主人不是我们下院的，而是上院某个真息境的大人物啊！"谢海洋点出对方的修为，以此来抬高自己的能力。

"上院？"王宝乐眼睛睁大。要知道，缥缈道院的上院，是无数学子做梦都想要考入的，唯有考入上院，才算鱼跃龙门，不再是凡人，而是修士！

"此人的身份，因涉及隐私，我不能告诉你，对方也不愿让太多人知道自己拥有这类禁器，而且一般情况下，此人是不会把这法器借出的。不过，缥缈道院就没有我谢海洋办不成的事，只需投其所好，此人还是很好说话的。你若想借法器，就需要炼制一些傀儡法器去交换，这样一来，事情就好办了，此人就喜欢收集不同的傀儡法器。"

谢海洋说到傀儡法器时顿了一下，看向王宝乐。

"傀儡法器？"王宝乐迟疑了一下。这类法器在灵坯学中较为偏门，分为护身型傀儡以及攻击型傀儡，秘方极少，且需要将灵坯学与回纹学掌握到惊人的程度才可炼制，放眼整个下院的法兵系，能炼制出傀儡法器之人，凤毛麟角。

"这种法器不好炼，我最多炼制出灵坯，而且材料我也没有啊。"王宝乐皱起眉头，觉得此事有点难。

"材料我有啊，你需要什么，尽管开口！"谢海洋眼睛明亮，笑着说道。

"我还没说完。对方有收集傀儡的癖好，且不要兽形的，只要人形的，一定要高大、威猛、凶悍才可！你也知道，城池外的荒野里，凶兽横行，我们外出时身边如果有一些魁梧的护身傀儡，也能安全一些。"谢海洋咳嗽一声，又交代了几句，跟王宝乐约定了取货的时间，这才离去。

洞府内，王宝乐坐在那里，一脸疑惑，隐隐觉得有些不对劲。可眼下他想要减肥，只能借对方的法器来用，他不得不炼制傀儡。

"炼了！"

对于这种从来没炼制过的灵坯，王宝乐在研究后推演回纹，许久之后有了把握，这才开始刻画回纹。

"攻击型傀儡的炼制难度太大，我还是炼个护身型的好了。既然是护身型，那么最需要的就是坚固，要加入至少三十组有坚固效果的回纹才可。

"仅仅是坚固还不够，因为是人形的，所以还需要有柔韧度。同时也要有报警作用，虽不能说话，但要有声音传出……

"另外，不能让人一眼看出是傀儡。这也很重要，这样就能出其不意，所以仿真的程度也是重点。总之，傀儡的最高境界，就是与真人没有什么区别！"

王宝乐一开始没有太用心，可炼制傀儡的灵坯难度太大，随着回纹的刻画，他渐渐沉浸其中，用了全力，在思索与推演中，慢慢将其完善。为了追求完美，王宝乐甚至用七彩灵石作为核心，用其他上品灵石在周围排列，使其融合在一起。

数日后，王宝乐看着自己面前这用了四十多块灵石，经过多次回纹计算、排列才构造出的人形灵坯，擦了擦额头上的汗，露出遗憾之色。

"可惜时间太短，我又是首次尝试，不然，我应该能将其制作得更好。"王宝乐摇了摇头，给谢海洋传音，让他买来不少锻造的材料。

这些材料不是什么珍贵之物，都是王宝乐自己炼制灵坯需要的一些寻常锻材。而相关锻造知识大都是他在法兵阁长老给的玉简里学到的。

"用锻材去炼制，我也是第一次……"王宝乐叹了口气，觉得自己这一次减肥实在太难了，琢磨着如果借来的法器没效果，一定要让谢海洋赔偿自己炼制傀儡的损失。

想到这里，他拿着灵坯与锻材离开洞府，直奔法兵系的灵炉洞。这灵炉洞与战武系的岩浆室类似，只不过炎热的程度差了一些，是为了让灵坯学堂的学子提前熟悉法器锻造而准备的。

灵炉洞内有不少房间，里面都配备了高温灵炉与简单的模具，学子们可以借助这些器具，将锻材熔化并简单地融入灵坯中，制作出简易法器。

因为只有灵坯学堂的学子才能尝试炼制简易法器，所以平日里此地人不多。王宝乐身为学首，自然能随意进出。来到这里后，他选择了一个房间，进去熟悉了一番，这才开始他的首次炼制。

法器锻造包含的内容很繁杂，就算王宝乐有法兵阁长老给的玉简，操作起来也磕磕绊绊的，炼废了不少材料。好在他的灵坯很坚固，这才没有损坏多少。在不断的修复与尝试下，数日后当王宝乐出来时，他的眼圈有些发黑，甚至整个人瘦了一点。这几天，他的精力与体力实在损耗不小。

回到洞府后，王宝乐给谢海洋传音，在等对方来的过程中，他喝下好几瓶冰灵水，这才觉得昏沉的脑袋清醒了一些。

"炼器太难了。"回想之前的过程，王宝乐越发觉得自己这一次为减肥下了血本。

很快，谢海洋到来，他一进洞府，还没说话，王宝乐右手就抬起一挥，顿时储物镯内一道亮光闪过，一个足有两米高的人形傀儡砰的一声出现在他的面前。

这个傀儡很魁梧，甚至带着野蛮的气息，全身上下都是毛发，一看就很凶悍。

虽不是特别逼真，但若不细看，这傀儡与真人区别不大。

"满不满意？高大、威武、凶悍，都具备了！"王宝乐有些疲惫地揉了揉眉心，目光扫过自己炼制的傀儡，虽不是很满意，但觉得也说得过去。

一旁的谢海洋此刻眼睛都直了，他绕着傀儡走了几圈，吸了口气，眼中露出强烈的光芒。

"满意，太满意了！王同学你放心，有此物，我保证一会儿就给你把法器借来！"

说着，谢海洋立刻将这傀儡带走，离开下院岛，一路坐船，来到了通往上院岛的入口。

此地远看风景壮观，湖天相接，别有一番气势，可靠近后，景象突变，迷雾重重。每次来这里，谢海洋心底都很紧张。他靠近后，取出一块令牌摇晃了几下，不多时，迷雾内露出一个模糊的身影。

"东西带来了吗？"这模糊的身影声音低沉，带着慑人的压迫感。

谢海洋赶紧将傀儡取出，还没等他送过去，迷雾内的身影就抬手隔空一抓，这傀儡顿时飞入雾气中。半晌后，惊讶的声音从迷雾内传出。

"只用了四十多块灵石，回纹的数量也不超过三千，可具备的功效竟不弱于用了百块灵石、刻画了万道回纹的傀儡。虽制作粗糙，但别有趣味，不错，非常不错！"迷雾内的身影赞叹道，而后扔给谢海洋一个头盔，这才离去。

第54章

三榜学首

谢海洋松了口气，擦了擦汗，这才离开。回到王宝乐的洞府时，他的眼睛里都带着振奋。

"兄弟，那边对你炼制的傀儡特别满意！"说着，他递给王宝乐一个赤色的头盔以及一枚介绍头盔使用方法的玉简，"这件法器，那边说可以借你一用！"

送走了谢海洋后，心中充满期待的王宝乐顾不得此刻疲惫的状态，立刻拿着赤色头盔研究了一番。看到这头盔上有三道若有若无的纹路，王宝乐的眼睛猛地睁大。

"三道兵纹？"王宝乐有些吃惊，赶紧拿出《养气诀下篇》，翻到介绍法器的那一页。仔细对照后，他的眼睛亮了起来。

"竟然是灵宝！"

按照《养气诀下篇》的介绍，这种纹路被称为兵纹，一品、二品法器不会有，唯有到了三品成为灵宝后，才会浮现出来三道。

意识到手中之物是灵宝后，王宝乐对减肥的把握更大了一些。他又仔细研究了一下使用方法，这才将头盔戴上。

"这灵宝应该管用吧……"王宝乐忽然有些患得患失，心跳加速，毕竟这灵宝是他花费了很大代价才借来的，也是他最后的希望。

王宝乐深吸一口气，狠狠一咬牙，体内灵力猛地上涌，瞬间融入这头盔内。刹那间，王宝乐只觉得脑袋轰的一声，眼前有些模糊，依稀有声音在耳边回荡，可又听不清晰。

按照使用方法，王宝乐知道，这个时候自己要下达一个欺骗自己大脑的指令。

"我已经三个月没吃东西了！"王宝乐赶紧这样说道，来欺骗自己的大脑。随着他话语说出口，他的脑袋顿时再次轰鸣，眼睛猛地睁大，身体不停颤抖，呼吸急促无比。

"饿，好饿，饿死了！"

明明肚子不饿，可饥饿的感觉疯狂地从他的脑海里传递出来，他骇然发现，自己的身体此刻不受控制地在颤抖。

他猛地跳起，虚弱地惨呼出声："受不了啦，我要吃东西啊！"

那种饥饿感，让王宝乐抓狂，他立刻打开自己的储物镯，取出零食狂吃起来。把零食全部吃完后，他还是觉得饿得受不了，又赶紧去喝水……

可就算这样，那种饥饿的感觉非但没有减少，反而越来越强烈。

"不，我要忍住！"

到了后面，王宝乐声音微弱，饿得直挠墙，凭借着极强的毅力，才勉强控制自己不跑出去吃饭。他全身哆嗦，因大脑判断他数月没吃东西，体内的灵脂飞速分解。

整个过程持续了约一炷香的时间，当那种饥饿的感觉慢慢消失时，王宝乐已经酸软无力地倒在了地上。他气喘吁吁，眼前发黑，好半晌才恢复了一点。挣扎着起身后，他看着明显小了一圈的肚子，激动得大笑起来。

"成功了，果然有效！再来，这一次，我三年没吃东西了！"

王宝乐也是拼了，减肥的决心使他整个人都透着一股狠劲。咬牙之下，他这么一开口，瞬间觉得眼前一黑，那种饥饿的感觉强烈到无法形容，直接让他昏迷了过去。

尽管他昏厥了，身体还在抽搐，口中都吐出了白沫，可效果还是非常惊人，他那圆圆的身体肉眼可见地瘦了下去。这一切缘于他对自己大脑下的指令，使得大脑认为他已经在饿死的边缘，以至于大脑的运转都变得强烈起来。

于是，在大脑的操控下，他体内的新陈代谢速度前所未有地加快，体内多余的灵脂不断被强行分解，同时释放出能量来补充生命所需。

就这样，时间过去了整整一天一夜。

第二天，王宝乐缓缓睁开双眼，虚弱地望着久违的小肚子，感受着自己的修为突破封身层次，踏入了补脉层次。可是他已经没有了惊喜，这一刻的他，感觉自己经历了地狱一般的磨炼。

他全身上下无处不痛，大脑更是胀痛到了极致，眼前的一切都有重影，躺在那里连爬起来的力气都没了。

"这减肥……太可怕了！"王宝乐脸色苍白，躺了数个时辰，这才感觉力气恢复了一些。他挣扎着坐起来，靠着墙壁，低头望着自己的肚子，又拿出自己那张帅气的照片，这才好过了一些。

"瘦了就行……我再也不想减肥了，用这灵宝……就是玩命啊！"王宝乐心有余悸，赶紧将头盔摘下，联系谢海洋把头盔还了回去。之后，他在洞府内连续休养了三天，这才彻底恢复过来。

看着镜子里的自己，不再虚弱的王宝乐似乎忘记了之前的折磨，再次激动振奋起来。

"减肥算什么？对我王宝乐来说太简单了！"大笑中，王宝乐摆出各种姿势，他望着镜子中帅气的自己，昂首挺胸，拿出零食吃了几包，这才心满意足地走出洞府。

"接下来，就是我成为法兵系超级无敌大学首的时刻了！"怀着这样宏伟的志向，王宝乐直奔灵坯学堂。

当他的身影出现在灵坯学堂，站在青色石壁前开始考核时，此事立刻轰动整个法兵系，飞速传开。这一次没有如之前那样耗时很久，也就是半炷香左右的时间，还没等更多的学子赶来，学首钟的钟声就在法兵系内回荡开来！

随着钟声的回荡，这一刻，法兵系所有学子、所有老师乃至系主，无论在做什么事情，全部身体一顿，看向灵坯学堂的方向。知道是王宝乐在接受考核后，每个人都脑海轰鸣。

"天啊，法兵系前所未有的……大学首！"

"王宝乐……他这是要打破纪录啊！"

"缥缈道院法兵系有史以来第一位……灵石、回纹、灵坯三榜学首！"

短暂的寂静后，轰然之声骤然爆发，回荡在整个法兵系内。与此同时，在其他系的山峰中，竟然也有钟声回荡，咚咚声惊天动地，一时之间，下院岛所有的山峰上，都传出了震天的钟声！

这众系同鸣的钟声，唯有在缥缈道院某个系诞生唯一大学首时才会传出，这是缥缈道院建成以来的规矩，只不过多少年来，这样的钟声都没有响过几次，灵元纪以来更是首次响起！

"什么情况？"

"怎么所有系都有钟声？"

"天啊，你们看，苍穹竟有彩虹！"

哗然之声从各个系内爆发，缥缈道院的学子无不在震撼中抬头，只见苍穹上，一道绚丽的彩虹幻化出来，璀璨无比。

灵网上，其他系的学子也很快就知道了钟声响起的原因，知道了王宝乐成为法兵系唯一学首的事情，所有人都心神震颤，骇然失声。

即便是掌院，都注目许久。

这一天，对法兵系的所有人来说，终生难忘！三大学首合一所代表的意义非同凡响，其在法兵系内的权势之大，某种程度上已经超越了老师，不说与系主并列，也相差无几。

可以说，这一刻的王宝乐，是法兵系乃至其他所有系都不可忽略的实权人物！

王宝乐从灵坯学堂走出，看着四周的人群。这里面有普通学子，也有三大学堂的督察，他们看向王宝乐的目光，有崇敬，有畏惧。

王宝乐在缥缈道院法兵系开创了一个传奇！

王宝乐的目光扫过人群，注意到了激动的柳道斌等人，又抬头看了看蓝天白云，收回目光时，王宝乐一身轻松地笑了笑。

"柳道斌恢复督察身份！"王宝乐的声音传遍四方，他将柳道斌与其他跟随过自己的学子的督察身份全部恢复了。

他的声音不需要多么洪亮，在其身份的加持下，他的话具有言出法随般的威严，一道道命令下达，直接能决定学子的前程未来！

王宝乐说出了他最后一道命令："张岚四人开除学籍，追回所学！"

这句话一出，众人无不吸气，这追回所学的惩罚太狠了，相当于废除修为。

随着这道命令的下达，王宝乐身上的光芒似乎变得更为耀眼。在柳道斌等人激动地上前高声称是后，王宝乐向四周众人抱拳，这才深吸一口气，带着满足转身离去。

"现在没有人能欺负我了吧。"回到洞府后，王宝乐哈哈大笑一声，美滋滋地取出零食，咔嚓咔嚓地吃了起来。

与此同时，林天浩站在灵坯学首阁的阁楼上，望着灵坯学堂的方向，听着法兵系新学首晋升的钟声。他神色平静，没有如当初那般气急败坏，也没有如曹坤那样无比绝望。

可当耳边传来自己的学首令碎裂的声音时，他看似平静的眼中再也隐藏不住强烈的不甘与怨毒。想到姜林与曹坤前段日子给他的提议，他的双手紧紧地握在一起，手上的血管全都鼓了起来。

许久之后，他面无表情地走出学首阁。回到自己的洞府后，他打开传音戒，深吸一口气，一字一顿地开口道："去安排一下，我不想再看到王宝乐这个人了。"

第55章

紫色飞剑

成为法兵系唯一学首后的生活，对王宝乐而言，与之前的确有很大的不同，首先是他每次外出，所有看到他的学子，无论是老生还是新生，都恭恭敬敬。

其他系的学首对王宝乐的态度也变了很多，不再是只送贺礼，而是主动前来拜访，期望与王宝乐进一步结交。

对此，王宝乐很欢迎，他明白人脉的作用，也知道礼尚往来。于是在之后的这段日子里，他与道院几乎所有系的学首都熟悉起来。

在第一年假期即将到来时，他们这一届新生中，在王宝乐之后，终于出现了其他成为学首之人。第二个成为学首的，是赵雅梦！

此女在这近一年的时间里，除了刚开学时在灵网上被人热议外，始终低调，如今一出手，就拿下了阵纹系学首之一的身份。

第三个成为学首的，就是卓一凡。他与陆子浩以及陈子恒竞争了一年时间，脱颖而出，晋升为战武系学首之一。

若换了其他时候，他们二人成为学首，必定在道院内引起轰动，可如今，王宝乐身上的光芒强烈无比，以至于赵雅梦与卓一凡成为学首的事情，没有了原本应有的热烈反响。

不过，王宝乐他们这一届新生的优秀，已经得到了道院所有系的老师、系主乃至掌院的默认，尤其是王宝乐，他的名字甚至传到了上院，在他成为法兵系唯一学首后，仅仅是掌院，就有不少同僚向他打探王宝乐的消息。

更不用说法兵系的山羊胡子了，向他打探消息的人更多，每一次他都得意无比地告诉对方，王宝乐是他特招进来的。

"你们不知道，当初我一眼就看出这王宝乐天资惊人，好似明珠一般，所以在其他系迟疑时，我毫不犹豫动用了特招名额！我张有德这双眼睛什么时候看错过人？这王宝乐，就是证明我看人能力的例子！"

山羊胡子这些天很得意，在一个又一个同僚面前吹嘘，看着他们羡慕的目光，心底很满足。

想到自己之前就琢磨着要送给王宝乐法器，山羊胡子想了想后，将原本打算送出的一品法器收起，接着亲自动手为王宝乐炼制了一件二品法器。

数日后，看着自己炼制出的法器，山羊胡子都觉得王宝乐的运气不错。

"这小家伙不愧是我选出的特招学子，运气真好！"山羊胡子想了想，觉得这或许是天意，于是将王宝乐召了过来。

王宝乐虽已经成了法兵系的唯一学首，可他始终记得当日副掌院执意要开除自己时，所有老师里，只有山羊胡子一个人为自己说了一句公道话。

这一句话，王宝乐从未忘怀。所以接到山羊胡子的传音后，王宝乐立刻整理衣衫，来到了山顶的系主大殿。看到一脸笑意坐在那里的山羊胡子，王宝乐立刻抱拳。

"学生拜见系主！"

山羊胡子哈哈一笑，上前将王宝乐扶起，看着王宝乐，感慨不已。

"你小子啊，不错，非常不错！"说话间，山羊胡子拍着王宝乐的肩膀，态度和蔼亲切。

王宝乐眨了眨眼，他对山羊胡子的印象也不错，于是在一旁陪着山羊胡子聊天。

在与王宝乐闲聊了片刻后，山羊胡子很满意王宝乐在自己面前不骄不躁的态度。要知道，他与之前的学首表面上融洽，可在心底，他是不喜的。

而王宝乐则不同，这是他亲自挑选出的特招学子。此刻，山羊胡子右手抬起一翻，取出了一把飞剑。

这飞剑通体紫色，其内似有波纹在流转，一出现就有一股热气扩散开来，使人如置身于炙热之地。

飞剑四周的空间仿佛都略有扭曲，可见此剑不凡。

不仅如此，这剑上还有一个菱形的孔，此孔不是后天打造的，而是与剑身浑然一体，显然是天然形成的。

王宝乐只是看了一眼，凭着法兵方面的造诣，立刻就感受到了这把剑的不俗之处，神色微微一动。

"看出了什么？"山羊胡子笑了笑，望向王宝乐。

"以七块七彩灵石为核心，有四万多道回纹排列在内，且在速度上明显有惊人之处。至于材料……学生对锻材接触不多，难以分辨准确，只能看出绝非寻常之物。至于这个孔……"

王宝乐迟疑了一下，这个孔，他看不出什么来。

山羊胡子听到王宝乐的分析，顿时大笑起来。

"说得已经很全面了，此孔你不了解也是正常的。这是法兵一脉在最后的炼器成型上才能学到的知识，这叫天孔，法器天成，自然成孔的意思，能否出现，全靠机缘，难以人为操控。

"而法器上一旦出现了天孔，填入灵石后，其威力就可增加不少！

"王宝乐，这把剑，送你了！"

山羊胡子说着，右手抬起一挥，这飞剑顿时化作一道紫光飞向王宝乐。

王宝乐一把接过飞剑，呼吸急促，抬头看了看山羊胡子，又望了望手中的飞剑，激动不已，抱拳深深一拜。

"多谢系主！"

"不用谢，这是你应得的。无论是从梦境考核第一的成绩来看，还是从如今集三大学首之位于一身的资质来看，你都是我法兵系有史以来最优秀的学子！这把剑，送给你防身。记得，不可骄傲，要更为勤奋，争取早日考入上院，鱼跃龙门，成为修士！"山羊胡子摸着自己的胡子，神色肃然。

王宝乐深吸一口气，抱拳称是。看到山羊胡子端起茶杯，王宝乐立刻明白其意，告辞离去。

回到洞府后，王宝乐拿出紫色飞剑，美滋滋地研究了一番，又取出一块七彩灵石装在了天孔内。随着灵气涌入，这小剑顿时紫光惊人，急速变化，化作一把大剑。王宝乐一把抓住大剑，向身边的岩石一挥。

一股热浪骤然爆发，所过之处，岩石被腐蚀了大半，上面多了一道一尺多深的剑缝。

"这么锋利！"王宝乐吸了口气，他虽没见过攻击型的法器，可在他的感觉里，这把剑的威力已经极其惊人了。

"说起法器，实际上我也有不少灵坯。"王宝乐小心地将这小剑收入储物镯内，又将自己前段日子为了熟悉灵坯制作而积累的上百个灵坯取出来一些。

"这些灵坯都是由刻画了回纹的上品灵石凝聚而成的，不能浪费了啊。"王宝乐挠了挠头，他觉得自己身为法兵系的大学首，全身上下只有两件法器，还都是别人给的，没有自己亲手炼制的，走出去有些丢面儿。

想了想，王宝乐决定将这些灵坯都炼制成法器，那样的话，他一方面随手就能拿出自己炼制的法器，另一方面也能再次熟悉一下制作简易法器的过程。

打定主意后，王宝乐联系了谢海洋，想要换取大量的炼器材料。这些材料虽寻常，可因数量不少，价格不菲。不过他如今不缺灵石，实在不行就拿灵坯去交易，毕竟灵坯在某种程度上比灵石还要值钱。

很快，谢海洋就将材料都给他送了过来。之后的日子里，王宝乐在灵炉洞内开始闭关，一心炼制法器。

他首先炼制的，是一个超大的喇叭。这喇叭被他炼制出来后，他自己都大吃一惊，他觉得以后就算再嘈杂的地方，自己只要拿着喇叭一喊，必定如天雷一般。

对这喇叭爱不释手的他，很快就开始了其他法器的炼制，其中有捆人的绳索，也有虽无法与紫色飞剑相比，数量却很多的飞剑。

他觉得自己缺少防护类法器，于是在自己的学首道袍上画了不少回纹，镶嵌了很多灵石，还用了一些能与衣服融合的材料，使得这件道袍都勉强成了法器。

他炼制得最多的，则是大大小小的印，数量有数十个。王宝乐在熟悉灵坯的炼制时，就对印特别偏爱，他这次炼制的印虽不入品，却胜在量多。

见自己炼制简易法器越发娴熟，王宝乐想到了自己给那位神秘的头盔主人炼制的护身傀儡。

"那玩意儿一看就很厉害，我也应该炼一些出来，无论是做保镖、坐骑，还是端茶倒水什么的，都很实用。"王宝乐想了想，觉得傀儡还是很有用处的，于是接下来的时间，他把大部分精力都放在了傀儡的炼制上。

因为这是自己使用的，王宝乐从谢海洋那里买来不少很珍贵的材料加入了傀儡中，使得他这次炼制的傀儡，在各方面都比之前的那个精良不少。

傀儡的种类也不一样，他这次炼制的傀儡，既有凶兽样子的，也有侍女模样的。

最后，他炼制出了八个傀儡。因王宝乐用的七彩灵石能承受更多的回纹，所以这八个傀儡在全力激发的状态下，能爆发出气血大圆满的实力。

又因王宝乐加入了珍贵材料，傀儡的坚固程度无与伦比，就算是补脉层次的人，一时半会儿都难以将其打碎。

"可惜，我对锻材的了解还是太少，不然的话，根据材料去刻画回纹，说不定能制作出堪比补脉层次的傀儡来！"王宝乐看着眼前的傀儡，不是很满意。

他正准备琢磨琢磨如何进一步改良傀儡，传音戒内传来了柳道斌的声音。

"学首，明天道院就放假了，我联系了杜敏、周小雅以及陈子恒等不少老乡。咱们都是凤凰城的，明天一起回家啊！"

第56章

今非昔比

缥缈道院下院的假期，一年只有一次。

每次假期到来，下院岛虽不是所有学子都会离开，可绝大多数学子会在这两个月的假期里要么回家，要么外出历练。

其中，老生大都选择历练或者与联邦的一些集团合作，各取所需，而对于首次离家一年之久的新生来说，假期回家是首选。

如今假期到来，王宝乐离开灵炉洞，走在法兵系的山峰中，看到的是一个又一个学子背着大包小包，带着对家乡的思念，踏上了回家的飞艇。

与新生来报到的时候一样，因联邦荒野存在危险，道院每年假期都会承担护送的工作，将要回家的学子送到指定的城池。

"学首，开学见啊！"

"学首，我们先走了。"

但凡碰到王宝乐的学子，都热情地打着招呼，往日对道院学首的敬畏，似乎也因假期的到来而淡了不少。

王宝乐对每一个打招呼的学子都含笑点头，心底也被众人离去的气氛所感染，对这居住了一年的道院似乎失去了往日的留恋，内心对凤凰城以及爹妈的思念更多。

归心似箭之下，王宝乐加快了脚步，回到洞府内整理行装，把行装全部扔在了储物镯内，又去买了不少冰灵水。

"这冰灵水可是道院的特产，别的地方的冰灵水口味和这里的不一样，多带回去一些给我妈尝尝。"

随后他又联系郑良，花不少灵石买了一些适合普通人的高品质丹药。

整理完后，王宝乐走出洞府，回头看了一眼自己居住了一年的居所，深吸一口气，将洞府大门的阵法封死，转身时眼中露出明亮的光芒。

"回家了！"他哈哈一笑，向山下跑去。这一刻，他仿佛忘记了自己是学首，变回了一年前的模样。他奔跑着下了山，直奔青木湖畔那巨大的飞艇广场而去。

这里此时与开学时差不多，人山人海，笑声回荡四周，学子们各自告别，纷纷踏上不同的飞艇。王宝乐挤在人群里，立刻听到不远处传来喊声。

"学首，这里，这里！"王宝乐抬头一看，注意到在前方不远处的热气球飞艇上，柳道斌正向自己招手。

在柳道斌身边有不少熟悉的面孔，都是当初一起从凤凰城来的同学，其中杜敏与周小雅早就来了。看到王宝乐后，杜敏哼了一声，周小雅脸上则露出笑容。

陈子恒也在一旁，原本神色正常的他看到王宝乐后，脸色变得有些不自然，显然是想到了王宝乐之前对战武系的打击以及对方这一年在法兵系的崛起。

看到柳道斌等人后，王宝乐赶紧向前挤去。学首的身份如今也没了作用，这里人实在太多了，王宝乐好不容易才挤了进去，爬上了飞艇。他擦了擦额头上的汗水，刚要取出冰灵水，一旁的柳道斌已经上前递过来一瓶。

"学首，我都给您准备好了，还有给老爹老妈的礼物，我也都买了。"柳道斌笑着开口。

王宝乐看了看柳道斌，哈哈一笑，拍了拍对方的肩膀，接过冰灵水喝了起来。

杜敏看到这一幕，扭头再次哼了一声，显然对王宝乐这副样子看不顺眼。

王宝乐喝着冰灵水，看着飞艇外的人群，又抬头望着远处的法兵峰，对凤凰城的思念越发强烈。而他心中还有一个疑惑，让他始终耿耿于怀，那就是明显缺了大半的神秘面具，父亲到底是从何得来的，是否还有另外半块。

此事他之前衡量了许久，知道这面具绝对不凡，一旦被外人知晓，怕是会给全家引来不必要的麻烦。所以他克制自己，没有传音询问，打算这一次回去旁敲侧击找到答案。

随着飞艇的震动，广场上的一艘艘飞艇渐渐升空，进入苍穹的云雾中，向四面八方疾驰而去。

苍穹上那轮高挂的"剑阳"，此刻似乎正在俯视人间，注视这一艘艘远去的飞艇。

太阳残缺的光晕与青铜古剑散出的威势，在这一刻似乎也与以往有了一些不同。

这一年，是灵元纪第三十八年。

数日后，飞向凤凰城的飞艇终于飞出了云雾区域，驰骋在广阔的苍穹中。

放眼看去，碧蓝的天空一望无垠，衬托着大地上的荒野，偶尔会有一些大小不一的飞鸟，从这蓝得如绸缎的天空中飞翔而过，发出嘶鸣。

远远看去，这些飞鸟带着一种别样的美感，可若近距离去看，必定能看到它们带着凶意的眼睛，以及爪子与牙齿上令人触目惊心的兽肉块。

这就是如今的联邦荒野，荒野中危机四伏，虽然凶兽不再如当年那场战争中那般有统一的指挥与首领，可就算是单独行走在荒野里的凶兽，对人们的威胁依旧不小。

因为灵气出现后，被改变得最多且最直接的，还是那数不清的野兽与植物。

不过，当年的战争毕竟是人类获胜，一般情况下，联邦的各个城池足以应付零散的兽潮，随着古武与修行的兴起，联邦的人类甚至开始了对凶兽的狩猎。

如缥缈道院这样在联邦都算庞大的机构，护送学子外出或归来的飞艇上自然配备了不少威力极大的灵宝，更有强者护送，如此一来，这段航程的危险性就降低了很多。

此刻，在去往凤凰城的飞艇上，缥缈道院的众多学子很振奋，毕竟这是他们的第二次长途旅行，又因有了一年的接触，相互之间比入学时熟悉很多，话也多了不少，而男女之间的微妙感情也在这旅程中不时产生。

不少人甚至已经成双成对，很多单身之人羡慕的同时，嘀咕着诸如"秀恩爱，死得快"之类的言辞。

王宝乐也不例外，此刻他坐在飞艇内，摇头道："我辈学子要立身、立言、立行啊，掌院说的话他们估计都忘了，天天卿卿我我的，成何体统？"

舱内学子不少，柳道斌等人也都在，听到王宝乐的话后，杜敏"喊"了一声，周小雅掩口娇笑，陈子恒则翻了翻白眼，没去理会。

"学首说得有道理啊！"只有柳道斌在一旁鼓掌，脸上带着受教了的神情，丝毫不在乎四周人的目光。

其他同学也有不少是法兵系的督察，此刻都纷纷点头。

见自己离开道院也有这么多拥护者，王宝乐不由得谈兴大发，望着众人感慨万分。

"我们都长大了啊，我至今还记得，当年我们一起去道院的时候，我还是一个懵懂、帅气、青涩的少年，身材苗条，剑眉星目，而你们也都还是孩子，天真烂漫，纯洁无瑕。可如今岁月不饶人啊，一晃……我们都今非昔比了，你们说对不对？"王宝乐背着手，仿佛在回忆很多年前的事情。

只是从众人进入道院，直至现在放假，也就是一年的时间。见王宝乐摆出这副老成的样子，众人立刻面面相觑，连柳道斌也顿了一下，脑子里飞速琢磨如何接王宝乐的话。他觉得肯定的话，似乎在说王宝乐老了，可否定的话，又跟他爹给出的"金玉良言"不符。

"这是送命题啊！"柳道斌吸了口气，觉得很棘手。

周小雅实在没忍住，笑得肚子都痛了起来；陈子恒装作没听到；杜敏忍了许久，终于忍不下去了。

"王大爷您今年贵庚啊？"杜敏冷笑道。

"我们都今非昔比了啊，敏儿，你看，你也成熟了。"听到杜敏的讽刺，王宝乐淡淡地看了她一眼，摇头说道。

（本册完）

更多精彩内容，敬请关注《三寸人间2》！